女神めし

佳代のキッチン2

原 宏一

祥伝社文庫

目次

第一話　港町へ

富山県氷見市

初めて捌(さば)いた魚は鯵(あじ)だった。

銀色に輝く魚体をまな板に横たえ、まずは鱗(うろこ)を引く。鯵の身肌(みはだ)はつるつるで鱗はないと思っている人も多いが、鮮度のいい鯵には薄い鱗がついている。出刃包丁の刃元で尾から胸びれのあたりまで丁寧(ていねい)に鱗を引いたら頭を落とし、腹を開いて内臓を抜く。あとは中骨(なかぼね)と身の間に刃先を滑(すべ)らせ、左右の身を中骨から切り離したら三枚おろしになる。

この基本を覚えたのは小学生の頃だった。留守がちな母親に代わって毎日台所に立っていた佳代(かよ)に、近所の釣(つ)り好きのおじさんが、たまたま大漁だった鯵をお裾分(すそわ)けしてくれ、捌き方も教えてくれた。鯵さえ覚えれば大方の魚が捌けるようになるからさ、と言われて一生懸命練習したものだった。

以来、献立(こんだて)に困るたびに鯵を使うようになった。そこそこ安く、どこでも手に入り、叩きにしたりフライにしたりムニエルにしたり一夜干しにしたりと変化がつけられ、しかもおいしい。世に高級魚は数あれど、鯵ほど万能でおいしい魚はないと佳代は信じている。

ちなみに今日は、六尾の小ぶりな鯵を酢締(すじ)めにする。おろした身に振り塩をして、しばらく放置。臭みのある水分が抜けたら、さっと水洗いして水気を拭(ふ)きとり米酢に漬ける。このとき風味づけに柚子(ゆず)も一緒に入れるのが佳代流で、十分ほど漬けたら酢から引き上げる。

あとは竹ザルに並べて冷蔵庫で寝かせるだけだが、この段階が佳代は一番楽しい。酢で白っぽくなった身の色を確認しながら、一枚一枚、放射状に並べていく。今回は意外と脂（あぶら）が乗った鯵だったから、夕方まで寝かせただけでおいしく食べられそうだな。なんて考えながら花びらの形に竹ザルに並べ終え、惚れ惚れ（ほれぼれ）と眺（なが）めているそのときが本当に大好きで、今日もまたそうして眺めていると、不意に声をかけられた。

「ほう、鯵かい？」

顔を上げると頭の禿（は）げ上がったお爺（じい）ちゃんがいた。厨房車の窓から調理場を覗（のぞ）き込んでいる。

軽のワンボックスカーの荷室を改造した佳代の厨房車には、ガスコンロや流し台、冷蔵庫、ミニオーブンなどの厨房機器が備えつけてある。コンロにかけた寸胴鍋（ずんどうなべ）ではいつも鶏（とり）ガラや魚介類を煮込んでいるから、匂いにつられて通りがかりの人がよく足を止める。お爺ちゃんもその一人らしく、秋晴れの午後、散歩中に気づいて声をかけたらしい。

「ええ、鯵を酢締めにしてるんです」

トレードマークのお団子頭を揺（ゆ）らして佳代は微笑（ほほえ）み返した。

「それ、半分くれんかね」

ごそごそと財布を取りだしている。

「いえ、これはほかのお客さんの注文で」

「じゃ、わしのぶんもこさえとくれ」

「申し訳ありません、実は、鯵をお持ちいただかないと作れないんです」

「は？」

「うちは、お客さんがお持ちになった食材で調理する調理屋でして」

運転席のサイドミラーに掛けてある木札を指さした。

『いかようにも調理します』

手書きしてある文言通り、〝佳代のキッチン〟は食材さえ持参すれば、調味料類は佳代持ちでどんな料理でも作る。調理代は四人前まで一品五百円。二品以上は一品につき三百円増し。五人前以上も割増料金になる。

それでやっていけるんですか？　とよく聞かれる。正直、調理屋だけでは厳しいものがある。かつては貯金を切り崩してやりくりした経験もあるが、その後、〝魚介めし〟という名物弁当も販売することにして再出発してからは、ぎりぎりやれている。この弁当だけは食材も佳代が調達しているから、調理屋と弁当屋の兼業で女一人の厨房車暮らしが成り立っている。

「よろしかったら魚介めしはいかがです？　それならすぐお売りできますが」

お爺ちゃんに勧めてみた。

「ほう、鯵で作ったのかね？」

「いえ、魚介めしの魚はいろいろです。全国各地を移動してこの商売をやっているので、氷見に来てからは氷見漁港に水揚げされた地魚を煮込んだ煮汁で、ご飯を炊いてます」

佳代はいま、能登半島の玄関口に位置する港町〝氷見〟にいる。氷見漁港といえば全国的に知られている寒鰤のほか、鰯、黒穴子、真鯵、白海老、フクラギなど数々の魚が水揚げされているらしいが、そうした特産魚はあまり魚介めしには使わない。市場人気の高い魚と一緒に網に入ってきたウマヅラハギや目鯛といった安い地魚をメインに使っている。

といっても、けっして地魚は味が悪いわけではない。漁獲量が少なかったり、知名度がないために出回らないだけで、そのおいしさを知っている地元の人たちは好んで食べている。そうした地魚は全国どこの港町にもあることから、だったら各港町の地魚で魚介めしを作ろう、と思い立ったのだった。

「ほう、そいつは旨そうだね」

お爺ちゃんが興味を示してくれた。

「ちょっと試食してみます？」

保温ジャーから小皿によそって差しだした。

「こりゃ変わった香りがするなあ」

鼻をひくひくさせている。

「香りづけにパンダンリーフっていうアジアのハーブを入れて炊いてあるんです」

この料理を考案した佳代の両親のアイディアだった。砂糖や味醂とは違う独特の甘い香りがふわりと立ちのぼるのが特徴で、単なる魚介の炊き込みご飯とはちょっと違ったおいしさに仕上がる。

「うん、こいつは旨い」

お爺ちゃんが相好を崩し、

「女房に先立たれて一人暮らしなもんだから、一人前で申し訳ないが」

と注文してくれた。早速、佳代が持ち帰りパックに詰めはじめると、

「しかし、おもしろい商売を考えたもんだねえ。つぎはフクラギでも料理してもらおうかな」

代金を支払いながら言われた。フクラギは、鰤の子どもの北陸地方での呼び名で、関東ではワラサと呼ばれている。

この人も常連さんになってくれそうだ。なんだか嬉しくなって、今後ともよろしくお願いします、と頭を下げてお爺ちゃんを見送っていると、入れ替わるようにお婆ちゃんがやってきた。髪を紫色に染めている。背丈は小学生かと思うほど小さいが、腰はぴんと伸び、かくしゃくとしている。

厨房車は市内の商店街やスーパー、そして市役所にも程近い街道沿いに駐めてある。お婆ちゃんは商店街から戻ってきたところらしく、

「どんな塩梅かね？」

と聞いてきた。今日の午前中に鯵料理を注文してくれた飯島さんだった。

「あれ？　夕方でしたよね」

佳代は小首をかしげた。確か夕方に取りにくる、と言われていたはずだった。

「いやそうなんやけど、どんなん作ってるか気になってな」

初めての注文だからか、どう調理されるか心配になったらしい。佳代は冷蔵庫から竹ザルを取りだし、花びら形に並べた鯵を見せた。

「いろいろ考えたんですけど、酢締めにしました。夕方になれば生の味わいを残した浅締めのおいしさが楽しめると思いますけど、いま持ち帰られます？」

あとは小骨を抜いて皮を引くだけだから、すぐお渡しすることもできます、と言い添えると、

「なんだい、結局、酢締めかね」

がっかりした様子で口元を歪めている。内心、かちんときた。

調理法はおまかせします、という注文はけっこう多い。冷蔵庫の残り物を全部持ってきて、何か作って、という人すらいるほどだ。飯島さんの場合も、あんたにまかせた、と言われたものだから、持ち込まれた鯵にかなり脂が乗っていること、お年寄りは脂が多すぎる魚が苦手なこと、その二点を考慮してあえて浅い酢締めにしたのだが、それが気に入らなかったのだろう。飯島さんは眉を寄せたまま黙り込んでしまった。

佳代がこの商売をはじめたのにはわけがある。

そもそもは数年前、〝理想郷〟という名の青い鳥を探し求めて姿を晦ました両親を捜すため、調理屋を開業して旅に出た。勤め人の弟、和馬の援助のもと、横須賀、京都、松江、盛岡といった街々で多くの人たちと出会いながら両親の足跡を追い、最後は北海道のニセコまで辿り着いたところで両親捜しに区切りをつけた。

まだどこかで彷徨っているのかもしれない。あるいは、どこかで行き倒れているかもしれない。そんな両親への未練を旅路の果てに断ち切り、両親はあたしの胸の中に生きていればそれでいい、と佳代自身の気持ちにも決着をつけた。

そして新たな志を立てた。今後もあたしは調理屋を続ける。両親が旅空で商っていた魚介めしを受け継ぎ、全国各地の人たちと袖すり合いながら生きていく。そう心に決め、まずは両親捜しでお世話になった人たちを再訪してまわり、お礼がてら魚介めしを振る舞った。

そんなお礼旅の締めとして訪ねたのが、かつて佳代の両親もお世話になった島根県松江のばあちゃんだった。佳代は早速、松江の地魚で魚介めしを作り、ばあちゃんにも食べてもらったところ、

「いや旨いもんやねえ」

と絶賛してくれ、家坂さんにも伝授してやってほしい、と言いだした。

家坂さんは、佳代が以前、松江の湧之水温泉に滞在したとき、この地のシングルマザーのために〝佳代のキッチン松江支店〟を開きたい、と申し出てくれた女性だ。佳代は快諾し、ほどなくして家坂さんは松江支店を開業させ、いまも元気に営業し続けている。

「もちろん、家坂さんにも魚介めしを作ってほしいです」

佳代がうなずくと、ばあちゃんは身を乗りだした。

「それと、せっかくやからもういっこ、お願いをきいてほしいんやが」

「何でしょう」

「ほかの港町にも支店をこさえてくれんかね」

どこの港町にも、女手ひとつで働きながら子育てしている人、年寄りの一人暮らしで難儀している人など、佳代のキッチンを必要としている人がたくさんいるはずだ。港町であれば魚介めしの材料にも事欠かないだろうし、ぜひ助けになってあげてほしい、と頼まれた。

ばあちゃん自身、若くして漁師の亭主を亡くし、女手ひとつで一人息子を育て上げた人だ。魚の行商からはじめて温泉ホテルの経営者にまで上り詰めた苦労人だけに、息子に経営権を譲り渡したいま、辛酸をなめている世の人たちの力になりたいという。

「あんたが、この人、と見込んだ人がいたらわしに連絡してくれればそれでええけん。あとはわしが面倒を見る」

厨房車の費用や開業初期の運転資金を、ばあちゃんが融通してくれるというのだった。

「わしは贅沢いうもんができん性分でな。温泉ホテルをやってた頃にえらく貯まってしもうたお金があるんやが、一人息子に遺しても息子のためにならん。どうしたもんか困っておったから、ちょうどええ思うて」

その言葉が響いた。ばあちゃんの思いは、理想郷を探し続けた両親の思いにも通じる気がした。佳代と弟にとっては身勝手すぎる両親だったが、ただ単に調理屋をやるだけでなく、全国各地の港町に出向いて支店を開いてもらえる人を見つける目的が加われば、両親の思いにも寄り添える仕事になると思った。

ただし、港町ならどこでもいいわけではない。佳代には自ら定めたルールがある。

〝料理には、その土地の湧き水を使う〟

土地の水で作ると、土地の風土に根ざした、土地の人たちの口に合う料理になると信じているからだ。

このルールに従って、まずは立山連峰を源とする名水で知られる富山県へやってきた。そして二週間前、富山湾の海の幸が水揚げされる漁港と温泉の町、氷見市を通りかかったとき、海と山に囲まれたこぢんまりした佇まいが気に入って、水汲みを日課にして調理屋の営業をスタートさせたのだった。

鯵の酢締めで飯島さんと揉めた翌朝も、佳代は一日の仕事を水汲みからはじめた。夜は市内を流れる上庄川の畔に厨房車を駐め、調理場にマットレスを敷いて寝ているのだが、夜明けに目覚めると同時に厨房車のエンジンをかけた。

当初は氷見市内の〝上日寺観音菩薩霊水〟を汲むつもりでいたが、調理用には高岡市の〝影無し井戸〟がいいと聞き、車で二十分ほどの隣町まで行っている。水汲みにそんなに時間をかけるのか、と驚く人もいるけれど、この程度の労力を惜しんではいられない。

市内末広町の超願寺に隣接して設けられている影無し井戸には、飲用のために紫外線滅菌装置が設置してある。その蛇口から汲める湧き水で大きなポリタンクを満タンにしたら、傍に置かれた賽銭箱にチャリンとお礼の小銭を投げ入れる。それから氷見漁港に戻って魚市場のセリ場で水揚げ状況を見てから、セリに参加した鮮魚店で魚介めし用の地魚を仕入れる。ここまでやったら朝の仕事は一段落。いつもの営業場所に移動して朝食の準備にとりかかる。

まずはポリタンクの水を寸胴鍋に移してたっぷりのお湯を沸かす。そのお湯で淹れた紅茶を飲んでから、あり合わせの食材でちゃちゃっと調理して食べる。

それにしても昨日の飯島さんにはまいったな。お湯が沸くのを待ちながら、佳代は前日のやりとりを思い出した。おまかせ調理で注文しておきながら、

「若いあんたが、まさかそんなふつうのもんをこさえるとは思わんかった」

と文句を垂れるのだから腹が立った。若さ弾ける斬新な料理を期待しとったのに、がっかりや、とまで言われて佳代も黙っていられなくなった。

「でしたら、北欧風マリネにアレンジしましょうか。サワークリームとヨーグルトを合わせた爽やかなソースにセロリのみじん切りを和えて、ハーブのディルとピンクペッパーを振ろうと思います」

そう提案したものの、

「へえ、そんなんで旨いんかね」

訝しげにしている。

「酢締めにするときワインビネガーではなく米酢を使ってしまったので、多少味わいが洋風とは違ってきますけど、それはそれでおいしいと思います」

若さ弾ける斬新な料理かどうかはわからないが目新しさはある、と言い添えると、

「そいじゃ、それでええわ」

飯島さんは引き下がり、洋風にアレンジしたものを持ち帰っていった。

調理代は固辞した。この手のお客さんは食べたら食べたで、また何かしら文句をつけてくる。クレーマーとまでは言わないものの、これ以上、厄介な人とは関わり合いたくなかったたし、実際、それっきり何も言ってこなかったから佳代の判断は正しかったのだろう。

今後もおまかせの注文には気をつけよう。佳代は改めて自戒すると、ようやく沸騰した

お湯で紅茶を淹れはじめた。

そのとき、厨房車のドアがノックされた。

「はい」

スライド式のドアを開けると女性が立っていた。ショートカットの髪にジーンズ姿。四十代と思しき細面の顔に見覚えがあった。数日前に魚介めしを買ってくれた人だ。

「ごめんなさい、開店は九時なんです」

営業時間は土地によって変えているが、氷見ではそう決めた。いまご注文いただいても調理開始は九時以降になります、と恐縮しながら伝えると、

「いえ、実は私、応募したいんです」

梓と申します、と頭を下げた。


厨房車のボディの隅には、小さなチラシが貼ってある。

『お手伝い募集中　調理屋の仕事に興味がある方限定　ただし薄給』

松江のばあちゃんとの約束を実現させるために佳代が書いたもので、ふつうのお客さんはまず気づかないほど目立たない場所に貼ってある。なぜそんなに控えめにしたかというと、本気の人にきてほしいからだ。本気で調理屋に興味を抱いてくれた人なら、厨房車を隅々まで観察して目立たないチラシでも発見してくれるはずだ。わざわざ薄給と書いたの

も同様で、薄給でもやりたい、という熱意がなければ続けられる仕事ではないからだ。

それだけに、この二週間で声をかけてきた人は三人しかいない。しかも、そのうちの二人は、ちゃんとチラシに書いてあるにもかかわらず、稼げるパート仕事を探している女性で、

「賄いご飯は保証しますけど、時給制のパートみたいには稼げませんよ」

と言い聞かせるなり帰っていった。

残りの一人は男性だったが、調理屋という目新しいビジネスがフランチャイズ化できるかどうかリサーチにきたらしく、さほど儲からない実態を伝えると興味を失って引き上げていった。

だから正直、梓さんにもあまり期待はしなかった。営業の邪魔にならないよう早朝に来てくれた気づかいは好印象だったが、まずは、稼げる仕事ではありませんよ、と念押しして本気度を確かめた。

「お金よりも、調理屋さんっていう仕事を楽しみたいと思ってるんです。私、料理が大好きなものですから、ぜひ手伝わせてください」

梓さんは微笑んだ。地元で生まれ育って平々凡々な主婦をやってきたが、四十の節目に自分のやりたいことをやろうと応募を決めたという。

人柄は悪くなさそうだった。歳下の佳代にも礼儀をわきまえているし、応募動機も納得

できる。あとは料理の腕と接客だが、しばらく手伝ってもらって、いけそうだったら支店の話を打ち明けてみようか。

「いつから来ていただけます？」

「いまからでも大丈夫です」

「いまから？」

「ええ、そのつもりで来ましたので」

「じゃ、じゃあ、とりあえず朝ご飯を食べませんか？　それから、魚介めしの仕込みを手伝ってもらいます」

　なんだか嬉しくなって、梓さんの紅茶も淹れて朝食を作りはじめた。

　けさは冷蔵庫の残り野菜の整理も兼ねて、野菜スープとトーストにした。まだ何もやってないのにすみません、と恐縮する梓さんに仕事の段取りを説明しながら朝ご飯を食べ終えると、まずは仕入れたばかりの魚の下処理を手伝ってもらった。

　港町の主婦だからか、梓さんの魚の扱いは手慣れたもので、二人がかりで鱗を引いたり内臓を外したりしていたら、トロ箱にぎっしり入れてあった地魚が瞬く間に処理できてしまった。

　続いて魚介めしの調理にかかると、

「魚介めしのレシピ、楽しみです。この前、すごくおいしくてびっくりしたんですよ」

と梓さんが身を乗りだした。佳代は肩をすくめた。

「レシピなんて、そんなちゃんとしたものはないんです。あたしの料理は、大さじ二とか小さじ一とか量って作るわけじゃないし、量って作ったとしても、作る人が違えば味も違っちゃうのが料理だし」

「ああ、それはそうですね。私の祖母は魚の煮つけが得意だったから、よく教わったんです。でも、材料も調味料もまったく同じものを使って言われた通りの手順で作っても、食べてみると何かが違う。あれは不思議ですよねえ」

「逆に言うと、だから料理って作れば作るほどおもしろいんですよね」

「ほんと、奥が深いですよねえ」

おたがいに料理好きとあって、手を動かしながらも話が弾み、気づいたときには午前九時になっていた。慌てて営業中の証にしている『いかようにも調理します』の木札をサイドミラーに掛けると、その直後から早くもお客さんがやってきた。

そろそろ月末だな、と思った。ふだんは、商店街や市役所を訪れたついでに立ち寄るお年寄りやシングルマザー、商店の奥さんや旅館の仲居さんといったお客さんが大半なのだが、月末になると、やけに大量注文が増える。給料日後の月末は宴席が増えるため、宴会の仕込みが間に合わない、と料理屋の厨房から食材の下ごしらえを頼まれたり、月末納品に向けて忙しくなった従業員のために夜食を作っておいて、と水産加工場から泣きつかれたりする。

　ただ、大量注文ばかり受けてしまうと佳代一人では捌ききれないから、昨日までは注文の半分ほどを泣く泣く断っていた。その意味で、今日は梓さんがいてくれて助かった。初日だからお昼で上がってくださいね、と最初は言っていたのに、せっかくだからと大量注文を受けてしまい、結局は夕方まで手伝ってもらうはめになった。

　それにしても、この二週間で、ずいぶんお客さんがついてくれたと思う。最初は物珍しさから魚介めしを買って帰り、後日、おいしかったからと食材持参で調理を頼みにきてくれるパターンが大半で、ここにきて大量注文してくれている料理屋や水産加工場の人たちも、初回は個人的なお客さんだった。そういうリピーターが何人ついてくれるかが調理屋商売のポイントといえるだけに、昨日の今日ですぐまたやってきて、おいしかったよ、と注文してくれたときなど調理屋冥利に尽きる。

　実際、今日も嬉しいリピーターが顔を見せてくれた。昼近くになって厨房車の傍らに黄色い軽自動車が停まったかと思うと、

「いやあ、えらく旨かったんで、また来ちまったよ」

　昨日、魚介めしを買ってくれたお爺ちゃんがトランクからトロ箱を降ろし、ほい、と差しだしてきた。

「まあ、見事なフクラギだこと」

梓さんが目を見張っている。鰤の子ども、といっても六十センチ近くはあろうかという立派なフクラギが二尾入っていた。囲碁仲間の寄り合いに差し入れしたいそうで、

「とりあえずは、お造りと照り焼き。あと一品は佳代さんにまかせようかな」

と三品注文された。

「ちなみに、どんな料理がお好みですか？」

念のため尋ねた。

「旨いもんなら何でも好みだ。和でも洋でも中でもロシアでも南極でも好きに料理してよ」

そう軽口を飛ばすと、加戸倉と申します、とお爺ちゃんは名乗り、夕方また来るから、と言い置いて帰っていった。

さてどうしよう。

これまでもおまかせ調理は何度となくやってきたが、昨日飯島さんに文句をつけられたばかりとあって不安になった。ああいうお客さんは、苦情を言うためにしつこく訪れる傾向がある。今日もまた飯島さんが来るかもしれないし、これで加戸倉さんのおまかせ料理まで失敗したら厄介なことになる。

なんだか急に憂鬱になっていると、

「佳代さん、何を作ります？」

梓さんに聞かれた。おまかせで料理を作るなんて楽しそうですね、と嬉しそうにしている。

「それはそうなんだけど」

佳代は小さくため息をついた。

案の定、とはこのことだった。

夕方になって突如、飯島さんがやってきた。

ちょうどフクラギ料理を受けとりにきた加戸倉さんに料理の説明をしているときだった。視界の隅にちらりと紫の髪が見えたが、佳代は素知らぬ顔で説明を続けた。

「おまかせの料理は、白ワイン蒸しにしてみました。好きに調理してほしいっていう注文でしたので、フレンチ風はどうかなと思って」

イタリアンパセリを散らした軽めのレモンバターソースを添えたので、電子レンジでチンして召し上がってください、と補足した。加戸倉さんが相好を崩した。

「いやあ恐れ入った、フクラギをフレンチ風にするとは。こりゃ、田舎もんばっかりの囲碁仲間をびっくりさせられるな」

そう言われてほっとした。いたって無難なフレンチではあるものの、年配者には目新しく、しかもあっさり食べてもらえるだろうと考えて作ったのだが、予想以上に喜んでもらえた。

ところが、思わぬところから難癖をつけられた。

「フクラギにバターソースやと？」

飯島さんだった。加戸倉さんの背後から聞こえよがしに言うなり佳代を睨みつけ、

「外国かぶれも、ほどほどにせんとな。北欧風マリネだかを食べてみたが、鰺にヨーグルトなんぞ合わんし、そこに柚子の香りが混じっとるもんだからたまらんかった」

と昨日の鰺料理も貶しにかかる。

加戸倉さんが何事かと振り返った。声の主が飯島さんだと気づくと、一瞬、目を見開いてから佳代に向き直った。

「いや素晴らしい料理を作ってくれたねえ、食べるのが楽しみだよ」

飯島さんに当てつけるように改めて賛辞を口にして勘定を払うと、それじゃまた、と帰っていった。

残された飯島さんが憮然としている。しかし、それは佳代も同様だった。若さ弾ける斬新な料理、というあの言葉はどこへいったのか。調理途中の苦情にも頑張って応じたのに冗談じゃない。いいかげんうんざりしていると、追い打ちをかけるように飯島さんがビニール袋を突きだしてきた。

「もう一回、チャンスをやるから、これで何か作ってみなさい」

鯖（さば）が三尾入っていた。チャンスをやるって、どういう上から目線だ。今度は鯖で意地悪か、と憤り（いきどお）がこみ上げたが、ここで怒ったら事態が悪化するばかりだとわかっている。

「ひとつうかがいたいんですが、飯島さんがおっしゃる斬新な料理って、どんなイメージなんでしょう」

ぐっと堪（こら）えて聞き返すなり言い返された。

「それを考えるのが、あんたの仕事じゃろうが。わしが考えたらわしの料理になる」

ああ言えばこう言うというやつで返す言葉に窮（きゅう）していると、

「何時にできる？」

と問われた。

「では二時間後に」

なんだか悔（くや）しくて即答した。

「そんじゃ、二時間後やで」

ぴしりと言い置いて飯島さんはそそくさと帰っていった。

なんなのよもう。佳代は舌打ちした。こんなお客は初めてだった。

「もうマジで頭にきた」

梓さんの前だったが、たまらず悪態をつくと、梓さんが静かに微笑みを浮かべた。

「でも佳代さん、それだけ期待されているってことじゃないですか」

「それは違います。なんであたしが目をつけられたのかわからないけど、あんな悪質なクレーマーは初めてです」

そう毒づいたものの、たしなめられた。

「佳代さん、冷静になりましょうよ。初めて手伝った私が偉そうなことは言えないですけど、好きな料理を作っちゃえばいいじゃないですか。飯島さんは嫌なことがあって八つ当たりしてるだけかもしれないし、佳代さんが振りまわされても損なだけですよ」

不思議と胸に響いた。歳上の包容力とでもいうのだろうか、かりかりしていた気持ちがふっとやわらぎ、それもそうだと思った。

こうなったら好きに料理を作っちゃえばいいんだ。それでも腐されたら調理代はいらない、と突っぱね、食材費も負担してやって二度と注文を受けなければいい話だ。

腹を決めた佳代は、改めて飯島さんが置いていった鯖を眺めた。丸々と太った真鯖だった。これから冬に向かうにつれて、ますます脂が乗って寒鯖と呼ばれる旬を迎えるが、秋のこの時期にしては見事な鯖と言っていい。

ふつうなら刺身か締め鯖だろう。火を通すならシンプルに塩焼きが一番だが、それで飯島さんが納得するとは思えない。ここはやはり素材の良さを生かしつつ、シンプルかつ意表を突く料理に仕上げなければ、またダメ出しを喰らうに決まっている。

佳代は腕を組み、しばし思いをめぐらせてから梓さんに問いかけた。

「鯖サンドなんかどうかなあ」

「鯖サンド？」

訝しげに問い返された。

「文字通り、鯖のサンドイッチなんだけど、地中海に面したトルコの名物屋台料理なの」

いつだったかテレビの旅番組でやっていたのだが、炭火の煙がもうもうと立ち込める海辺の屋台に、現地の人たちが群がって食べていた。それがあまりにおいしそうだったので試してみたところ、鯖の塩焼きってパンにも合う！　と仰天したものだった。

作り方は、三枚におろした鯖に粗塩を振って炭火焼きにし、横半分に切れ込みを入れたバゲットにざっくりと挟む。あとは好みで玉葱のみじん切りを振りかけ、レモン汁をギュッと搾れば出来上がり。

「ほんとにおいしいんですか？」

梓さんはまだ首をかしげている。

「ほんとにおいしいの」

佳代は強調した。大きな口を開けてかぶりつくと、炭焼きの香ばしさをまとった鯖の身から溢れ出てきた脂が口一杯に広がる。そこにレモンの酸味とパンの小麦の薫りが加わり、すべてが渾然一体となった旨みが怒濤のごとく押し寄せてくる。

「ああもう、思い出すだけでよだれがでちゃう」

佳代は舌なめずりした。単に鯖の塩焼きをパンに挟んだだけなのに、なぜあんなにおいしいんだろうと、いまも不思議でならない。

「なんだかおいしそうな気がしてきました」

つられて梓さんも唇をなめている。実際、見よう見まねで作ってもあれだけおいしいのだ。いつかぜひ本場トルコの鯖サンドを食べてみたい、と思った記憶がある。

「うん、やっぱ鯖サンドで決定します。それで文句を言われたら調理代はもらわない。鯖も買いとって二人で食べちゃいましょう！」

佳代がそう言い放つと、

「じゃあ私、いいパン屋さんを知ってるのでバゲットを買ってきます」

梓さんもその気になって厨房車を飛びだしていった。


深夜になって弟の和馬に電話した。

五歳下の和馬は、二十年ほど前に両親が姿を消して以来、佳代が親がわりになって育ててきた唯一の肉親だ。姉弟二人の生活のため、中学卒業後すぐに働きはじめた佳代の期待に応えようと、高校、大学と順調に進学し、いまでは東京の経済新聞社の記者として働いている。

佳代が両親捜しの旅に出ると決めたときには、育ててくれた恩返しだと貯金をはたいて中古の厨房車を用意してくれた。全国を捜し歩いているときも、記者の取材力を使って貴重な情報を集めてくれたし、両親捜しに区切りをつけた佳代が調理屋で再出発するときも、おれの住所に住民票を置いときな、と拠り所をつくってくれたばかりか、当座の運転資金まで工面してくれた。いらないよ、こんなお金、と佳代は拒んだものの、それでも和馬は、身内の気持ちは黙って受けとれ、と佳代を叱りつけ、無理やり資金を押しつけてきたものだった。

我が弟ながら本当にできたやつだと思う。ただ一点、姉と話すとめっぽう口が悪くなるのが玉に瑕というやつだけれど、それは今夜も変わらなかった。

「ああ、あたしだけど、お元気？」

いつものように調理場の床に敷いたマットレスに座り込み、コップ酒片手に呼びかけるなり怒られた。

「なんだよ姉ちゃん、また飲んでんのかよ」

「いいじゃん、仕事が終わったら晩酌すんのが正しい日本人なの」

わざと音を立ててコップ酒を飲んでみせた。

「冗談じゃねえよ、おれ、まだ記事書いてんだぜ。マジで朝刊の締め切りぎりぎり」

「どうせ、あることないこと書き飛ばしてんでしょ」

「うっせえなあ、切るぞ」

「怖っ。この世に二人きりの家族なのに、お姉ちゃん、泣いちゃう」

「ああ、勝手に泣いて寝ちまえ」

本気で切ろうとする。

「んもう、ちょっとぐらい相手してちょうだいよ」

慌てて甘えた声をだすと、

「姉ちゃん、寂(さび)しいんだろ」

ぼそりと言われた。

「そんなんじゃないって」

「そろそろ男を見つけて、結婚とかしたほうがいいんじゃね？」

「やだ、それってセクハラだよ。新聞記者のくせに無神経なんだから」

「何言ってんだよ、この世に二人きりの家族だからこそ心配してんだぜ。たとえば、八丈島(はちじょうじま)で漁師やってる男なんかどうだ？　最近取材した人なんだけど、外ヅラはいいけど酒飲みで口が悪いとこなんか、姉ちゃん向きだし」

「いまは男どころじゃないの」

「へえ、悪い男につかまりすぎて懲(こ)りたのか」

「そう言うあんたこそ、彼女は？　また振られた？」

「おれはいいの。仕事で一杯一杯なの」

「ったく女も口説けない新聞記者か。使えないな」

からかい口調で切り返した途端、

「違えって、マジでおれは忙しいのっ」

急に声を荒らげる。

佳代は噴きだした。人のことはいじるくせに、自分がいじられるとムキになる。小学生の頃と変わらない和馬とのやりとりに、なんだかほっとした。今夜はめずらしく深酒したのに、あまり酔えないでいたからだ。

理由は、わかっている。またしても飯島さんからダメ出しされたせいだ。意を決して作った鯖サンドは、食べもしないで拒絶された。年寄りを馬鹿にしてるのかっ、と一喝され、持ち帰り用の袋ごと鯖サンドをぽいと投げ返された。

こんな屈辱的な目に遭わされたのは初めてだった。佳代は黙って鯖サンドを拾い上げ、財布から千円札を取りだして飯島さんに突きだした。鯖代は返す。そう意思表示したつもりだったが、千円札は無言で押し戻された。

そんなに嫌なら、おまかせにしなきゃいいじゃないっ。内心悪態をつきながらも何も言い返さなかった。こんな人に言い返したほうが負けだと妙な意地を張ってしまった。

鬱々とした気持ちを抱えて、ほかのお客さんから注文された料理を作った。そして、すべての料理を渡し終えたところで、

「ごめんなさいね、初日からこんなことになっちゃって」

梓さんに謝り、さっさと店仕舞いした。

「佳代さん、気にすることないですよ。鯖サンド、とってもおいしかったし」

返品された鯖サンドを食べてくれた梓さんに励まされた。

「けど、あの拒み方はあんまりだと思うし、あたしは許せない」

佳代は改めて憤慨した。曲がりなりにもプロの調理屋として独り立ちしている身としては、梓さんほど寛容にはなれなかった。なのに梓さんときたら、なぜか飯島さんを庇いにかかる。

「佳代さんの気持ちもわかりますけど、あの人の心には何かが棲んでるんですよ」

「何かって？」

「それはわかりませんけど、彼女だって料理好きの一人だと思うし、ここは忘れてあげましょう」

穏やかに微笑みかけられた。

違和感を覚えた。さっきたしなめられたときとは違って、佳代のプライドを逆撫でされた気がした。料理は手慣れているし、人当たりもいい梓さんだけに初日から好印象を抱いていたのだけれど、なぜそこまで飯島さんの肩を持つのか、正直、わからなかった。

「もうあたし、マジでやんなっちゃった」

携帯を握り締めながら佳代は弱音を吐いた。

「なんだよ急に」

受話口の向こうの和馬が困惑している。

「だって、あたしの頑張りがちっとも伝わらないんだもん、虚しくなっちゃって」

身内の気安さもあって、つい愚痴っぽくなった途端、

「だったらやめたらいいじゃん」

あっさり言い放たれた。

「またそんなこと言う」

「そりゃ言うよ。調理屋なんて仕事、端っから大変だってわかってたのに、なんでまた姉ちゃんは、わざわざ苦労を背負い込んじまったわけ？」

返事に詰まった。どう反論したものかわからなくて黙っていると、

「もう切るぜ、おれ、締め切りだし」

そう宣言されると同時に本当に電話を切られた。


それから二日後。朝の水汲みの帰りに魚市場に立ち寄り、セリの様子を眺めていると、

「佳代ちゃん」

だれかに声をかけられた。見ると禿げ頭の加戸倉さんだった。初めてちゃんづけされ

た、と思いながら、

「あら、朝からお出掛けですか?」

と微笑みかけると加戸倉さんも笑みを浮かべた。

「ここは懐かしいもんだから、ときたま来ちゃうんだよ」

「ひょっとして漁師さんだったんですか?」

「いやいや、そうじゃない。現役時代、ここの管理事務所で働いてたんだよ」

「へえ、そうだったんですか」

定年退職して四年経つが、いまも気になって軽自動車を駆ってやってくるのだという。先日、佳代のところに持ってきたフクラギも、ここの知り合いが分けてくれたそうで、

「嬉しいもんだよね、いつまでも仲間扱いしてくれて」

しみじみと言って目を細めると、

「ちなみに佳代ちゃん、朝めしは?」

ふと思いついたように聞く。

「朝食は仕入れを終わらせてからにしてるんです」

「そう言わずに、けさはご馳走させてよ」

魚市場の二階に行きつけだった食堂がある。ぜひ、と誘われ、ちょっと迷ったものの誘いに乗った。せっかくの機会だから、飯島さんの一件を相談してみようと思った。

魚市場の脇についている外階段で二階に上がった。ここに食堂があることは佳代も知っていたが、入ったのは初めてだ。

朝六時から営業しているという店内は、市場で働く人たちで溢れ返っていた。すでに仕事を終えたのか、刺身や焼き魚を肴(さかな)にビールを飲んでいるおじさんもいる。

「きときと刺身定食、いってみるか」

壁に貼ってあるメニューを指さしながら加戸倉さんが言った。〝きときと〟は富山の方言で〝ぴちぴち〟のことだ。

「じゃ、あたしも」

そう応じた直後に、ふと気づいた。

「〝かぶす汁〟って何です？」

メニューの左端に書いてある。

「ああ、かぶすってのは氷見の漁師言葉で分け前のことでね」

転じて、そのときどきの漁で獲(と)れた魚を船上でぶつ切りにし、玉葱と一緒に鍋に放り込んで煮上げる豪快な味噌(みそ)汁を、そう呼ぶようになったという。

「せっかくだから、かぶす汁もいこう」

加戸倉さんが追加注文してくれ、ほどなくして刺身定食と一緒に運ばれてきた。

てっきりお椀(わん)に入れてくるのかと思ったら、もっと大きな器に吸い物にも似た薄い色の汁が張られ、そこに蟹の脚やフクラギ、真鯛、小さな河豚などがごろごろ入っている。見方によってはブイヤベース、イタリアで言えばアクアパッツァと同系のビジュアルだった。

まずは汁を啜ってみた。

「おいしいっ」

思わず佳代が声を上げると、

「漁師ってのは、簡単で旨い魚の食い方をよく知ってるんだよ」

加戸倉さんが得意げに破顔した。

実際、その通りだと思った。味噌汁とはいえ甘口の味噌を薄めに溶いただけだから、蟹をはじめとする魚介の出汁が、これでもかと味わえて、これまたブイヤベースと同系のおいしさだ。ある意味、魚介めしにも通じる味わい方といってもいいが、よりシンプルな調理法だけに、汁を啜るたびに、ああ、と声が漏れてしまう。

「そういえば、鯵料理に文句をつけてた年配の女性はどうしたかな」

ふと真顔になって加戸倉さんが言った。佳代と揉めていたことが気にかかっていたという。

「ああ、飯島さんのことですよね。あれからまた鯖料理でも揉めちゃいました」

佳代は苦笑いした。加戸倉さんのほうからその話題に触れてくれるとは思わなかった。

「鯖をどう調理したのかね？」

「鯖サンドっていうトルコ風のサンドイッチを作ってみたら、食べもしないで投げ返されちゃいました」

口元を歪めてみせた。

「ほう、それはまいったね。でも、鯖サンドは旨いって聞いたことがあるよ。ヨーロッパにも魚好きの国は多くて、オランダの〝酢漬け鰊(にしん)サンド〟とか、ポルトガルの〝鰯サンド〟とか、青魚もけっこうパンに合わせてるみたいだし、旨いもんに国境はないと思うんだがなあ」

「加戸倉さん、よくご存じですね」

「これでも市場関係者だったから、食の耳年増(みみどしま)ってやつだな」

はっはっはと笑う。フクラギの白ワイン蒸しに感心していたわりにはやけに詳しいと思ったら、そういうことだった。

「けど正直あたし、落ち込んじゃいました。斬新な料理がいいって言うから頑張って考えて作ったのに、わけがわからなくて」

「確かに困ったことだねえ」

加戸倉さんは眉間(みけん)に皺(しわ)をよせ、甘エビの刺身をひと口食べてから、

「その後、飯島さんは来たのかね？」

と尋ねる。

「いえ、あれっきりです」

というより、もう来てほしくない。

「まあ気持ちはわかるよ。実は、いつだったかここのセリ場でも、ごたついてるところを見かけてね」

「市場にも来てたんですか」

言われてみれば、飯島さんが持ってきた鰺も鯖もけっこうな上物だったが、セリ場でも揉めていたとなると、この界隈(かいわい)でも知られたクレーマーなんだろうか。かぶす汁を啜りながらふと考えていると、加戸倉さんがメモ帳を取りだした。

「また佳代ちゃんのところに来たら、知らせてくれるかな」

携帯番号を走り書きして、ビッと破って手渡された。この際、彼女と話してみたいという。

「話してどうされるんです？」

「いや、ちょっとね」

言葉を濁(にご)された。佳代としてはこれ以上深入りしたくなかったが、知らせてくれと言われれば拒む理由がない。迷ったものの、こくりとうなずいた。

数日後の午後、佳代は歩いて近くのスーパーへ向かった。厨房車は梓さんにまかせて買い物をしたかった。

富山湾から吹きつける潮風の中、五分とかからずに地元の食品スーパーに到着すると、まずは調味料売り場へ直行した。

塩、醬油、砂糖、味醂、酢、清酒、山葵、芥子、そして各種スパイスなど基本的な調味料が並んでいる棚をめぐり歩き、ストックが切れそうなものを買い足した。パンダンリーフや中国醬油、五香粉といった特殊なものは地方では入手しにくいから、たまに東京の和馬に連絡して郵便局留めで送ってもらうが、それ以外は大方が地方のスーパーでも揃う。

今日は柚子胡椒と乾燥オレガノを買った。どちらも頻繁には使わないものの、ないと困る。この手の調味料はほかにもけっこうあって出費も馬鹿にならないが、調味料はケチらない主義だからマメに補充している。

「もっと儲けを考えたらいいのに」

ときどきお客さんから心配されるが、儲けを考えたら調理屋なんて商売はやれない。厨房車暮らしで佳代一人が生きていくにはこれで十分だし、この暮らしに慣れてしまうと、それ以上の欲が湧いてこない。

「すっぴんでそんだけきれいなんだから、もっとおしゃれしたら？」

そんなお世辞もたまに言われるが、おしゃれにもあまりお金は使わない。大好きな料理作りを楽しみ、おいしかったと喜ばれ、日帰り温泉やスーパー銭湯で汗を流してから、のんびりと晩酌さえできれば、ほかに何を望もうか。

結婚もしたくないわけではないが、無理してまではしたくない。こんな女でもいいと言ってくれる男がいるなら拒みはしないし、恋心を抱いた男がいたこともなくはない。それでも、佳代は結婚を目標にするような生き方はしたくない。

調味料の補充が終わったら、ついでに晩酌用の酒とつまみも調達する。氷見のメインストリート、比美町商店街まで歩き、潮風で赤錆びたアーケード街の酒屋と魚屋を覗いて、氷見の地酒と富山湾特産の白海老の昆布締めを買い込んだ。

水と同じように、土地の酒も土地で飲むのが一番旨い。それに合わせるつまみも土地のものがいい。昆布の旨みをまとった、ねっとりした白海老を地酒に合わせる瞬間を想像すると、今夜の晩酌がいつにも増して楽しみになった。

さて、夕食の注文品を作らなきゃ。買い物の成果を抱えた佳代は、街道沿いの厨房車を目指して歩きはじめた。

そのとき、携帯電話が震えた。着信を見ると、梓さんからだった。

「来ました」

小声で告げられた。え？　と聞き返すと、

「飯島さんが来たんです。どうしましょう」

指示を仰がれた。

とりあえず待たせといてください、と伝えて、すぐさま加戸倉さんの携帯に電話を入れた。わざわざ知らせるのも何かと思ったが、先日の約束通りにした。

小走りで厨房車に戻ると、街道の縁石に飯島さんが腰を下ろしていた。小さな背中を猫のように丸め、抱えた膝の脇には食材を入れたレジ袋が置かれている。

佳代は無視して厨房車に入ろうとした。飯島さんが立ち上がり、近寄ってくる。

「申し訳ありません。いま注文が一杯なのでお受けできません」

先手を打って断り、深々と腰を折った。

梓さんが厨房車の中から見ている。断っておきましょうか？　とさっきの電話で聞かれたが、自分でちゃんと断りたかった。

「そこをなんとかならんかね」

飯島さんが紫色の髪をかき上げながら喰い下がってきた。ほれ、調理代もちゃんと持ってるし、と財布を突きつけてくる。

どういう神経をしてるんだろう。前回のことは忘れてしまったのか。

「お金がどうこうじゃないんです、とにかく注文がこなしきれないものですから」

再度、穏やかに断った途端、罵声が飛んできた。

「あんたっ、逃げる気かっ。わしを納得させる料理を作ろうとは思わんのかっ」

もう、うんざりだった。面倒臭いから適当に調理してしまう手もないではないが、やはりそれはできない。佳代にだってプライドがある。

結局、たがいに譲らず押し問答しているところに、加戸倉さんが黄色い軽自動車で駆けつけてきた。厨房車の後ろに駐車するなり目顔で佳代を制し、つかつかと飯島さんに歩み寄り、柔和に微笑みかけた。

「キヨコさん、ですよね」

飯島さんが、きょとんとしている。かまわず加戸倉さんは続けた。

「ご記憶にないかもしれませんが、市場の管理事務所にいた加戸倉です。ちょっとお時間をいただけませんか。久しぶりですし、お茶でも飲みましょう」

そう告げるなり、いまだ困惑顔でいる飯島さんの背中をそっと押し、軽自動車の助手席へ促した。

それっきり、飯島さんも加戸倉さんも姿を見せなくなった。

ほかのお客さんは相変わらず贔屓にしてくれているし、新しいお客さんも増え続けている。二人が来なくても佳代の商売には差し支えないものの、ただ、あれから二人がどうしたのか、それが気にかかった。

飯島さんは覚えていなかったが、加戸倉さんは飯島さんを知っていた。しかも飯島さんはキヨコという名前を否定しなかったから、おそらく彼女は飯島キヨコその人なのだろう。そればかりか意外なことに、二人が黄色い軽自動車で走り去ってから梓さんが小首をかしげ、

「飯島キヨコさんって、飯島一族の喜代子さんかしら」

と言いだした。能登半島周辺の漁港では、昭和初期の頃から船主四族と呼ばれる四つの家族が漁船の保有数を競い合っていたそうで、飯島家はそのひとつだったという。

戦前は四家揃って漁業だけの活動だったが、戦後の高度成長期に入ると四家とも水産加工や織物などの地場産業にも進出して隆盛を極め、飯島家もかなり羽振りが良かったらしい。ところが、八〇年代後半になってバブル景気に煽られた飯島家は、不動産投資にも乗りだした。それが失敗のはじまりだったらしく、やがてバブル崩壊で大きな痛手を被り、あとはもう一気に凋落が進んだ。

「漁船も事業も全部手放して、家族も散り散りになったって聞いてましたけど、まだいらっしゃったんですね」

もちろん、彼女が本当に、かの飯島喜代子さんだとしたら、という前提つきではあるけれど、地元出身の梓さんにとっては思いがけない事実だったらしい。

そんな飯島さんと加戸倉さんが、あれからどうしたのか。梓さんと二人でしばらくはあれこれ想像し合ったものだが、ほどなくしてそれどころではなくなった。仕事がてんてこ

舞いの忙しさになったからだ。

手伝いの初日から大活躍してくれた梓さんは、その後、調理の腕前もなかなかのものだとわかってきた。最初のうちは調理補助と賄い料理作りを頼んで腕試しをしていたのだが、まかせられる、と判断してからは思いきって両親ゆかりの魚介めしの作り方を伝授した。同時に、お客さん用の調理も徐々にまかせていったところけっこう評判がいい。魚介類と調味料の仕入れはいまも佳代一人でやっているが、それ以外の調理仕事は二人で分担しはじめた結果、以前より注文を断ることが減り、それがまた新たなお客さんを呼び込む好循環を生んだ。

梓さんの採用は正解だった。一時は不安を抱いた佳代もこれには安堵し、その後は順調に一か月ほどが過ぎた。

加戸倉さんと飯島さんのことは忘れたわけではなかったが、新規の常連さんも定着してきたことから、二人のことは記憶の底に沈みかけていた。

そんなある秋晴れの朝。いつものように湧き水を汲んでから魚市場に到着すると、駐車場に黄色い軽自動車が駐まっていた。加戸倉さんの車だ。そう気づいて様子を窺っていると、ひょいと運転席のドアが開き、当の本人が降りてきた。

どうやら佳代を待っていたらしかった。そのまま小走りで厨房車に近寄ってくると、

「お時間、よろしいですか？」

と聞かれた。折り入って話があるという。

加戸倉さんに導かれて漁港の外れまで肩を並べて歩いた。富山湾の荒波から港内を守っている防波堤の突端まで歩いたところで、

「ここから眺める海が好きでねえ」

加戸倉さんはコンクリートの護岸に腰を下ろし、遠くを見やった。市場の管理事務所で働いていた頃は、仕事でむしゃくしゃするたびに、ここで気晴らしをしていたという。

佳代も隣に座って海を見た。朝の富山湾は穏やかに凪いでいる。


潮の香りに包まれながら加戸倉さんの話に耳を傾けた。

「飯島さんのことで、ちょっと聞いてもらえますか」

そう切りだされて佳代がうなずくと、加戸倉さんは言葉を選びながら語りはじめた。

飯島さんはやはり、飯島家の嫁、飯島喜代子さんだった。先代当主が他界した後、若くして家業を継いだ一人息子の飯島啓一郎に見初められ、二十代半ばに結婚したという。

当初は玉の輿と囃され、一人娘を授かったものの、夫の啓一郎は仕事にかかりきりで家業の拡大にばかり熱心だった。ところが、梓さんから聞いた通り、バブルの崩壊で拡大路線の家業が一挙に傾いた。そして数年後、重圧に押し潰されるようにして啓一郎は病死し、喜代子さんは一人娘と義母との三人暮らしを支えなければならなくなった。

「それからは、水産加工のパート仕事を見つけて、唯一死守した古屋敷で細々と暮らしていたそうですが、お義母さんは、息子が事業に失敗したのは内助の功が足りなかったせいだ、と事あるごとに喜代子さんを責め立てたらしいんですね」

船主の奥方だったこの私に、みじめな生活をさせてからに、とばかりに、頑張っている喜代子さんに日々つらく当たり続けた。

この嫁姑関係を目の当たりにした一人娘は嫌気が差し、高校卒業と同時に上京して都内の会社員と結婚した。それでも喜代子さんは亡き夫に義理立てし、年老いた姑のために甲斐甲斐しく尽くした。パート勤めの傍ら、炊事、洗濯、掃除から身のまわりの世話まで。とりわけ料理については、食が細くなった姑の体に配慮してさまざまな工夫を凝らした。

にもかかわらず姑の態度は変わらなかった。

「この味噌汁はうちの味じゃない」

「ガイジンじゃないんだから帆立のバター焼きなんか食べられるかい」

「また小鯛を酢漬けにしたのかい、馬鹿のひとつ覚えだね」

喜代子さんをねちねちといびり続けた。

その当時、加戸倉さんは朝の魚市場で喜代子さんを見かけたことがあるという。

「姑から、市場に連れていけ、と命じられたんだろうね。羽振りのいい船主時代みたいに昔ながらの着物姿でセリ場を見て歩いてたんだが、顎をしゃくって叱りつける姑に、はい、はい、と頭を下げながら、古い顔馴染みに愛嬌を振りまいていた彼女の姿が忘れられなくてね」

　そんな生活が五年ほど続いた頃、転機が訪れた。いつにない大雪に見舞われた厳冬のさなかに姑が肺炎をこじらせ、あっけなくこの世を去った。

　それが半年前のことだそうで、喜代子さんは飯島家のしきたり通りに葬儀をすませ、意地悪された姑をきちんと弔い、ようやく平穏な一人暮らしを手に入れた。

「ところが、人間っていうのは不可思議なものだよね。あれほど自分が嫌な思いをしてきたのに、その足かせがなくなった途端、今度は自分が姑と同じことをするようになってしまった」

　佳代のところでやったようなことを、町のあちこちでしでかしていた、と加戸倉さんは言うのだった。

「本当ですか？」

　信じられなかった。そんなことがあるんでしょうか、と正直な気持ちを口にした。

「まあ、わしも最初はそう思ったんだが、学のある人の話だと、意地悪されて味わった心の痛みをわかってほしくて、ほかの人にも同じような意地悪をしてしまう。人間にはそんな心理があるらしいんだね」

念のために図書館で調べてみたそうで、心理学者ユングのシャドウ理論によると、『自分の心の影〝シャドウ〟を他人に投影することで、心の安泰(あんたい)を得ようとする心理が働くことがある』らしく、喜代子さんもそうした心理状態になったに違いない、と加戸倉さんは理解したという。

「けどあたしは」

言い返しかけて佳代は口をつぐんだ。

加戸倉さんの弁明を聞いているうちに、急に腹立たしくなってきた。喜代子さんにつらい過去があったことはよくわかった。ユングだかの理屈もわからなくはない。けれど、そのために酷(ひど)い目に遭わされたあたしはどうなるのか、そこが釈然(しゃくぜん)としなかった。

「いや、もちろん彼女はいけないことをした。それは間違いない事実なんだが、この際、彼女のそうした内面も佳代ちゃんに知ってもらえたらと思ってね」

「いまさらそんなこと言われても」

佳代は護岸から立ち上がった。大人の態度ではないかもしれない。そう自覚しながらも、胸の底に燻(くすぶ)っている憤りを抑えられなかった。

「佳代ちゃん」

加戸倉さんに呼びとめられた。それでも佳代は、にわかにさざ波が立ちはじめた富山湾に背を向け、無言のまま厨房車へ向かって歩きだした。

その日の夕方、加戸倉さんの話を梓さんに聞いてもらった。仕事終わりの帰り際に重い話はしたくなかったが、しないではいられなかった。

「やっぱり飯島喜代子さんでしたか」

梓さんはそう呟くと、ショートヘアを撫でつけながらしばし考えてから、ゆっくりと佳代に向き直った。

「佳代さんの気持ちも正直、わからなくはないですけど、飯島さんはきっと、佳代さんに甘えたかったんだと思いますよ。私だって同じ気持ちになったことがあるし」

意外な言葉だった。梓さんは淡々とした面持ちで言葉を継いだ。

「私、三年前に大きな病気をしたんですね。人間ドックにかかったら子宮に異変が見つかって、お医者さんから言われたんです。命を失うか、子宮を失うか、どっちかだって」

青天の霹靂というやつだったという。三十二歳で結婚してから、ずっと子宝に恵まれないでいたのも、結局、それが原因だったらしく、夫にもすぐさま病気のことを打ち明けた。

「でも結論はひとつしかありませんからね。死んじゃったら元も子もないから、夫婦二人だけの人生を楽しもうって主人と一緒に決断して手術をしたんです」

ところが、命の危機は回避できたものの、退院後、思わぬ自分に遭遇したという。無意識のうちに、子どもを産んだ友人知人につらく当たるようになっていたのだという。さりげない言動を通して卑小な悪意をぶつける自分がそこにいた。

「もし主人が気づいてくれなかったら、人間関係を台無しにしていたと思います。子どものことは割り切ったつもりでいたのに、自分の心ってわからないものですよね」

それからは、夫とともにカウンセリングに通って心のケアに努めた。やがて夫は、以前から料理好きだった梓さんに、お店でもやってみたら？　と勧めてくれるようになった。

それはいいことです、とカウンセラーも賛成してくれ、梓さんも前向きに考えはじめたその頃、偶然にも出会ったのが佳代のキッチンだった。

「だれかのために料理を作る仕事って、素晴らしいですよね。だって、私はその人の命を支える仕事をしてるんだ、っていう気持ちになるじゃないですか。だから佳代さんには、お礼を言いたいんです。佳代さんと一緒に料理の仕事に打ち込むことで、私は私を取り戻せたから」

返す言葉が見つからなかった。いつも明るい梓さんが抱えていたものの大きさに愕然とすると同時に、どんな言葉を返したところで浮いてしまう気がした。

「佳代さん、そんなに深刻な顔をしないでください。だれだって人には言えない何かを抱えているものじゃないですか。ただ、自分が立ち直れたから言うわけじゃないですけど、喜代子さんのことも、ちょっと安心してるんですよね」

言いながら佳代の目を見据える。

「実は見ちゃったんです。加戸倉さんと喜代子さんが手を繫いで歩いてるところを」

手を？　と思わず問い返した。

「そうなんです。先週、主人と氷見の海浜植物園に遊びにいったら、そこで二人がデートしてたんですね。どうやらできちゃったみたいです」

ふふっと笑っている。二人には気づかれなかったそうだが、傍から見ていても、とても微笑ましい光景だったという。

「結局、自分がダメなときに寄り添ってくれる人がいるかどうか、そこじゃないですか。私もそうでしたけど、喜代子さんも加戸倉さんがいてくれれば、もう大丈夫だと思うんですね」

だから佳代さん、ここは大人になってあげましょうよ。梓さんは最後にそう付け加えると、じゃ、また明日、と手を振って帰宅していった。

一人になった調理場で、佳代はふうと息をついた。今日になって突如、これまで知らなかったさまざまな事実が見えてきて、なんだか目がまわりそうだった。

食材棚の奥から清酒の一升瓶を取りだし、コップに注いだ。それを冷やのままぐいっとあおってから携帯電話を手にした。

松江のばあちゃんと話したかった。支店の候補者が見つかったら、いつでも電話しとくれ、と言われている。もしその土地で見つからなければ、無理に見つけなくてもいい。別の港町に移動して、これ、という候補者を見つけてくれればそれでいい。そうも言われていたが、幸運にも最初の港町から朗報を伝えられる。

「ほう、見つかったかね。それはよかった」

報告を聞いたばあちゃんは、ことのほか喜んでくれた。早速、支援したいから、二か月以内に支店開店の準備をすませ、佳代はつぎの港町に移動してほしいという。

「え、二か月で移動ですか？」

早すぎます、と断った。そんなに急(せ)かされるとは思わなかった。

「いやもちろん、わしもすまないと思うとる。だが、そこをなんとかお願いできんかの。松江支店のときもそうやったが、二か月あれば開店準備はできる」

「ですけど」

もっと氷見にいたかった。この短期間についてくれた常連さんとも別れがたい。

「気持ちはようわかるんやけど、わしには時間がないんや。この世にいるうちになんとかしたい思うちょるけん、なんとかそうしてほしいんや」

語気を強めて懇願された。

「でも、まだ梓さんに正式な了解をとってないんですよね。大丈夫とは思うんですが、あんまり急かすと」

　言いかけた言葉を遮（さえぎ）られた。

「せやからこうして頼んどる。わしに言わせたら、佳代は食の伝道師や。調理屋の心を受け継いでくれる人が見つかったら、あとのことはわしが頑張るけん、すぐバトンを渡して、つぎの伝道の地へ旅立ってほしいのや」


　富山湾に流れ込む上庄川沿いの道を上流へ向かい、しばらく進むと、ひときわ大きな京町家風の日本家屋が見えてきた。

　黒い瓦葺（かわらぶ）き屋根に板壁をめぐらせた、北陸地方に特有の佇（たたず）まい。築年数が古いぶん見た目はかなりくたびれているものの、とにかく大きい。富山県は持ち家の延べ床面積が五十六坪で全国一位や、とお客さんが自慢していたが、その倍はあろうかという立派な古屋敷だった。

　この家だけは絶対に手放さない。そんな姑の意地で、すべての資産を失っても守り続けてきた家だそうだが、その堂々たる佇まいを見るにつけ、喜代子さんはさぞかし苦労を重ねてきたのだろうと察せられる。

　門柱の前には加戸倉さんが立っていた。厨房車ごと前庭へ入れ、と大きく手を振って誘導してくれている。佳代はハンドルを切り、ゆっくりと飯島家の敷地内に乗り入れた。

　加戸倉さんから調理の注文を受けたのは、けさ方だった。サイドミラーに営業中を示す木札を掛けると同時に、トロ箱を抱えてやってきた。トロ箱には石鯛、ノドグロ、フクラギ、トヤマ海老、バイ貝など、氷見漁港で水揚げされた魚介類がぎっしり詰め込まれ、氷見名物の小魚のすり身〝ととぼち〟まで入っていた。全部の魚を使って、喜代子さんのために好きに調理してほしい、というのが加戸倉さんからの注文だった。

　佳代は一瞬、返事に詰まった。喜代子さんと何度もやり合った記憶が頭をよぎったからだ。すると、佳代の気持ちを察して加戸倉さんが照れ臭そうに言った。

「今日は彼女の誕生日でね」

　すかさず梓さんに背中を叩かれた。

「佳代さん、やりましょうよ」

　そこまで言われたら断れない。

「じゃあ、今日は特別に出張調理をやらせてください」

　とっさに佳代はそう申し出て、午後の営業は休むことに決めたのだった。

　飯島家の前庭には、生花（いけばな）が飾られたテーブルが置かれていた。その傍らに厨房車を駐めると、家の中から喜代子さんが姿を現した。一か月ぶりに会う喜代子さんは、どこか険がとれた柔和な面持ちで、厨房車から降り立った佳代に会釈（えしゃく）してきた。

　もちろん、わだかまりがすべて消え去ったわけではない。釈然としない残り火は、いまも静かに佳代の中に燻っている。それでも、ばあちゃんのあの言葉が寛容の心をもたらしてくれた。

『佳代は食の伝道師や』

喜代子さんに会釈を返し、早速、調理にかかった。まずは梓さんと二人で魚の鱗を引き、内臓を抜き、海老や貝とともに水洗いした。続いて大鍋を火にかけ、大蒜(にんにく)のみじん切りをオリーブ油で炒(いた)めた。大蒜の香りが立ったら同じ鍋で魚を焼き、海老と貝も投入して清酒を振り入れる。貝が開いたところでオクラとミニトマト、能登半島名産の魚醬(ぎょしょう)〝いしり〟も垂らし入れ、風味のアクセントに山椒(さんしょう)の実も加えたら影無し井戸で汲んだ湧き水を注ぎ入れる。

あとは焦(こ)げつかないよう鍋を揺すったり、お玉で煮汁を魚介にかけたりして煮込み、最後に塩胡椒で味を調えて茗荷(みょうが)のみじん切りを入れ、レモンをぎゅっと搾って一味唐辛子を振ったら、誕生日特別料理の完成。

「こりゃあ、いい匂いだなあ」

加戸倉さんが鼻をひくひくさせ、何て料理だい？　と聞いてきた。佳代は大鍋をテーブルの中央によいしょと置いて、

「そうですね、〝和クワパッツァ〟と名づけましょうか」

と微笑み返した。言うまでもなく、イタリア料理のアクアパッツァをもじった料理名

だ。作り方も本家と似ているが、調味料類は和風を意識して、白ワインを清酒に、アンチョビをいしりに差し替えたりしている。

「いや佳代ちゃん、おもしろいことを考えるなあ」

加戸倉さんが感心している。

「市場の食堂でかぶす汁を食べたときに思いついたんですよ」

アクアパッツァもブイヤベースも佳代の魚介めしもそうだが、多種多彩な魚介類を一緒くたに煮ると、信じられないほどおいしい出汁がでる。かぶす汁を佳代流にアレンジして、若者にも年配者にも喜ばれる魚介出汁の料理に仕立てよう、と考えたのだった。

湯気の立つ大鍋から佳代が皿によそい分けた。加戸倉さんが、ぽんとシャンパンを抜いて佳代たちを見る。

「一緒に付き合ってくれないかな」

今夜はここに泊まればいいんだから、と言い添えられて、はい、とうなずいた。そして四人でテーブルを囲み、まずは誕生日を祝って乾杯したところで、

「さあ、いただこう」

加戸倉さんに促されて喜代子さんがスプーンを手にした。佳代は緊張した。今度こそ気に入ってもらえるだろうか。

喜代子さんが汁をすくって口に含んだ。途端にふっと頰(ほお)をゆるめて呟いた。

「ああ、おいしいお出汁だねえ」

彼女の口から初めて聞いた褒め言葉だった。佳代の頬も自然とゆるみ、ほっとしていると、梓さんから耳打ちされた。

「佳代さん、やらせてください」

思わず梓さんを見た。つい昨日のことだが、梓さんに支店の話をした。松江のばあちゃんの支援も得られるから、ぜひ、とお願いしたものの、その場では返事を保留されていた。

「ありがとう」

梓さんの手を握り締めた。喜代子さんのひと言が梓さんの背中を押してくれたに違いない。そう思うと、急に目頭が熱くなった。

そのとき、喜代子さんがまた口を開いた。今度は満面に微笑みを広げ、佳代の目をまっすぐ見据えて大きな声で、

「佳代ちゃん、これ、本当においしい」

第二話

女神（めがみ）めし

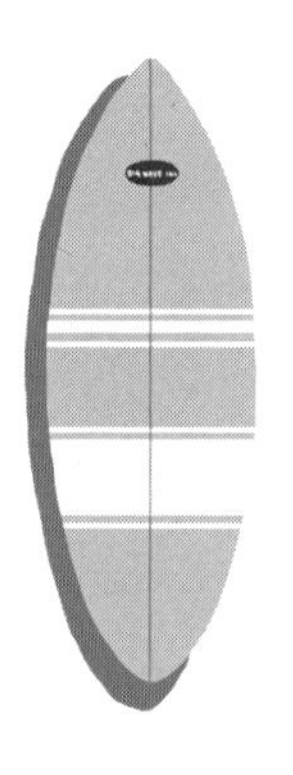

静岡県下田（しもだ）市

原付バイクが駆け寄ってくる。けたたましいエンジン音を鳴り響かせ、佳代の厨房車めがけて一直線に近づいてくる。

やけに陽焼けした顔にキャップヘルメット、吊り目のサングラスをかけた男が乗っている。洗いざらした赤いTシャツに黒のスカジャンを羽織り、無表情にアクセルを煽り立てている。

佳代は緊張した。地回りが因縁をつけにきたに違いない。伊豆半島の下田に到着して一週間。伊豆急下田駅から程近い駐車場を借りて営業を開始した〝佳代のキッチン〟に、早くも目をつけたのだろう。初めての土地では、ショバ代やら挨拶料やらをよこせと凄んでくるチンピラがよく出没する。

しかし、文句をつけられる筋合いは一切ない。佳代は地主なり管理会社なりに許可を取って営業しているから、何を言われようと毅然と突っぱねるだけだ。実際、弱みを見せたらたちまち付け込まれる。緊張しながらも素知らぬ顔で魚介類の下ごしらえを続けていると、やがて原付バイクが厨房車の前に停車した。

男がバイクを降り立ち、サングラスを外した。思ったより穏やかな目だった。しゅっと尖った顎とは対照的に、下がり気味の目元がどこか人懐こい。二十代半ば、いや、もっといっているだろうか。

「エンジン、壊れてるんじゃない？」

佳代は明るく笑いかけた。こういうときは屈託なく接して出鼻を挫くに限る。

「は？」

男がきょとんとしている。

「うるさすぎます」

冗談めかして叱ってみせると、

「ああ、安い中古買っちゃったんで」

男は照れ笑いし、原付のハンドルに吊り下げてあるレジ袋を取って突きだしてきた。

「何です？」

思わず身構えた。

「鶏肉」

男がレジ袋を開いて見せる。確かに、鶏モモ肉が二枚入っている。

「あ、あの、どう調理します？」

勘違いしていた自分に噴きだしそうになりながら聞くと、

「仲間と食べたいから、すぐに焼いてタレとかかけてくれっかな。あと、魚介めしってやつも大盛りで」

早口で注文してくれた。

「ありがとうございます。じゃ、ちょっと待っててくださいね」

そう告げながらも、正直、拍子抜けしていた。地回りだと思っていたら、まさかのお客さんだった。おまけに、漁港の街だけに魚料理を注文されると思っていたら、いきなり肉料理だった。初めてやってきた下田の街だが、意表を突かれた。

調理屋の営業場所は佳代の一存で決めている。といって下田の街を選んだのには、さしたる理由はない。先日、梓さんに支店をまかせた富山県の氷見から、すぐ隣の新潟県へ移動してもよかったのだが、氷見を離れる朝、氷見漁港の埠頭から富山湾の海を眺めていたら、急に太平洋が見たくなった。

荒波に揉まれる漆黒の日本海も嫌いではないけれど、そもそもが太平洋岸生まれだからか、青々と広がる海が懐かしくなった。そして気づいたときには日本列島の高屋根、飛驒山脈を縦断する越中飛驒街道へ向けてハンドルを切っていた。

「太平洋が見たいだけで五百キロも移動したわけ？　やっぱ姉ちゃんって親の血を引いてるよなあ、自由すぎるぜ」

一昨日、弟の和馬に電話したら苦笑されたものだった。見果てぬ青い鳥を探して放浪した両親になぞらえられたのだが、しかし佳代にしてみれば、これぞ厨房車商売の醍醐味だと思っている。かつて北海道のニセコまで行ったことを思えば、五百キロの移動ぐらいなんでもない。

結果的に下田に落ち着いたのも同じことだ。太平洋が一番きれいに見える場所はどこだろう、と考えたとき、太平洋に突きだしている伊豆半島かも、と思いついて、半島の南端へ向けて走っていたら自然と下田の街に辿り着いていた。下田といったら江戸の昔にペリーが来航した観光地だけに、客商売で忙しい人が多そうだし、下田漁港があるから魚介めしも作りやすい。調理屋商売に向いていると判断したのだった。

「姉ちゃんって簡単だなあ」

これにも和馬が苦笑していたが、同じように松江のばあちゃんにも電話して伝えたところ、

「おや、下田かい。金目鯛が旨いとこだから、ええとこに行ったやないか」

と屈託なく喜んでくれた。ばあちゃんも根っこの部分は、佳代や佳代の両親と同じように自由人体質なのかもしれない。

こうして営業場所と定めた下田の街で、最初にやってきたお客さんが原付バイクの若者だった。ついさっき、たまたま通りかかったときに『いかようにも調理します』と書かれた木札を見て、わざわざ鶏モモ肉を買ってきたというから、佳代の勘違いとは裏腹にありがたいお客さんだった。

早速、鶏モモ肉を焼きはじめた。まずは肉についている余分な脂を包丁で落とし、肉の厚みが均等になるよう厚い部分に切れ目を入れて広げる。さらに筋切りをしてから両面に岩塩をしっかり振り、皮目を下にして冷たいフライパンの上に置く。油は一滴も引かな

い。皮から滲みだす脂でくっつく心配はないから、そこまでやったらコンロに点火する。まずは中火でフライパンを温め、皮がジュクジュク音を立てはじめたらすぐ弱火に落とし、あとはひたすら弱火のまま焼いていく。皮から脂が出てきたらキッチンペーパーで吸いとり、じっくりじっくり焼いていけば自然と皮目がパリパリのキツネ色に焼けるから、その段階で初めて裏返す。裏側はものの三分も焼いたらコンロの火を止め、あとは余熱で火を入れる。そのまま五分ほど寝かせて肉の中の肉汁を落ち着かせたら焼き上がり。

佳代は再び包丁を手にした。香ばしい匂いが立ちのぼる鶏肉をトントントンと大ぶりにカットし、持ち帰り用の紙皿二枚に盛りつけた。念のため、マヨネーズに柚子胡椒と醤油を混ぜて刻み葱を加えた手作りソースも添えたが、

「できればソースなしで食べてね」

と焼き上がりを待っていた若者に差しだした。すかさず若者は、こんがり焼けた肉片をひとつ口に放り込んだ。パリッ、パリッと皮を噛み砕く小気味よい音を立てながら咀嚼して飲み込むなり、陽焼け顔を綻ばせて言った。

「ねえ、この調理屋ってやつ、浜でやってくんない？」

翌朝、魚市場に出掛ける準備をしていると、昨日と同じ騒音を撒き散らしながら原付バイクがやってきた。

営業場所と宿泊場所はいつも別々にしているのだが、下田では厨房車を移動しなくてもいいように、終日駐められる駐車場を借りてしまった。それが失敗だった。営業場所でそのまま寝泊まりしていると、早朝から押しかけられても逃げ場がない。

「いまから魚市場に行くのよ」

午前九時の営業開始まで待って、と原付バイクの若者、海斗に告げた。昨日、あれから雑談しているときに、そう名乗られた。

「けど、魚を仕入れたら湧き水を汲みに行くって言ってたよね」

「そうなの、だから申し訳ないけど出直してくれる？」

昨日も同じ話をした。浜で営業してほしい、と言いだした海斗に、魚の仕入れと水汲みを理由に断った。とりわけ水は、昆布出汁にうってつけのアルカリ水〝落合の湧き水〟を汲みに行っている。二駅先の稲梓駅の近くだから厨房車で往復三十分かかるというのに、海斗が言っている浜とは下田市街からさらに南下した多々戸浜だという。それだと、ますます水汲みが大変になる。

「大丈夫、水は汲んできたから」

海斗が原付バイクの荷台を指さした。大きなポリタンクが積まれている。

「やだ、わざわざ汲みに行ってくれたの？」

「てか、おれんち、稲梓」

生まれ育った家から五分とかからない場所に落合の湧き水があるという。

「多々戸浜でやってくれるんなら、これからも汲んできてやるし」

「けど毎日だよ」

「いいよ。どうせ毎日、浜に行くし」

「あなた漁師？」

「違(ちげ)えって、サーファー」

「ああ」

ようやく陽焼け顔の理由がわかった。多々戸浜はサーファーにはよく知られた浜だそうで、そこで営業してくれたら仲間たちが喜ぶというのだった。

そう言われて、一瞬、海斗に手伝わせられないかと思った。わざわざ水を汲んできてくれるほどマメなら使えるかもしれない、と勝手に考えた。

「ちなみに、料理は好き？」

念のために聞くと、無言で首を横に振られた。

「じゃあ、やっぱここで営業する。毎日汲んできてもらうのも申し訳ないし」

改めて断った。海斗の仲間がどれほどいるのか知らないが、自分のペースは崩(くず)したくない。朝の九時以降、この駐車場に来てくれれば仲間の注文も喜んで受けるから、と言い添えて帰ってもらった。

ところが、ほどなくして佳代は、言い添えたひと言を後悔した。

魚を仕入れて海斗が汲んできてくれた水で魚介めしを作り、厨房車のサイドにルーフテントを張って営業をはじめた直後に、突如、十台ほどの車が押しかけてきたからだ。海斗の原付バイクを先頭に中型や大型のバイク、軽自動車に四輪駆動車にワンボックスカーと、色とりどりの車が瞬く間に駐車場を埋め尽くしてしまった。

多々戸浜の仲間と思しき陽焼け顔の男たちだった。車を駐めるなり、つぎつぎに降り立ち、厨房車に向かって歩いてくる。街を行きかう人たちが何事かと見ている。暴走族ほど物々しい集団ではないものの、それでもかなり人目を惹く。

先頭には海斗がいた。パンパンにふくらんだスーパーのレジ袋を四つも提げて厨房車までやってくるなり、

「頭数多いけど、いいよね？」

レジ袋を差しだしてきた。みんな若いだけにがっつり肉食なのだろう。鶏、豚、牛、骨付きのラムラックまで含めて、肉がぎっしり詰まっている。四人前までは同一料金だから、人数を集めれば割安で料理してもらえる。そういう計算に違いない。

どうせなら野菜や魚もあれば、もっと腕を振るえるのに。そう思いながら食材名と数量を伝票に書き込んでいると、最後に一人だけポニーテールの若い女性が姿を現し、セロリやブロッコリー、人参など大量の野菜が入ったレジ袋を差しだしてきた。小麦色の肌にく

りっとした意志の強そうな目を佳代に向けてくる。

「野菜嫌いの男でも食べられる料理を作って。食材を追加してくれてもオッケーなんで」

それが彼女の注文だった。ちょっと嬉しかった。思わず、ありがとう、と礼を言うと、そばで見ていた海斗がふと思いついたように言った。

「ここ、魚介めしもヤベえんだよな。人数ぶん、くれる？」

気がつけば、瞬く間に大量の注文を引き受けてしまった。料理の受け取りはお昼と言われたから、あと二時間弱しかない。手慣れた佳代でも時間的に厳しいが、喜んで注文を受ける、と言ってしまった手前断れなかった。

まいったなあ。佳代は山ほどの食材を前に、ため息をついた。


約束した昼頃になって、四輪駆動車が一台やってきた。料理の受け取り役は陽焼けした男二人と、あのポニーテールの女性だった。

あれから奮闘した結果、料理はぎりぎり間に合った。佳代は仕上げたばかりの料理を持ち帰り用パックに詰め、確認のために中身を見てもらった。

「すげえっ！」

男二人が声を上げた。

肉料理は二パターン作り、鶏はパリパリ焼き、豚と牛とラムラックはローストにした。

ソースは玉葱ジンジャーソースや和風グレイビーソースなど今回もシンプルなものを添えたが、そのかわり、女性から注文された野菜料理は頑張った。セロリ、ブロッコリー、人参などを塩蒸しした上にポーチドエッグをのせてオランデーズソースをかけ、ゆうべお酒のつまみにした地物の釜揚げしらすを振りかけてある。

男二人がローストポークをつまみ食いした。

「味見しようぜ」

「マジやわらけえ！」

「肉汁半端ねえ！」

声を上げて喜んでいる。

ちょっとだけ誇らしかった。時間がないぶん肉は全部焼いて仕上げたのだが、これでも肉の焼き技には自信がある。かつて佳代は弟の学費捻出のために給食センターで働いていたのだが、当時、安い肉をいかにおいしく焼き上げるか研究したことがある。

基本は鶏も豚も牛も同じで、肉の中心温度を六十五℃以上にしてはならない。肉は六十五℃以上になるとタンパク質が固まりはじめ、縮んで硬くなる。肉汁も流れ出てしまう。したがって、この鉄則を忘れずに六十五℃の感覚をつかんでしまえば、肉汁を逃さずやわらかく焼き上げられる。

ほかにも、加熱したり休ませたりを繰り返すとか、余熱を計算して火入れするとか、酢で肉の繊維を加水分解してやわらかくしてから焼くとか、いろいろとコツはある。欧米では肉の火入れでシェフの腕がわかる、と言われているそうで、そうした研究も怠らなかった成果だっただけに素直に嬉しかった。

一方で女性は野菜料理に反応して、料理をひと目見るなり言い当ててくれた。

「これ、エッグベネディクトの野菜版ね」

嬉しくなって、うん、と微笑み返すと、

「こういうやり方もあるんだね」

目を見開いて感心してくれ、早く浜に戻って食べよ、と男たちを急かして帰っていった。

正直、ほっとした。どの料理も短時間で仕上げただけに、みんなの満足そうな表情には、いつにない達成感を覚えた。

ところが、ほどなくして喜んでばかりもいられなくなった。なまじ佳代の腕前が評価されたばかりに、これを境に、陽焼け集団がバイクや車を駆って連日押しかけてくるようになったのだ。人数も最初の十台ほどから日に日に増えていく。

いやもちろん、ありがたい。調理屋冥利と言っていいほどありがたい話だが、それが彼らのブームになったのか、三日経っても四日経っても一週間経っても押しかけてくることから問題が持ち上がった。この騒ぎが駐車場の大家のおばさんの耳に入ったらしく文句を言われた。

「困るのよねえ」

　街の人の助けになるかと思って特別に場内での商売を許したけれど、若い連中のたまり場にされちゃうと風紀も乱れるし、と眉をひそめられた。

「申し訳ありません」

　平謝りするほかなかった。彼らは風紀など乱していないのだが、若い連中がたむろしているだけで、そう見られてしまう。しかも、その風評がほかのお客さんにまで影響してしまう。

　下田で営業をはじめて以来、近所の土産物屋のおばさんや旅館の従業員、水産加工場で働くシングルマザーといった人たちも立ち寄ってくれて、地魚の魚介めしや佳代の手作り料理を喜んでくれていたのに、大家さんが渋い顔になるにつれてみんな寄りつかなくなってきた。

　こうなったらどうしようもない。

「困ってるのよ」

　海斗に相談してみた。海斗はいまも毎朝、ポリタンクに落合の湧き水を汲んできてくれている。もちろん無償奉仕だ。なぜそこまでしてくれるのか、下心でもあるのか、と当初は疑ったものの、海斗としては仲間を喜ばせたい一心でやっているとわかってきただけに苦情は言いにくかったが、この際、本音をぶつけてみた。

「だからあのとき、浜でやってくれって言ったんじゃん」

不服そうに言い返された。とかくサーファーは世間から誤解されやすいが、根はいいやつばかりだから、浜で営業すればまず問題は起きない。いまやサーファー仲間は佳代のキッチンを〝女神めし〟と呼ぶほど気に入っているのだから、客足だってもっと伸びるはずだという。

「佳代さん、頼むよ。浜でやってくれたら、湧き水は毎日おれが浜まで運ぶから」

最後は手を合わせて拝まれた。


緑の丘の合間を抜ける国道をしばらく南下した。『多々戸浜入口』と表示された信号を左折して脇道を三百メートルほど進んでいくと、フロントガラスの向こうに眩い海が広がった。

エメラルドグリーンの海とは、このことかと思った。こういう美しい海は南の島に行かなければ見られないと思い込んでいたが、まさか下田駅前から五分ちょっと走っただけで現れようとは思わなかった。海斗の原付バイクに先導されるままに浜辺の真ん前の駐車場に厨房車を駐めた佳代は、多々戸浜の砂浜に降り立った。

遠浅の海だった。波打ち際まで歩いていって間近に見ると、水の透明度がまるで違う。

裸足になって海に入った。下田の平均気温はけっこう高くて温暖な土地柄だそうだが、三月の海水はやはり冷たい。夏には海水浴場として家族連れなどで賑わうものの、この時期はサーファーしか訪れないし、ウェットスーツは欠かせない、と海斗が説明してくれた。

風は海から浜へ向かって吹いてくる。サーファー用語でオンショアと呼ぶそうで、この状態が続く時間帯はだれも海に入らない。ゴールデンタイムは浜から海に風が吹くオフショアになる朝と夕方だから、サーファーたちは仕事前と仕事後にやってくるパターンが多いという。

「けど海斗は何の仕事してんの？」

佳代は尋ねた。

「家の手伝い」

「いつ手伝ってるの？」

いつも浜にばっかり行ってる気がするけど、と問いかけると、海斗は照れ笑いしながら、

「一応、プロを目指してるもんで」

ぼそりと言った。

「プロサーファーってこと？」

こくりとうなずいている。驚いた。毎日ぶらぶら波遊びに興じているだけなのかと思ったら、この浜でサーフィンを極めたい、と考えているらしい。実際、多々戸浜からプロになった人は多いそうで、そんな先輩たちを見習って日々本気で海に入っているらしい。

おかげで実家の仕事はほとんど手伝えず、肩身の狭い居候状態になっているそうだが、いつの日かプロになって見返したい。それが目下の目標だと言うのだった。

「実家は何やってるの」

「民宿」

亡くなった祖父がはじめた伊豆の山間の宿で、いまは祖母と両親と姉の四人で切りまわしているという。海斗も高校卒業後、魚の下ごしらえや客室の掃除を手伝っているそうだが、いい波がきた、と仲間から連絡が入れば即座に海に飛んでいってしまうため、家族もうっかり仕事をまかせられない。結果、いまはお金が必要なときだけ申し訳程度に台所仕事や掃除を手伝って小遣いをもらっている状態で、正直、家族の顰蹙を買っている。

「だったら、あたしを手伝ってよ」

ふと思いついて佳代は言った。こうして多々戸浜に移ってきたからには、明日から毎日、お腹を空かせた若者たちを相手にしなければならない。今日はぎりぎり切り抜けられたものの、これからもっとお客さんが増えたらとても対応できない。魚の下ごしらえの経験があるなら、海に入る合間でいいから、ちょっとでも手伝ってくれれば助かると思った。

「料理は好きじゃないって言ったじゃん」

海斗が肩をすくめた。子どもの頃から手伝わされてきた反動なのか、調理を売りにしている佳代の力にはなれないという。

「だから、できる範囲でいいって言ってるじゃない。いい波が来たら海に入ればいい。そのぶん、あたしはそこそこの報酬しか払わない。これならおたがいさまでしょう？」

毎日の水汲みもやってくれてるんだし、自由気ままにやれる小遣い稼ぎだと思って気楽にやってよ、と迫った。

佳代にしてはめずらしく強く迫ったのにはわけがある。実は、海斗を応援したくなったのだ。そこまでしてプロを目指しているなら力になってやりたい気持ちになった。

それでも海斗は眉を寄せている。佳代は、はあ、と嘆息(たんそく)してから言い放った。

「ああ、そう。だったらあたし、下田の街に戻ってあなたたちは出入り禁止にする。せっかく浜にきたのに何よ、その態度」

営業時間は朝七時からと決めた。

夜明け前に下田の魚市場へ仕入れに向かい、夜明けとともに戻ってくる頃には、落合の湧き水をなみなみと汲んだポリタンクを積んで海斗の原付バイクがやってくる。

早速、二人で魚介めしの仕込みに取りかかる。料理は好きじゃないと言い張る海斗だが、魚を捌くのは手慣れたものだ。聞けば、子どもの頃から干物の仕込みをやらされていたそうで、鯵や鯖のほか都会では高級魚の白ギス、ハゼ、メゴチといった地魚も瞬く間に捌いてしまう。おかげで仕込みは手早く終わり、二人でゆったり朝飯を食べても七時の営業開始に間に合う。

多々戸浜での営業には、三度のピークがある。まずは朝の海に入る前に腹ごしらえする人たちの朝飯。続いて午前中で海を切り上げてきた人たちの早めの昼飯。さらには夕方の波に乗ってきた人たちの夕飯と、そのすべての面倒を見なければならない。必然的に佳代も彼らの一日のスケジュールに合わせざるを得なくなり、それは海斗の一日のスケジュールとも見事に重なるのだった。

海斗の頭には、多々戸浜と近隣の浜の波情報が常にインプットされている。起床と同時に波情報サイトをチェックしたり、定点撮影の波動画を見たり、仲間とＳＮＳで情報交換したりして把握しているから、

「いい波きた！」

となれば即刻、浜へ飛んでいく。ボードとウェットスーツは仲間の家に預けてあるから、すぐさま海に入れる。

ただし、波がイマイチとなったら、海斗の行動は佳代の管理下に入る。多々戸浜に移動してきたことを恩に着せ、魚を捌いてもらったり、足りない食材を買いに走らせたりしている。

ちなみに営業場所は、浜から国道へ続く脇道沿いの空き地を無料で確保できた。佳代を誘致したときに海斗が言っていた。

「場所は〝洋さん〟に話しとくから大丈夫」

その言葉通り、地元の有力者、佐々木洋さんに話を通してもらったら即座にオッケーがでた。おかげで駐車代が浮いたと佳代が感謝すると、

「ローカルはマジで絆あるし」

海斗が得意げに口角を上げたものだった。

ローカルとは、地元サーファーを意味している。東京や横浜など都会の街から訪れるビジターの常連とも付き合いはあるが、この土地に生まれ育ったローカル同士の絆は半端ないという。地元の波に命を張ってきた仲間だけに、いざとなれば親兄弟を差し置いても結束すると言われるほど深い絆で結ばれているらしい。

とりわけ洋さんへの信頼は絶大だ。その後、佳代も挨拶してきたが、かつては世界を転戦するプロだった人だけに、五十代とは思えない鍛えられた体に惚れ惚れした。いまもサーフショップを経営しながら海にも出ているそうで、海斗の憧れの人であるらしい。

おかげで佳代のキッチンも、さしたるトラブルもなく地元に受け入れられた。海斗の周到な根回しに加えて、ローカル仲間がつけてくれた〝女神めし〟という呼び名も奏功し、『多々戸浜には肉持参』が合言葉のように広まりはじめ、いまやちょっとした地域限定ブームになりつつある。

したがって、注文される料理は、がっつり肉系が大半だ。みんなが持参する肉も最初はスライス肉が多かったが、いまや下田の肉屋からごろんとした塊肉を買ってくる。肉体疲労が激しいサーファーには、タンパク質と酢の同時摂取が大切だという。そこで肉にビネガーや柑橘類を利かせた料理を意識して作り、四人前までは同一料金という価格設定を利用してもらうようにした。これなら、食にお金をかけられない彼らも仲間とつるんで肉をたらふく食べられる。

ただ佳代としては、せっかくだから地元の魚と野菜も食べてほしいと思う。肉に合わせるご飯として魚介めしは定番化してきたものの、単独の魚料理はまず注文してくれない。野菜料理も下田市街でポニーテールの女性が注文してくれて以来、一度も注文されていない。それならばと最近では、地魚をちょっと多めに仕入れ、下田の農産物直売所で野菜も買ってきて、魚と野菜をコラボさせた〝佳代の魚菜メニュー〟を考案してアピールしている。

なかでも好評だったのが、下田の地穴子と茄子を使ったアラビアータ仕立てのブカティーニだ。穴子も茄子も油なじみがいいからオリーブ油で素揚げにし、トマトも入れたピリ辛ホットなアラビアータに。さらに極太中空のパスタ、ブカティーニでパワーの源、炭水化物も摂れる一品に仕上げたところ、都会から通ってくるビジターから火がつきはじめ、ローカルの中にも農産物直売所に立ち寄ってくる人が増えてきた。

「だったら地魚の一夜干しもいいかも」

　イタリア料理にも合う食材だから自家製で作っちゃおうよ、と家業の手伝いで干物経験がある海斗の尻を叩いた。

　まずは鰺や金目鯛を開いて塩水に漬け、一夜干し用の網籠に入れて潮風に一晩当ててみたら驚くほどおいしい干物が出来上がった。それを焼いてほぐしてセロリの細切りとともに塩味のスパゲティに仕立てたところ、めっちゃ旨え、と大好評だった。

　そうした工夫が、さらなる人気に繋がり、佳代も次第に多々戸浜に馴染みはじめた頃になって、ようやくあの女性が姿を見せてくれた。魚菜メニューの原点とも言える野菜料理を『エッグベネディクトの野菜版ね』と気づいてくれた彼女だ。

　それは開店まで三十分を切った朝六時半過ぎのことだった。いつものように営業開始の準備にいそしんでいると、厨房車の窓からひょっこり顔を覗かせ、

「どうも」

　ポニーテールを揺らして挨拶された。

海斗は海に入っていた。けさは、いつになくいい波がきているそうで、湧き水を届けてくれるなり海に飛んでいってしまった。

やっと彼女が来てくれた。あの日以来、心待ちにしていた佳代は喜んだ。ほかにも女性のお客さんはいなくはないが、佳代のささやかなアレンジに気づいてくれる人はなかなかいないこともあり、彼女の来店はことさら嬉しかった。

そのとき佳代は魚介めしを炊いていた。魚介めしは炊飯器ではなく厚鍋をガスコンロにかけて炊くから火加減がむずかしい。湯気の立ち具合を見極めながら火力を調節し、蒸しに入るタイミングを見計らっているところに声をかけられたのだった。

相変わらずくりっとした目に惹きつけられる女性は、麻緒です、と名乗ると、厚鍋から立ちのぼっている香りに興味を示しながらも、

「ここでずっとやるつもり？」

いきなり聞いてきた。

「当面はね」

曖昧な答えを返した。実際、佳代自身、この先どうするかはわからない。松江のばあちゃんと約束した、一人暮らしのお年寄りやシングルマザーを助ける目的からすると、このままでいいのか、という気持ちもあったからだが、すかさずたたみかけられた。

「当面やってから、どうするの？」

「まあ、どこへでも移動できるのが厨房車のいいところだから、いつかまた違う土地へ移動して、その土地の水を使ってまた調理屋をやる。そんな感じかな」

髪のほつれを直しながら佳代は微笑んだ。すると麻緒は厨房車の隅に貼ってあるお手伝い募集のチラシを指さしながら、また聞く。

「お手伝い募集って、調理屋に興味がある人限定なんだよね」

「まあ好きじゃないとやれない仕事だしね」

興味を持ってくれたのかもしれない。ちょっと期待しながら、楽しいけど大変なこともあるからね、と言い添えた。

「なのに、なんで海斗だったの？」

咎める口調だった。え？　と戸惑っていると、

「海斗は調理屋どころじゃない人なのに、なんで海斗だったのって聞いてるの」

睨みつけられた。それでようやく、麻緒は友好的に訪れたのではないと気づいた。

「つまり、その、彼はプロサーファーを目指してるのになぜってこと？」

念のため確認した。

「それがわかってるのに、なんで海斗を無理やり手伝わせてるわけ？」

何か勘違いしているのだろう。佳代は努めて冷静に事の経緯を説明しはじめた。

「最初は彼が好意で落合の湧き水を汲んできてくれたのね。それが縁でこうなっただけで、べつにあたしは」

　言いかけた言葉を遮られた。

「あなたの商売のために彼を利用するのはやめて」

　ぴしゃりと言い放たれ、佳代が動揺していると麻緒は続けた。

「海斗は純粋な人だから、いいように使われちゃってるけど、そういうやり方ってマジで狡いと思う」

「ちょ、ちょっと何か誤解してない？」

　なぜそういう話になるのか、わけがわからなかった。それでも麻緒はおさまらない。

「どこへでも移動できるんでしょ？　だったら、いますぐどこへでも移動して。これ以上、海斗に関わらないでほしいの」

「だからそうじゃなくてあたしは」

　再度言い返しかけたそのとき、焦げ臭さが鼻を突いた。

　厚鍋だ。慌ててコンロの火を止めたものの、すでに遅かった。

　午前七時を過ぎても『いかようにも調理します』の木札は掛けられなかった。

　もちろん、魚介めしを失敗したからだ。いまから作り直しても間に合わないし、また、作り直す気にもなれなかった。

今日はもういいや。

急に投げやりな気持ちになった佳代は、厨房車のエンジンをかけて多々戸浜を離れた。どこへでも移動して、と麻緒に罵られたからではない。むしゃくしゃするから今日は休業して気分転換しようと思った。

先日南下してきた国道に入り、下田市街へ向かった。考えてみれば下田は初めてだというのに、いまだろくに市内を見物していない。伊豆急下田駅の近くにロープウェイがあったから、まずは高いところから下田の街を俯瞰してみようと思った。

午前九時の運行時間まで待ってゴンドラに乗り込んだ。平日の始発とあってお客は佳代一人だけで、五分とかからずに下田一帯を見下ろせる寝姿山の山頂展望台に到着した。

春の陽がきらめく中、ペリーの黒船が訪れた下田港と伊豆七島を一望できる絶景に見惚れた。ただ、それも束の間のことで、やはり気持ちは晴れなかった。胸の内では朝の麻緒とのやりとりを何度も反芻していた。

そのとき、ジーンズのポケットで携帯電話が震えた。着信を見ると海斗からだった。

海から上がってきたら厨房車がいなくなっていた。それで慌てて電話してきたのだろうが、あえて応答しなかった。麻緒の顔がちらついたからだ。佳代が無理やり調理屋の仕事に引き込み、プロを目指す海斗の邪魔をしている。そんな彼女の誤解が解けないまま海斗とは話したくなかった。

　携帯を握り締めたまま展望台のベンチに腰を下ろした。ほどなくして振動が止まった携帯の画面をタップして別の相手に電話した。

「いま何してる？」

　すぐに応答した相手に尋ねた。

「移動中」

　ぶっきら棒な声が返ってきた。弟の和馬だ。取材現場に向かうタクシーの中だそうで、

「どうしたんだよ、朝っぱらから」

　訝しげにしている。

「大したことじゃない。今度の厨房車の車検、どこでやろうかと思って」

　とっさにそう返した。

「車検？」

　和馬はオウム返ししてから、

「姉ちゃん、何があったんだ？」

　と聞く。

「何がって言われても、どこに車検を頼めばいいかなって、それだけ」

「とぼけんなよ。むしゃくしゃしてんだろ？　姉ちゃんがどうでもいい用事で電話してく

るときって、絶対そうじゃん」

図星を指された。そこは子どもの頃から姉弟二人で支え合ってきた仲だ。あっさり見透かされたのが悔しかったが、

「いま渋滞で退屈してるから、愚痴ぐらい聞いてやるよ」

と追い打ちをかけられて、結局、胸の内を吐露してしまった。

和馬は、ふうん、なるほどね、と気のなさそうな相槌を打ちながらも耳を傾けてくれ、大筋を理解したところで言った。

「それって、よそ者を排除にかかってんじゃないの？」

趣味でサーフィンをやっている同僚から、ローカルのサーファーは排他的だとよく聞いているという。

ある日突然、ふらりとよそ者がやってきて浜で妙な商売をはじめた。そればかりか、プロを目指している海斗をまんまと手なずけ、ローカル仲間や地元の有力者にもするりと取り入ってしまったのだから、訝しく思う人間がいてもおかしくない、と言うのだった。

「その麻緒って子、地元の飲食店とかその手の関係者かもな」

「それはわからないけど」

「あるいは、そうした関係筋が、麻緒って子を使って圧力をかけてきたとも考えられる」

「やだ、あたしってそんなに脅威？」

心外だった。もちろん、調理には自信があるけれど、圧力をかけられるほどの存在だなんて、そこまで自惚れてはいない。

「本人はそうでも、やっぱローカルに深入りしようとすると、どうしてもそういう力学が働くと思うんだ」

「けど、洋さんに挨拶しに行ったときは笑顔で受け入れてくれたし」

「そんなの、腹の中はわからないよ。表向きは受け入れてくれたようでも、腹に一物ないとも限らないし」

うーん、と佳代は唸った。ここにきてめっきり新聞記者らしくなった和馬の言葉だけに、それなりに説得力があった。ただ、仮に和馬が言う通りだとしたら、じゃあ、あたしはどうしたらいいのか。

「結局、あれだな。姉ちゃんみたいな商売は、人間関係が濃密すぎるところには入り込まないほうがいいってことだと思うな」

雑多な人間が行きかう市街地のほうが無難に成り立ちやすい。その意味からすると、さっさと浜は引き上げて、もう一度、下田市街で商売したほうがいいんじゃない？　と付け加えたかと思うと、

「あ、ごめん、現場に着いちまった」

和馬は不意に電話を切った。

山頂から下界に舞い戻った佳代は、再び厨房車を駆って下田の浜めぐりをはじめた。ロープウェイの駅に置いてあった観光パンフレットによると、下田には多々戸浜以外にも大小さまざまな浜がある。せっかくだからほかの浜も覗いてみようと思い立ち、とりあえずは東側の海沿いに並んでいる白浜中央、白浜大浜、外浦、九十浜という四つの浜を立て続けに見てまわった。

どこも美しい浜だった。多々戸浜のようにサーファーもけっこういた。ボードに腹ばいになってぷかぷか浮かび、いい波を待っている姿を眺めてまわったのだが、しかし佳代は、いまだ釈然としないでいた。

和馬はああ言っていたけれど、そこまでローカルを悪く捉えるのはどうだろう。といって、そうした一面もなくはない気もするし、考えるほどにわからなくなった。海斗には今後、どう接したらいいのだろう。ほかに相談できる人がいればいいのだが、それもいないし、本当にわからない。ああもうっ。思わず浜の砂を握って波打ち際に投げつけた。

その瞬間、閃いた。洋さんに会ってみよう。腹に一物ないとも限らない、と和馬は言っていたが、こうなったら洋さんに直接聞いたほうが話は早い。一度はきちんと挨拶した人だ、会ってくれないことはないだろう。

佳代は下田市街の酒屋へ車を飛ばした。先日、通りがかりに見かけた地酒に力を入れている酒屋を思い出した。

店主に相談して下田の地酒を一升瓶で買い、店を後にしたときには日が暮れはじめていた。時計はもう午後五時半を回っている。いまからサーフショップに押しかけて大丈夫だろうか。洋さんが店にいるかどうかもわからないから電話を入れることも考えたが、今回は唐突に訪ねたほうがいい気がした。離婚歴があると聞いているから、家族のために早々に帰宅したりはしないだろうし、今日いなかったら明日、明日いなかったら明後日訪ねればいい。

多々戸浜のいつもの空き地に到着した。厨房車を駐めて『サーフショップＹＯＨ』へは歩いて向かった。民宿やペンションが並ぶ路地沿いに建っている洋館風に白塗りした一軒家。店先にはテーブルと椅子を置いたテラスが設えてある。

テラスの奥にあるガラスドアを押し開け、

「ごめんください」

緊張しながら声をかけた。

「おう」

野太い声が返ってきた。運よく洋さんは店にいた。サーフボードやウェットスーツが所狭しと陳列されている店内で、一人、寝かせたサーフボードをヘラのようなもので擦っている。ワックスをかけているらしい。

「佳代ちゃんはやらないの？」

手を動かしながら洋さんが聞く。

「スポーツは苦手で」

頭をかいた。

「そういう人が、けっこうハマったりするんだよ。今度、浜においでよ」

屈託のない笑みを浮かべている。この人の腹に一物あるのかないのか、正直、わからなくなるが、早めに本題に入ったほうがよさそうだ。

「ちょっと、お話ししたいことがありまして」

さっき買った一升瓶を差しだしながら切りだした。

「何だろう」

洋さんは怪訝そうに表情を引き締め、ワックスをかけていたサーフボードを専用ラックに立てかけた。

先日挨拶しにきたときは菓子折りを持参したのだが、今日は一升瓶。警戒されたかもしれない、と思ったものの、いまさら引き下がれない。佳代は言葉を選びながら事情を話した。

実は海斗のことでトラブルになっている。ここで商売することに問題があるのだろうか。できるだけ憶測を交えず、麻緒の名前は伏せたまま現状を伝え、最後に思いきって和馬の見解もぶつけたところ、洋さんが突如、のっそりと立ち上がった。

怒らせてしまったろうか。和馬の見解は余計だったか。どぎまぎしていると、洋さんは店の奥から紙コップと袋入りのおつまみを持ってきた。

「浜で飲ろうか」

そう言うなり佳代が持参した一升瓶をつかみ、さっさと店を出ていった。


月明かりに濃紺の海が浮かび上がっている。穏やかに寄せては引いていく潮騒が絶え間なく響き渡っている。

すっかり日暮れた砂浜には人っ子一人いなかった。砂をしゃくしゃくと踏み締めながら砂浜の中程まで進んだところで洋さんが足を止め、その場に腰を下ろした。すぐに胡坐を組み、傍らに一升瓶をトンと置き、ふうと息をつく。

佳代も隣に座った。春の息吹が漂いはじめた三月下旬とはいえ、お尻に当たる砂はひんやり冷たい。海からそよいでくる潮風も、まだまだ寒気を含んでいる。

洋さんが紙コップに地酒を注いでくれ、乾杯してから口に運んだ。おいしい地酒だった。口に含むなり芳醇な旨みがじんわりと広がっていく。

「〝ピピカウラ〟もどうだ?」

洋さんがおつまみの袋を破って勧めてくれた。ハワイのサーフィン大会に出場している頃、よく食べていたビーフジャーキーみたいな牛肉加工品だそうで、現地の友人がこっそり送ってくれたという。

ひと切れつまんでみた。ビーフジャーキーよりやわらかく、生肉っぽい感覚も味わえて意外と地酒に合う。

しばらく無言で酒を飲んだ。洋さんは何を考えているのか、立て続けに地酒を二杯飲み、夜の海を眺めている。さっきの話を洋さんはどう受けとったのか。それが気になったが、いまは待つしかない。佳代も黙って地酒を味わっていると、喉の底からほんのり体が温もってくる。

「海斗が波に乗ってるところは、見たことあるか？」

不意に洋さんが口を開いた。やけに乾いた声だった。

「いえ」

首を横に振った。言われて気づいたが、彼が海に入っている姿は一度も見たことがない。

「そうか」

洋さんは小さくうなずき、

「あいつは下手くそでなあ」

低い声で呟いた。どう応じていいかわからなかった。大先輩としてあえて海斗の腕前を腐(くさ)しているのか。軽口まじりに激励しているのか。真意を測りかねていると洋さんは続けた。

「いやもちろん、素人にしたら上手(うま)いほうだ。そこらのサーファーと比べたら、そこそこの腕前に見えるだろう。だが、はっきり言っちまうが、素人にしちゃ上手いほう、なんて程度のやつはプロにはなれない。おれみたいな立場の人間が若い芽を摘(つ)むようなことを言うもんじゃないし、自惚れてるわけでもないが、プロになれるやつってのは、それほど並外れてるんだな」

洋さんは言葉を止め、佳代と自分の紙コップに酒を注ぎ足してから言葉を継いだ。

「ただ、それでも麻緒は海斗を信じようとしている。家族から反対されようが、仲間から腐されようが、海斗はプロになれる、と麻緒だけは信じようとしている」

そう言われて、やっと気づいた。

「あの、麻緒ちゃんって海斗の彼女なんですか?」

「おいおい、知らなかったのか」

洋さんは驚いた顔でそう言うと、だから麻緒は、だれであろうと海斗を邪魔するやつが許せないんだろうが、と付け加えた。

とりわけ、いつまでもプロの夢なんて追ってないで家業を継いでほしい、と反対している海斗の家族とは対立が深まる一方でいる。そのため麻緒は、海斗との結婚もかなわないまま下田のリゾートホテルで働いているのだという。

「まあ、麻緒としては海斗よりも歳上だから、あたしがしっかりしなきゃって気持ちが強いんだろうな。だからおれとしては、麻緒の気持ちも家族の気持ちもわかるだけに、ちょっと複雑でなあ」

夜空を仰いで嘆息すると、また地酒をあおっている。

つまりは、佳代がローカルから排除されようとしているわけじゃない。そうとわかって、ひとまず安心したものの、海斗と麻緒がそんな状況に置かれているとは思わなかった。

「だったら、いっそ、大先輩の洋さんが海斗に引導を渡してプロの夢を諦めさせたらいいんじゃないですか。そうすれば麻緒ちゃんもピリピリしなくてすむし、海斗の家族との関係だって改善されると思うんですけど」

いや、それはダメだ、と即座に否定された。

「いいか佳代ちゃん、夢を追うのをやめるか、やめないか、それを決められるのは本人だけだ。本人が納得するまでやり続けなきゃ意味がないし、それを止める権利はだれにもない」

「だけど、あたしだってこのままじゃ困ります。いまさら海斗との関係を切っちゃうのもおかしいし、かといって、これ以上、麻緒ちゃんに逆恨みされても困る。どうしようもないじゃないですか」

思わず洋さんに詰め寄ったものの、

「どうしようもなにも、そんなものは放っとけばいい」

あっさり突き放された。

「放っとくわけにはいかないです。だってあたしは」

「まあ聞きなさい。基本的には放っとけばいいんだ。ただ、それとはべつに、ひとつだけ佳代ちゃんがやるべきことがある。わかるか？」

わかるわけがない。

「その気はないと麻緒に悟らせることだ」

「は？」

「わからんかなあ、麻緒がそこまでガタガタ言ってきたのは、もうひとつ理由があるからに決まってるだろう」

それでもきょとんとしていると、

「妬いてるからだよ」

意表を突かれた。

「海斗とはそんなんじゃないですよ」

「そんなんじゃなくたって、そう思われてんだからしょうがないだろが」

マジで気づかなかったのか、とばかりに、ぽんと背中を叩かれた。

佳代は俯いた。野暮な女だ、と笑われた気がして急に恥ずかしくなった。すると洋さんは紙コップの酒をぐいと飲み干し、佳代をフォローするように言った。

「しかしまあ、こんだけのべっぴんさんだと、だれだって勘違いするけどな」

後ろ手に砂浜に両手を突き、はっはっはと笑い声を上げた。


やけに息苦しい場所で目覚めた。

どこだろう。体を起こそうとした瞬間、ごつんと頭をぶつけた。見ると、目の前に排気マフラーがあった。脇を向くとタイヤがついている。

車の床下だ、と気づいた。どうりで体が痛いはずだ。砂利敷きの空き地に置いてあった厨房車の床下に入り込んで寝ていたらしい。

我ながら呆れて、ずるずると床下から這い出ると、眩い陽の光にさらされた。

何時だろう。目を細めて天を仰ぐと、すっかり陽が高くなっている。昼近い時間なのは間違いない。よいしょと体を起こして立ち上がった。ふらりとよろけた。ゆうべはどれだけ飲んだのか。これでも酒は強いほうだと自負していたのに、頭も胃もかなり重たい。

洋さんはどうしたろう。浜辺で一升瓶を空けたところまでは鮮明に覚えている。よし、飲み直すぞ、と促されて再びサーフショップＹＯＨに戻り、洋さん自慢のレアもののラム酒に切り替え、馬鹿話をして笑い合ったり、腰に手をまわして陽気に踊ったりしたあたりから記憶がおぼろげになっている。

でも、楽しかった。悩み事に大らかな答えを出してもらえたばかりか、海に生きてきた洋さんの包容力に安堵して、二十も歳上のバツイチ男だというのに男女の間違いが起きかねないほど盛り上がってしまった。最終的には、間違いが起きる前に佳代がぐだぐだになり、一人ふらふらと帰ってきて厨房車の床下に転がり込んで寝入ってしまったわけだが、いま思い起こしてもいい一夜だった。

今日はどうしよう。周囲を見まわすと、厨房車の前にポリタンクが置かれていた。けさも海斗が水を汲んできてくれたらしい。なんて生真面目な男だろう。ただ、生真面目なだけではプロにはなれない。それが現実だと思うと改めて切なくなる。

麻緒があれほど心配して、佳代にも火の粉が降りかかり、洋さんまでも行く末を案じているというのに、今日もまた海斗はプロを夢見て海に入っているのだろうか。

ゆうべの洋さんの言葉がよみがえった。

「とにかく海斗も麻緒も揺れてるんだと思う。そこに佳代ちゃんという異物が舞い込んできたもんだから、二人の揺れがもっと激しくなった。おそらくはそういうことだろうから、とりあえず佳代ちゃんには許婚がいる、とかなんとか嫉妬対策の嘘をついてやって、あとは放っとけばいいいんじゃないかな」

洋さんはそう助言してくれたのだけれど、いま一度考えてみると、やはりそれは嫌だった。海斗と麻緒が置かれた状況を知ってしまったからには、これ以上、海斗に手伝ってもらうわけにはいかない。二人のためにも、佳代自身のためにも、きっちりケジメをつけるべきだと思えてきた。

まずは海斗と話そう。今日はどのみち営業どころじゃない。腹を割って話して決着をつけ、あとは洋さんが言うように、海斗と麻緒がやりたいようにやらせればいい。

佳代は大きな伸びをすると、海斗が汲んできてくれたポリタンクに口をつけ、ごくりごくりと音を立てて湧き水を飲んだ。渇き切った喉に伊豆の名水を注ぎ込み、ふうと息を吐き、その水でザバザバッとすっぴん顔を洗い清めたところで浜へ向かって歩きだした。頬(ほお)を撫(な)でる風は浜から海へ吹くオフショアだから、海斗はまだ海に入っているに違いない。

ほどなくしてサーフショップＹＯＨの前を通りかかった。どきどきしながら店内を覗いてみると、若いスタッフしかいなかった。ちょっとがっかりして素通りした。

春の陽射(ひざ)しを浴びた海は、眩(まぶ)しいほどに光っていた。波間にはボードに寝そべったサーファーたちがゆらゆらと浮かんでいる。平日の昼間だというのに、ざっと三十人はいようか。大きくうねる波が押し寄せてくると、彼らのルールに従って優先権のあるサーファーから順に立ち上がり、白波を蹴立てて海の斜面を滑(すべ)っていく。

海斗も波を待っていた。半袖のウェットスーツの上にいつもの赤いＴシャツを着ているから遠目にもすぐにわかった。

佳代は落ち着き場所を探した。砂浜にも、ぽつりぽつり休憩しているサーファーや金髪に脱色した女の子、犬を連れている中年男性もいる。その合間に佳代は腰を下ろし、ふうと深呼吸した。そこは偶然にも昨夜、洋さんと二人で座ったあたりだった。

大きな洋さんの手で、ぽんと背中を叩かれた感触をふと思い出していると、不意に大きな波が押し寄せてくるのが見えた。ちょうど海斗が乗っていい波だったらしく、背後を何度か振り返ってからすっとボードに立ち上がり、すぐさま腰を落として二度三度とターンしながら波を乗りこなしはじめる。

初めて見る海斗のサーフィンだった。上手だと思った。これでプロは無理だというのなら、プロってどれだけすごいのだろう。そのプロとして洋さんは二十年以上も活躍してきたというのだから改めて驚かされる。ゆうべ酔っ払って踊っているとき、ほれ、と見事に割れた腹筋を見せてくれたが、五十代にしてあの肉体なのも納得がいく。

海斗が浜に近づいてきた。猛々しい大波を悠然と乗りこなし、やがて波打ち際までするするすると滑走してきたかと思うと、ひょいとボードから飛び降りるなり腋の下にボードを抱え込んだ。そのまま浅瀬をじゃばじゃば歩いてきて砂浜に上がり、佳代のほうへまっすぐ歩いてくる。波に乗りながらもちゃんとこっちが見えていたらしく、濡れた体のまま佳代の傍までやってくると、

「今日は休業？」

と聞いてきた。厨房車の床下で眠りこけていたとも知らずに、佳代がどこに行ったか、ずっと心配していたという。

「たまには休みもとらないとね」

肩をすくめてみせた。すると海斗は浜の西側にある岩場を指さし、

「ちょっといいかな？」

目顔で促す。どういうことかと戸惑っていると、海斗は返事を待たずに岩場へ向かって歩きだした。


この浜に、こんな死角があるとは思わなかった。

砂浜から続いているごつごつした岩場に入り、海斗に導かれるまま大きな岩を何個か飛び越えて歩いていくと、白波が弾ける岩場の陰に、二人の体がすっぽり隠れる場所があった。

目の前に広がる大海原にサーファーの姿はない。それはそうだ。この付近で波に乗ったらまず間違いなく岩に激突する。わざわざやってくるサーファーはまずいないから、二人でいてもだれにも邪魔されない。

「高校生の頃、ここでよくデートしてたんだよね」

海斗が言った。放課後、真っ先に海に入ってからこの岩場の陰にやってくると、海斗の彼女が待っていて二人だけの時間を楽しんだものだという。

「彼女は高校の先輩だったから、まわりの仲間には内緒にしてたんだけど、あとになって聞いたらみんな知ってたらしくてさ」

岩場へのルートはひとつしかないから、それですっかりバレていた、と海斗は照れ臭そうに笑った。

「それが麻緒ちゃん？」

一応確認した。海斗がこくりとうなずく。

「じゃあ、それからずっと付き合ってるわけだ。仲良しだなあ」

ちょっと羨ましい、と微笑みかけた。

「そうでもないよ、いまちょっとヤバいことになってるし」

「何かあったの？」

「昨日、マジで大喧嘩した。麻緒が佳代さんのところに押しかけたって言うから、迷惑かけるなって文句言ったわけ。そしたら、やっぱ佳代さんとできてる、とか言って騒ぎだしたから、違えよ！　って怒鳴りつけて、ほんとのことを言っちゃって」

「ほんとのこと？」

「もうプロは無理かもって」

「やだそれ、だれかに言われたの？」

洋さんの顔が浮かんだ。ゆうべの言葉とは裏腹に引導を渡したのだろうか。

「いや、だれからも言われてない。けど、もう無理だって自分でも気づいてたし」

だからといって、いまさら引っ込みがつかないでいた。家業を継げと迫る家族には、ぜってえプロになってみせる、と啖呵を切ってしまった。結婚しようと決めた麻緒にも、プロになるからついてこい、と虚勢を張ってきた。ローカル仲間にも強気の自分しか見せてこなかったから、とても本音は口にできなかったが、自分の実力は自分が一番よく知っているという。

佳代は困惑していた。岩場の陰までついてきたのは、もう手伝わなくていい、と言い渡すチャンスだと思ったからだ。これ以上、プロを目指す邪魔はしないからね、とケジメをつけるつもりでいたのに、思わぬ展開になってしまった。

「やっぱ大変なの？　プロになるのって」

動揺を悟られまいと、どうでもいい質問をした。

「そりゃ、なれるやつは十代のうちからなれちゃうけど、そういうやつとは生まれつきレベルが段違いだし」

「けど、いま見たら海斗もすごく上手だった」

「全然ダメだよ。もう二十代も後半だってのに、一度も大会の上位に食い込めてない。しょせん、素人にしちゃ上手いほうっていうか、その程度でさ」

奇しくも洋さんと同じことを口にする。

いずれにしても海斗の中では、もう無理、と結論が出てしまっていたのだった。今後、麻緒と二人で素人ローカルとして生活していくにはどうしたらいいか。最近はそればかり考えていたそうで、そんな折に偶然、佳代のキッチンと出会った。

こういうやり方があったか、と光明を見た思いがしたという。多々戸浜の素人ローカルとして麻緒と二人で生きていくには格好の商売ではないか。もし家族が許してくれるなら、将来的には家業の民宿を拠点に下田一帯の浜に、何台も厨房車を派遣したらどうだろう。あるいは、いまどきは民宿商売も厳しいから、家業を調理屋に切り替える道だってあるかもしれない。

そんな構想がふくらんできた矢先に、思いがけなく佳代から手伝いを請われた。当初は迷ったものの、渡りに船かもしれないと思い直して手伝いはじめたと言うのだった。

「けど料理は嫌いだって言ってたじゃない」

「ごめん」

海斗が膝を抱えて俯いた。それはあくまでも、プロを断念したと悟られないように言っただけで、子どもの頃からやっていた料理はけっして嫌いではないし、逆に、佳代と魚を捌いているときは楽しかったという。

「これまでのことは謝ります。改めて、明日からはガチで手伝わせてください。おれに調理屋の修業をさせてください」

お願いします、と頭を下げられた。

佳代は海を見やった。まさかこんな話になろうとは思わなかっただけに、どう答えたものか迷っていた。

岩場には相変わらず白波が打ちつけている。大きな波しぶきが、時折、二人に向かって弾け飛んでくる。

夕暮れどきを待って松江のばあちゃんに電話した。

このところばあちゃんは、昼間だけ家坂さんの松江支店を手伝っているそうで、電話はなるべく夕暮れどきにしてほしい、と言われている。

いくつになっても元気な女性だと思う。若い頃からリヤカーを引いて魚の行商に励み、その後、一代で築き上げた温泉ホテルの社長を引退してからも再び行商のリヤカーを引いていたほどの働き者だけに、体力も気力も並大抵ではない。ただ、そんなばあちゃんだけに、逆に佳代は心配している。

今日も佳代の電話に出るなり、こう言われた。

「家坂さんがえらい大量注文を受けよったもんやから、今日は鰺を百匹も捌いたで」

仰天(ぎょうてん)した。以前、腰を痛めて入院したこともあるだけに、張り切りすぎないでくださいね、と電話のたびに言っているのだが、女は働いてなんぼやけん、といつも笑い飛ばされる。

「で、どないした？」

ひとしきり鯵の話をしたところで、ばあちゃんが聞く。

「明日、多々戸浜を発(た)ちます」

「おや、えらく早いんやね」

もう支店候補が見つかったのかい、と問い返された。

「いえ、そうじゃないんです。下田に支店は出さない、と決めたものですから」

「はあ？」

「調理屋をやりたいって言ってきた人はいたんですけど」

言いかけて佳代は言葉を止めた。今回の判断は間違っていなかったか、ふと不安になった。

多々戸浜の岩場にいるとき、本気で調理屋の修業をしたい、と海斗から頭を下げられた。麻緒と二人で、これからどう生きていくか。彼としては悩みに悩んだ末に、男のプライドをかなぐり捨てて告白したのだと思う。それでも佳代はきっぱり告げた。

「ダメ、断る」

一大決心をした海斗には酷な仕打ちだったに違いないが、そこまで決断したのなら、彼自身の力で一からはじめるべきだと思ったからだ。

「本当に調理屋をやりたいなら、もちろん、やればいいと思う。けど、あたしになんか頼っちゃダメ。あたしのやり方で夫婦二人が食べていける保証はないし、民宿と連動させたとしても、うまくいくかどうかはわからない。それでも、どうしても挑戦したいって言うんなら、自分で試行錯誤して海斗流の調理屋を創り上げる覚悟がなきゃ、やる意味がないと思う。少なくともあなたは佳代のキッチンっていう実例を体験したわけだし」

最後はそう諭して、まだ海の水で濡れている海斗の背中を、洋さんからそうされたように、ぽんと叩いてやった。

あのときの海斗の表情は忘れられない。泣きだしてしまいそうな自分を懸命に押し込めている少年の顔だった。

「これでよかったんでしょうか」

ばあちゃんに尋ねた。海斗と出会ってからの長い話を黙って聞いてくれたばあちゃんは、そうやねえ、としばしの間合いを置いてから、

「よかったんやないかねえ」

やさしく肯定してくれて、こう続けた。

「せやかて、もしあんたが、その男の子を支店の候補者や言うてきても、わしは支援せん

かったと思うしな。そういう子には、わしの支援がアダになる。これまで好きなように生きてきたんやから、自分で苦労してみんことにはなんもはじまらん。そういうもんやろ?」

最後は佳代に確認するように言った。

夜明けとともに旅立つ準備をしていると、原付バイクがやってきた。

海斗だった。荷台にはいつものように大きなポリタンクが積まれている。

ちょっと驚いた。昨日、調理屋の修業をきっぱり断ったばかりだというのに、まさか湧き水を汲んできてくれるとは思わなかった。

「ごめん、昨日言っとけばよかったね。今日は水は使わないの」

慌てて佳代が謝ると、

「え? 臨時休業ってこと?」

怪訝そうにしている。

「ていうか、用事ができちゃったから、今日、下田を発つ」

「マジで?」

ひょっとしておれのせい? と困惑している。

「違う違う、うっかり忘れてたんだけど、車検なの。厨房車に改造してくれた東京の自動車整備工場にいつも頼んでるから、行かなきゃならないの」

半分は嘘だった。気がつけば一か月後に車検が迫っていたのは事実だが、これまでわざわざ東京に戻ってやったことはない。

「けど」

海斗はまだ釈然としない面持ちでいる。

「だからそういうことじゃないの。昨日の話の繰り返しになるけど、あなたたちが調理屋をやりたいならやればいいんだし、それはあたしがとやかく言うことじゃない。もちろん、家族と和解して民宿を継いで再出発するのもありだと思うし、それも含めていまは柔軟に考えて、あなたたちなりの生き方を見つけていくしかないと思うの」

そして、それでも調理屋をやる、という結論に達したのなら本気で頑張ってほしいし、困ったことがあれば日本全国どこにいても相談に乗る。だから、いつでも電話して、と言い添えると、海斗は唇を嚙み、拳を握り締めた。

追い詰めすぎたろうか。急に心配になった。本当は、こっそり下田を出発して、あとで激励の手紙を書こうかと思っていた。なのに、律儀に湧き水を汲んできてくれたばかりに、またしても説教めいた話をしてしまった。

「あ、けど、最後にひとつだけ手伝ってもらおうかな」

湿っぽくなった空気を変えたくて佳代は言った。実は、これも海斗には内緒にしておきたかったのだが、せっかくだから仕上げは二人でやろう、と思いついた。

昨日、岩場で話したあと、佳代は下田市街の肉屋までひとっ走りしてきた。牛肉、豚肉、鶏肉、三種の肉をそれぞれ塊で買ってきた。

干し肉を作りたかったからだ。洋さんと飲んだときに食べたハワイの干し肉、ピピカウラ。ハワイ語でピピは牛、カウラは干すという意味だそうだが、あのやわらかいピピカウラの食感が印象的だったことから、それをアレンジしてもっと生っぽい一夜干し肉を作ろう。それを洋さんに託して海斗への置き土産にしよう、と考えた。

本格的な干し肉を作るとなれば衛生面も考慮した工房が必要になるが、一夜干しなら魚の一夜干しを応用すればなんとかなりそうだ。そう考えて肉の塊に岩塩をすり込み、干物用の網籠に入れ、ひと晩干してみたのだった。

厨房車のサイドミラーに掛けておいた網籠を取ってきた。

「へえ、こういうこともできるんだ」

海斗が目を輝かせている。

「これ、ちょっと焼いてくれる？」

あえて海斗に頼んだ。肉を焼くコツは一夜干しでも変わらない。改めて手ほどきしながらじっくり時間をかけて焼き上げ、

「洋さんにも食べてもらおうよ」

と提案した。このまま海斗に託して、あとで渡してもらってもよかったのだが、洋さんにもう一度、会いたくなった。

海斗が電話を入れてくれた。だったら早めに店に出るよ、と洋さんも快諾してくれ、香ばしく焼けた干し肉の匂いが充満している厨房車ごとサーフショップＹＯＨまで移動した。

移動中に海斗が知らせたらしく、ショップの前で麻緒が待っていた。昨日のことは、すでに海斗から聞いているのだろう。はにかんだ笑顔で挨拶された。ちょっと照れ臭かったが、佳代は握手を求めて右手を差しだした。すると麻緒は、佳代の手をつかんで引き寄せ、ハグしてきたかと思うと、

「ありがとう」

礼を言われた。涙声だった。すかさず佳代も抱き締め返し、

「頑張ってね」

麻緒の耳元に囁(ささや)きかけた。

和解の抱擁(ほうよう)を解いたところで、佳代は厨房車の調理場に上がった。さっき焼き上げて休ませたビーフとポークとチキン、三種の一夜干し肉をスライスして紙皿に盛りつけ、ショップのデッキテラスにあるテーブルに置いた。

「これ、ピピカウラを食べて思いついたんですよ」

そう言って洋さんに勧めると、ほう、すごいね、と陽焼け顔を綻ばせ、ビーフをひと切れ口に放り込んだ。

「旨い！」

いきなり声を上げた。海斗と麻緒も同じようにビーフを口にして、これヤバっ、とうなずき合っている。

佳代も食べてみた。確かにおいしかった。塩をして干したことで肉の余計な水分が抜け、生肉よりも旨みがぎゅっと凝縮されている。二晩三晩と長く干せばもっと干物っぽくなるのかもしれないが、これぐらいレアに近いほうが好きだと思った。

「これ、〝生ピピカウラ〟って名づけたらどうだい。浜で売ったら人気になりそうだな」

洋さんに提案された。

「ああ、いいですね、生ピピカウラ。多々戸浜名物になりそう」

佳代はうんうんとうなずき、海斗と麻緒の顔を見た。二人が本当に調理屋をやるつもりなら、ぜひこれを売ってほしいと思った。

そのとき、洋さんのポケットで携帯電話が振動した。洋さんが携帯の画面を確認して、急にそわそわしはじめた。サーファー仲間から、九十浜にいい波がきてる、という情報が入ったらしい。

「海斗と一緒に行ってあげてください。いつでも海に飛んでいけるのは、いまのうちだけなんですから」

そう促して佳代が微笑むと、

「おお、ありがとう」

洋さんも微笑みながら手を大きく広げ、不意にハグしてきた。ちょっと驚いたけれど、素直に応じた。がっしりした筋肉質の手で力強く抱き締められ、なぜかポーッとしてしまった。

五十男にポーッとしてるあたしって、と思いながらも、また会いにきちゃうかも、と思った。思い立ったら、いつでも移動できるところが、この商売のいいところだ。

「それじゃ、また」

言葉尻に未練を滲ませながら洋さんから離れ、海斗と麻緒にもまた、ぎゅっぎゅと短いハグをして厨房車に乗り込んだ。

三人がショップの店先で手を振っている。でも、大げさな別れの挨拶はしなかった。近所にちょっと買い物にでも行くみたいに、ひょいと片手を挙げて短くクラクションを鳴らし、佳代は厨房車を発進させた。

第三話

ミンガラーバー！

千葉県船橋市

変わった料理を注文された。

「モヒンガー、作ってください」

「モヒンガー？」

「あの、これで」

缶詰や玉葱が詰まっているスーパーのレジ袋を差しだされた。日本語のアクセントが微妙な若い女性だった。

「ひょっとしてタイ料理ですか？」

厨房車の窓から身を乗りだして佳代は聞いた。浅黒い肌のアジア系の顔立ちからしてタイ人だろう。タイ料理なら近頃はガパオやカオマンガイをたまに注文される。今日も朝から夏の陽射しが照りつけ、厨房車のサイドにルーフテントを張っているほどだから、暑い母国の料理を食べたいのかもしれないと思った。

ところが女性は、黒髪を揺らして首を振る。

「タイ違います、ミャンマーです」

中国人や韓国人に間違われた日本人みたいな感覚なのだろうか。照れたような困ったような顔をしている。

「ミャンマー、ですか」

国名は聞いたことがあるが、正直、ピンとこなかった。ましてミャンマー料理となると、どんなものか見当すらつかない。

　どうしよう。困惑していると、

「ミャンマーって昔のビルマよね」

　声をかけられた。見ると、花柄のエプロンを着けたホンビノスのおばちゃんがいた。

　といっても、この人は日本人だ。名前は眞鍋芳子さん。千葉県船橋市にやってきたばかりの佳代に初めてホンビノス貝を売ってくれた人だから、こっそりそんな綽名をつけた。

「そうです、ビルマです、昔のビルマ」

　ミャンマー女性が笑みを浮かべた。

「ああ、やっぱりそうかい。『ビルマの竪琴』、中井貴一が出てたんだよね」

　芳子さんはぽっちゃり顔を綻ばせ、

「けどあたし、ビルマ料理は知らないの」

　ぺろりと舌をだした。

「あの、どうやって作るんです？」

　佳代はミャンマー女性に尋ねた。

「作り方、教えます。今日は夜勤だから、明日の朝、作ってください」

　女性は手にしていたトートバッグから手帳を取りだし、日本語とイラストを器用に交えながらレシピを書いてくれた。

「すごいね、あんた漢字が書けるんだ」

芳子さんが目を見開いている。佳代も、へえ、と思ったが、彼女が書いたレシピの内容を見てまた驚いた。

「ミャンマーの人も、鯖の水煮缶って使うんですね」

「いいえ、違います。本当はナマズを使います」

「ナマズ？」

「日本では売ってないから」

肩をすくめながらレシピを差しだしてくる。モヒンガーとは、鯖の水煮缶と素麺を代用食材として使う麺料理だった。ただ、それはわかったのだが、念のため確認した。

「このレシピ通りに作れなくはないんですけど、本来の味がわからないから、違ったものになっちゃうかもしれませんよ」

「大丈夫です。違っていたら、また教えます」

女性は白い歯を覗かせ、あどけない微笑みを浮かべると、本当は自分で作りたいけど忙しくって、と言い添えた。

「わかりました。そういうことでしたら、頑張ってみます。ちなみに明日の朝は、何時にいらっしゃいます？」

船橋で〝佳代のキッチン〟をはじめてからは、朝七時半開店、午後六時半閉店にしている。船橋駅がある中心街から船橋漁港までは一キロほどしかなく、その中間地点に見つけた街道沿いの空き地で営業しているため、街の人と漁港の人、両方に配慮した時間帯に設定した。

「じゃあ、朝八時に来ます。よろしくお願いします」

女性はそう答えて会釈するると、すぐ立ち去ろうとする。

「あ、あの、お名前は？」

慌てて引き止めた。持参の食材と姓名を書きとめなければならない。

「ウィンです」

「ごめんなさい、名字？　名前？」

「名前です。ミャンマー人は名字ないです」

「え、そうなの？」

佳代が驚いていると、芳子さんが口を挟む。

「けど、いま思い出したけど、ミャンマーってアウン・サン・スー・チーさんって人もいるわよね」

ちゃんと名字もあるじゃない、と言っている。

「それ、日本の区切り方です。アウンサンスーチー全部が名前で、名字はないです」

ウィンさんが、くすくす笑いながら答えた。

「へえ、おもしろいわねえ」

またしても驚いている佳代に、ウィンさんはぺこりとお辞儀をして、

「じゃあ、お願いします」

と言うなり船橋駅のほうへ歩いていった。


「ごめんね、今日は遅くなっちゃって」

ウィンさんが行ってしまうなり、芳子さんが発泡スチロール製のトロ箱を厨房車に運び入れてくれた。いつもは早朝に配達してくれているのだが、今日は弔事があるから午後になる、と昨日から言われていた。

「とんでもないです。毎日、ほんとに助かってます」

佳代はトロ箱の蓋を開け、中身を確かめた。定番のホンビノス貝のほか東京湾の鱸と鯵が入っていた。

近年、船橋漁港に水揚げされているホンビノス貝は、ここにきて人気が急上昇している。かつては大浅蜊とか白蛤とか呼ばれていた二枚貝で、佳代が初めて食べたのは、厨房車の車検のために行った東京の練馬にある居酒屋だった。

もともと佳代の厨房車は、弟の和馬が中古の軽のワンボックスカーを買い、和馬が暮らしている練馬の自動車整備工場で厨房車に改造してもらった。その後の車検は移動した先

の街々でやってもらっていたが、先日、伊豆の下田を去るときに『車検はいつも東京の自動車整備工場にやってもらっている』と出まかせを言った。それがちょっと後ろめたかったこともあり、だったら久しぶりに点検修理も含めて東京でやってもらおう、と下田を発った直後に思い立ったのだった。

車検中は、和馬の自宅マンションに居候していた。最初は五日間でも長いと思っていたのだが、いざ居候をはじめたらあまりの居心地のよさに、厨房車が車検から戻ってきても居座り続けた。

その間、収入はゼロとあって食事もすべて和馬の世話になりっぱなしだったが、

「いまは姉ちゃんより稼いでんだから、気にすんな。大学まで行かせてくれた恩返しだ」

と泣かせる台詞を吐いて、佳代を毎日食べ歩きに連れまわしてくれた。

練馬の居酒屋はもちろん、都心のフレンチ、イタリアン、割烹料理、沖縄料理、鮨屋に至るまで。姉に似て食いしん坊の和馬だけに都内の飲食店にはなかなか詳しく、年中無休で働いてきた佳代には久々のおいしい充電になったのだが、そのとき、一番印象に残ったのがホンビノス貝だった。

くだんの居酒屋では酒蒸しで食べた。こんなに立派でおいしい貝なのに安くない？　とメニューを見直したほどリーズナブルな価格に驚くと同時に、蛤や浅蜊をより濃厚にしたような味と香りが気に入り、これを魚介めしに入れよう、と思いついた。

「安上がりな舌だよな。せっかく銀座や青山の高級レストランにも連れてったのに」

和馬からは笑われたが、でも佳代は、食材も料理も値段だけでは判断しない。おいしくて安いなら、こんなにいいことはない。東京から二十五キロと近い船橋の海でじゃんじゃん採れていると聞いたことから、それならばと船橋に移動。花柄エプロン姿のホンビノスのおばちゃんこと芳子さんに出会ったのだった。

芳子さんは、東京湾に面した船橋漁港の傍らで水産物直売店を経営している。佳代が初めて港の見学に立ち寄ったときに、

「東京湾っていい漁場なのよね。鱸の水揚げは日本一だし、ほかにも鯵、小鰭、蛤、浅蜊、ホンビノス貝とか、おいしい地魚がいくらでもある」

といろいろ教えてくれたばかりか、安いホンビノス貝をさらに安く売ってくれた。

これが嬉しくて数日後、再び地魚とホンビノス貝を買って魚介めしを作り、漁港に近い街道沿いの空き地で営業しはじめたところ、今度は芳子さんが立ち寄ってくれた。水産物直売店の仕事を終えて帰宅する途中、偶然、厨房車が目に留まったという。

「あら、こんな商売やってるんだ」

佳代のキッチンをめずらしがった芳子さんは、すぐに魚介めしを買ってくれた。その翌日には食材を持参してきて肉じゃがを注文してくれた。

芳子さんのご主人は船橋漁港で漁師をやっている。いわば夫婦共働きのため、直売店が

忙しいと、つい手抜き料理になってしまう。そこで試しに佳代の肉じゃがを食卓に並べてみたら、こりゃ旨い、とご主人に喜ばれた。以来、頻繁に家庭料理を頼んでくれるようになり、どうせ近くなんだから、魚介めしの食材はまかせてよ、と芳子さんが目ぼしい地魚をトロ箱に詰めて自転車で配達してくれるようになったのだった。

「けどあたし、ミャンマー料理なんて初めてだから、びっくりしちゃいました」

トロ箱の中身を確認し終えた佳代は言った。

「ほんとよねえ。タイ人だったらそんなにめずらしくないし、船橋にもタイ料理店が何軒かあるけど、ミャンマー料理店なんて」

「やっぱありませんか？」

「聞いたこともないわよ」

「だとすると、ますます故郷の料理が食べたくなるんでしょうね」

「そりゃそうよ。あたしもときどき、尾道の浜子鍋とか食べたくなるし」

「あら尾道出身ですか」

「そうなの。憧れの東京暮らしを夢見て上京したのに、気がついたら船橋の漁師の女房になってたってわけ」

人生ってわからないもんね、と笑う。

「それにしても彼女の夜勤って何でしょうね」

夜のネオン街の人には見えなかったし、ふと気になった。

「さあ、このあたりだと海沿いの工業団地か、コンビニの店員ってとこかな」

「ああ、コンビニかも」

佳代はうなずいた。近年、コンビニの店員には外国人が増えている。とりわけアジアの留学生は優秀な人が多いから、コンビニ側が積極的に採用していると聞いたことがある。実際、ウィンさんも日本語が話せるだけでなく漢字まで書けたし、落ち着いた物腰からしても真面目(まじめ)な留学生なのかもしれない。

「だけど、えらいわよねえ。よその国に来て、勉強して、夜勤までしてるなんて、あたしには絶対無理」

「あたしだってそうですよ」

けっして努力していないわけではないけれど、行き当たりばったりに生きている佳代としては尊敬してしまう。すると芳子さんが肩をぐりぐり回しながら言った。

「さあて、あたしも彼女を見習ってそろそろ働かなきゃ」

花柄エプロンの紐(ひも)を締め直すと、

「ついでに今日は魚介めしをもらおうかな。佳代ちゃんの味、うちの旦那がやみつきになっちゃって。今度、作り方教えてよ」

とせがまれた。

「ええ、いつでもお教えしますよ。営業場所によって、ちょこちょこ作り方を変えてるんですけど、船橋バージョンはホンビノス貝を入れるのがポイントです」

佳代はにっこり微笑み、魚介めしを持ち帰りパックによそいはじめた。


翌日、朝一番で水汲みに出掛けた。

厨房車は毎晩、船橋港の埠頭の外れに駐車しているのだが、夜明けとともに髪をお団子頭にまとめ、私鉄の京成船橋駅からひとつ目に当たる、大神宮下駅へ向けて厨房車を走らせた。

都会化された船橋の街に湧き水などあるだろうか。船橋行きを決めたときは、真っ先に心配したが、調べてみたらあっさり見つかった。大神宮下駅から程近い通称〝船橋大神宮〟、正式には意富比神社という神社の境内に自然水が湧いていた。

車が少ない早朝とあって五分ほどで大神宮に着いた。境内の駐車場に厨房車を置き、まずは本殿に手を合わせてから社務所の脇にある小さな井戸へ行き、手押しポンプでキーコキーコとポリタンクに水を汲ませてもらった。ここの水は、だれでも汲んでいい水なのだが、感謝の小銭を賽銭箱に投げ入れてから、いつもより早めに営業場所へ急いだ。

今日は朝八時までにモヒンガーを仕上げなければならない。初めて作る料理だったが、ウィンさんが書いてくれたレシピからして三、四十分もあれば作れそうだ。

玉葱のみじん切りから調理をはじめた。細かく刻み終えたら鯖の水煮を混ぜ入れ、ペースト状にすり潰す。続いてフライパンに油を引き、大蒜と生姜のみじん切りを入れて香りが立ったら玉葱と鯖水煮のペーストを加え、ターメリックとチリパウダーを振ってよく炒める。しんなりしたら水を注ぎ、上新粉ときな粉も入れて弱火で十五分ほど煮込む。仕上げにナンプラーを垂らしたら茹でた素麵の上からとろりとかけ、茹で卵を添えれば完成らしいのだが、さて、これでいいんだろうか。

不安になった。とろとろに煮込んだスープを味見してみると、タイ料理とも中華料理とも違う。ピリッとスパイシーで爽やかな個性を主張してくる味わいで、独特のおいしさがあるが、これがモヒンガーなのかどうかは自信がない。

素麵にちょっとかけて、麵と合わせた味を確認していると、

「おはようございます」

約束の時間通りにウィンさんがやってきた。あれから一晩中働いてきただけに、その表情には疲れが滲んでいたが、モヒンガーを楽しみにしていたのか声は元気だった。

「ああ、ちょうどよかった、いまできたところなので味見してくれません？」

麵とスープを小皿によそって手渡した。ウィンさんはすぐ口に運び、

「ああ、これ、モヒンガーです」

うんうんとうなずいてくれた。

「ほんとですか？　ちゃんとモヒンガーになってる？」

「なってます、モヒンガーです！」

もう一度、大きくうなずいてくれた。

ほっとした。代用食材で作っているから本物とは違うはずだが、ミャンマー人が食べればモヒンガーとわかる味だそうで、

「ミャンマー人、これを毎朝食べてます」

少女のような笑顔になって教えてくれた。

「あら、これって朝ご飯なの？」

「はい、そうなんです」

ミャンマーの代表的な朝食だそうで、家庭だけでなく街角の屋台やお店でも食べられているという。昼も夜もこれ、という人も多いだけに、味つけは店や家庭によってさまざまに工夫されていて、佳代のモヒンガーはウィンさん好みの味だというから、お世辞でも嬉しくなる。

素麺と鯖スープを別々の持ち帰り用パックに入れて渡した。

「これからもミャンマー料理、作ってくれますか？」

帰り際、ウィンさんに聞かれた。東京都内にはミャンマー料理店が何軒かあるものの、船橋周辺にはないから、ぜひ作ってほしいという。

「レシピさえわかれば喜んで作りますよ。あたしの勉強にもなるし」

佳代が即答すると、ありがとうございます、とウィンさんはまた笑みを弾(はじ)けさせた。


その日の午後、佳代は歩いて船橋市街の図書館へ向かった。

このところ、午前中は港の仕事を終えた漁業関係者、夕方は市街の勤めから帰ってくるOLや単身者や主婦、というお客さんの流れが自然とできてきた。そのぶん午後は、わりあい暇(ひま)になるため、その時間を利用してミャンマー料理について調べてみようと思った。携帯電話でネット検索もしてみたが、まとまったサイトが見当たらなかったことから、図書館だったら、と期待したのだった。

船橋市中央図書館は市街のメインストリート沿いにあった。厨房車を置いてきた空き地から五分ほどで着いてしまったが、それでも全身汗だくになった。近年、日本の夏はやけに蒸し暑い。ウィンさんの母国と同じ熱帯になったのかと思うほど高温多湿だから、今後、ミャンマー料理は意外と人気になるかもしれないと思った。

一階にスーパーが入居しているビルの二階に図書館は入っていた。変わった場所にあるものだと思いつつ、しっかり冷房が効いた館内に入り、しばらくロビーで涼(すず)んでから資料検索用のパソコンに向かった。ミャンマー料理の本は見当たらなかった。政治経済についての本はあるものの、やはりまだまだ日本では馴染(なじ)みのない料理なのだろう。それでも、書架に並んでいたエスニック料理本や旅行ガイドを何冊か拾い読みして、ネットで見つけた断片情報と突き合わせてみたところ、ミャンマー料理の輪郭が見えてきた。

　インドシナ半島西部、タイの隣国に当たるミャンマーは、中国系やインド系も含めた百以上の民族が一体となった多民族国家だ。それだけに政治的には難しい状況になっているが、料理的には多様な食文化が融合したユニークな味が息づいている。

　インドとタイに影響されたカレー〝ヒン〟、インドの炊き込みご飯ビリヤニに似た〝ダンバウ〟、中華の炒め物に相当する〝チョー〟など、周辺国に影響されながらも周辺国にはない独自の料理が根づいている。とりわけモヒンガーは、周辺国の食文化を取り入れながらも独自に発展した麺料理で、気楽な朝食から冠婚葬祭用の豪華版まで多種多彩なレシピが存在し、いわばミャンマーの国民食となっている。

　現地の一般的なモヒンガーのレシピは、こんな感じだ。ナマズをとろけるほど煮込んでバナナの茎、インディカ米の粉、大豆粉、小玉葱、唐辛子、レモングラスなどを入れ、とろとろのスープに仕立てたら米の麺にかける。あとは家鴨の茹で卵、パクチー、ひよこ豆のかき揚げなどをトッピングしたら出来上がり。

　なるほど、これだと日本ではなかなか作れない。ウィンさんは鯖の水煮のモヒンガーを喜んではくれたけれど、似てはいてもかなり違うものだと想像がつく。

　やはり一度、本物を食べなければダメだ。正直、そう痛感させられたが、それでも佳代はいつになく興奮していた。新たな食文化に出会った喜びと、未知の味をもっと知りたいという好奇心が湧き上がり、図書館を後にするなり階下のスーパーに入ってしまった。そして気がつけば、パクチー、缶詰のひよこ豆、ターメリック、ピーナッツ油といった、モヒンガーをはじめとするミャンマー料理に使えそうな食材や香辛料を山ほど買っていた。

かつて佳代は韓国料理にのめり込んだことがある。タイ料理ばかり作った時期もあれば、ナンの手作りに入れ揚げたこともあるが、ひょんなことから今回はミャンマー料理。料理好きならだれしもそうだろうが、こんなときほど幸せなことはない。

にわかにミャンマー料理通になった気分で厨房車に戻ってくると、ウィンさんによく似た面立ち(おもだち)の男女三人が待っていた。ミャンマー人かもしれない、と察しつつ、

「お待たせしました」

と声をかけると、三人ともはにかみながら会釈して、背の高い女性がスーパーのレジ袋を差しだしてきた。中身を覗くと鯖の水煮缶や素麺などモヒンガーの材料が入っている。

学生街にはなるべく近づかないようにしてきた。

中学卒業後、佳代は姉弟(きょうだい)二人の生活を支えるために働かざるを得なかった。本音を言えば高校から大学へ進学したかっただけに、つらい人生の選択だったが、それはそれでくよくよしても仕方ない、と割り切ったつもりでいた。ところが、気がつけば無意識のうちに

学生街を避けている自分がいた。中学を卒業して十五年以上も経つというのに、佳代にとってはそれほど心の傷になっているということだろう。

　しかし、今日はそうも言っていられない。東京のミャンマー料理店は、都内有数の学生街、高田馬場に集中しているとわかったからだ。そもそもは八〇年代、難民として来日したミャンマーの人たちが住みはじめ、それを契機に料理店も生まれ、いまや十数軒もあるというから、これはもう行かないわけにはいかない。

　店を半休にして船橋を発ち、午前十一時半過ぎに高田馬場に到着した。駅に近いコインパーキングに厨房車を駐めて表通りを歩きはじめると、学生だけでなく外国人もやたらと目立つ街だった。異国の言葉も当たり前に飛びかっている中、十分ほど歩いてお目当ての店を見つけた。昨日、ウィンさんの友だちから教わった古株のミャンマー料理店だった。

　ウィンさんの友だち三人は、ウィンさんより正直な人たちだった。というより、それほどウィンさんは佳代に気をつかってくれたのだろうが、三人は佳代が作ったモヒンガーを試食するなり複雑な面持ちで顔を見合わせた。

　代用食材を使うのは仕方ないが、やはり本物を知らないと。三人はそんな当たり前のことを言ってくれた。それはそうだ。佳代だって、外国人がレシピだけ見て作った和食など納得できない。これは一刻も早く本物に触れなければ、と焦って食べにきたのだった。

　路地裏の雑居ビルの一階にあるその店の入口には、ミャンマーの国旗や料理写真つきの看板が並べられ、店内に入ると日本人の認知レベルに合わせてか、アウンサンスーチーさんの写真や竪琴を飾ったミャンマーっぽい演出が施されていた。

「ミンガラーバー！」

ミャンマー語で、こんにちは、と女性店主から挨拶された。一瞬、どうしよう、と焦ったが、実は彼女は日本語がぺらぺらだった。そこで、いろんな料理を食べたいから半分の量で作って、とお願いしたところ、いいですよ、と快諾してくれた。

真っ先に頼んだのは、言うまでもなくモヒンガーだ。浅めの皿に盛られてきた本物は、佳代が作ったものより辛さもスパイスもやさしく、とろっとした口当たりのスープ麺だった。トッピングはカリッとしたひよこ豆のかき揚げとパクチーと茹で卵。レモンの爽やかな酸味も加わって、なるほど、これなら朝ご飯でもいけると思った。

二品目はミャンマー風カレー。チキンとジャガ芋を煮込んだ〝チェッターー・アールーヒン〟を選んだ。これもまたスパイスは利いているもののインド料理ほどではなく、ピリッと辛いがタイほどではない。ほどよい味加減のカレーで、ご飯に合っておいしい。そして最後に空芯菜の炒め物〝ガズンユェッチョー〟も食べてみたが、中華の炒め物よりも唐辛子と大蒜を利かせた爽やかなおいしさだった。

どの料理も特別に日本人の舌に合わせたりはしていない、と女性店主は言っていたが、佳代が食べた感想は、それでも日本人の口にとても合う料理だと思った。

こうなったらもう一軒、と数年前に開店したという店を訪ねた。ここでも最初に量を半分にしてくれるようお願いして、モヒンガーと海老と玉葱のカレー風煮込み〝バズンヒン〟、そして高菜漬けのようなお茶の葉とナッツ類が入ったサラダ〝ラペットゥッ〟を注文した。

バズンヒンもラペットゥッもおいしかったが、やはり気になるのはモヒンガーだ。ラーメン丼に盛られてきたこの店のものは、より魚の旨みがしっかり感じられる、とろみの薄いあっさりした味わいが印象的だった。

最後は食べきれずにちょっと残してしまって申し訳なかったが、二軒訪ねてよかったと思う。モヒンガーは店や家庭によって味が全然違うことが実感できたし、やっぱあたしのモヒンガーは話にならない、と思い知らされたのも収穫だった。

満腹のお腹と、うなだれた気持ちを抱えて船橋へ戻ってくると、夕方近くになっていた。

「どうしてたの？　遅かったじゃない」

心配顔の芳子さんが営業場所に佇んでいた。明日は半休するので魚は遅い午後に自分で買いにいきます、と昨日のうちに伝えておいたのに、わざわざ配達にきてくれたそうで、佳代がなかなか現れないから交通事故にでも遭ったのかと心配していたという。

「すみません、高田馬場でミャンマー料理を食べてきたので」

お腹をさすりながら照れ笑いした。

「あら偉いのねえ、そこまでしてたら大変でしょうに」

「とんでもないです。ウィンさんの大変さは、あたしどころじゃないですから、どうせなら、ちゃんとした故郷の味を食べさせてあげたいと思って」

「ああ、そうだわよね、コンビニの夜勤は日本人だって大変なのに」

「ていうか、ウィンさんの場合、アルバイトだけじゃないんです。びっくりしたんですけど、彼女、日本で看護師を目指しているそうです」

「看護師？」

きょとんとしている。ウィンさんの友だちから聞いたときの佳代と同じように、ミャンマー人と看護師が結びつかないようだ。

近年、インドネシアやベトナムなど東南アジアから看護師を目指して日本留学する若者が増えている。そうした中、ここにきてミャンマー人留学生も存在感を示しつつある。在日ミャンマー人というと、かつては政治難民が大半だったそうだが、日本の医師や看護師がミャンマー国内で医療支援を続けてきた結果、日本の先進医療に学ぼう、と新世代のミャンマー人が相次いで留学するようになった。

船橋周辺には、そうしたアジア人を受け入れている看護学校と日本語学校があるらしく、ウィンさんは二つの学校で学び、バイトもこなす生活に耐えながら、日本の看護師国家試験合格を目指しているのだった。ウィンさんの友だちもまた、それぞれＩＴエンジニアや貿易商社員を夢見て留学生活を送っているそうで、日本語学校で知り合ってからは、ともに励まし合って勉強しているという。

「頑張り屋なんだねえ。日本の若者に見習わせたいよ」

芳子さんが感心している。それは佳代も同感だった。

「あたしは正直、政治的なことはわかりませんけど、ミャンマーっていろいろと大変な国なのに、若い人の志が高いですよね」

「ほんとにそうよねえ」

芳子さんもうなずくと、

「ねえ佳代ちゃん、あたしもモヒンガーっていう料理、食べてみたくなった」

たまには旦那に変わったものを食べさせてあげたいし、どんな食材を買ってきたらいいの？　と聞く。

「食材ならありますよ」

高田馬場から戻る途中、ミャンマー料理に使う食材をたくさん買い込んできた。モヒンガーのほかにも、女性店主からいろいろと料理を教えてもらったから試作しようと思っていた。

「だったら、そうだ、一緒に試食してくれませんか？」

もう夕方だし、今日は店はやらない、と決めてしまった。

「あら、いいの？」

「いつもわざわざ配達してもらってるんですから、ぜひ」

それで話はまとまった。ほかのお客さんが来てもいけないから、芳子さんを厨房車に乗せて船橋漁港の埠頭まで移動し、そこで試作にかかった。

思いのほか楽しい時間になった。芳子さんに試作を手伝ってもらいながら、ミャンマー料理の話で盛り上がったり、佳代が立ち寄った港町の思い出話に花を咲かせたり、なごやかなひとときを過ごした。

楽しいあまりおしゃべりが弾んで時間はかかってしまったが、なんとか改良版モヒンガーを完成させて二人で味見した。

「あら、いけるわよ。うちの旦那も好きかも」

芳子さんがにっこり笑った。やさしい魚のスープにさらりとした素麺が馴染んで、蒸し暑い日本の夏にもぴったり、とうなずいている。

「ああ、ほんとですね」

佳代も微笑んだ。わざわざ高田馬場まで遠征した甲斐があった。鯖の水煮缶ではなく生の鯖を使ったのもよかったのか、魚の旨みがよりしっかり感じられて、かなり料理店の味に近くなった気がする。

「ただこれ、本当はナマズで作るんだよね」

芳子さんが言った。

「そうなんです、ナマズとバナナの茎が手に入ればもっといいんですけど」

それがちょっと残念、と佳代が言い添えると、芳子さんはモヒンガーのスープをもう一度啜ってから、

「どんな味になるんだろうねえ、ナマズで作ると」

思いを馳せるように厨房車の外を見やった。

つられて佳代も顔を上げると、車窓の向こうには、いつのまにか夕焼け空が広がっていた。

改良版のモヒンガーはウィンさんにも好評だった。その後、鯖に加えて東京湾で獲れる鱸の子ども〝フッコ〟も入れて煮込んでみたところ、ますますおいしくなった、と喜ばれた。

早速、芳子さんに報告すると、

「だったらホンビノス貝も入れちゃったら？　モヒンガーって店や家庭で味が違うんでしょ？　基本さえ崩さなければ佳代ちゃん流もありだと思う」

と翌日の午前中、いつもより多めにホンビノス貝を持ってきてくれた。

これもまたウィンさんに大好評だった。ナマズで作ったものとは当然ながら違うものの、貝の旨みで深みが増しているという。

「ホンビノス貝って、やっぱ力がありますね。ありがとうございます」

その日の夕方、たまたま持ち合わせがなくて後払いにしてもらったお金を芳子さんのもとへ持っていくと、

「モヒンガーのぶんはあたしの気持ちだから」

とお金の一部を押し戻された。

「でも、それだと」

「いいの、いいの。大した量じゃないし、彼女たちに安く食べさせてあげて」

それればかりか、今後は毎日、モヒンガー用の魚介類も配達するから、魚介めしと同じように作り置きしたら？　と提案された。忙しいウィンさんたちが毎回食材を買ってくるのは大変だろうし、そのほうがもっと気楽に立ち寄れるじゃない、と言うのだった。

「もちろん、モヒンガーのぶんはあたしからのプレゼントだからね。異国で頑張ってる彼女たちを応援してあげたいの。モヒンガー以外の魚は、ちゃんとお金をもらうつもりだから、ね、どうかそうさせて」

手を合わせて頼み込まれ、結局、ありがたく芳子さんの好意に甘えることにした。

こうして改良を重ねたモヒンガーを作り置きしはじめた結果、ますます頻繁にミャンマー人が訪れるようになった。ウィンさんたち船橋周辺の留学生ばかりか、噂を聞いた近隣の街からも、わざわざ電車でミャンマー人がやってくるようになった。

そんな彼らを応援してくれている芳子さんも、ちょくちょく顔を見せては、

「まずかったら遠慮なく文句言っていいんだよ」

と気さくに声をかけている。

おかげでモヒンガーだけでなく、ほかのミャンマー料理もいろいろと注文されるようになった。ミャンマー風カレー、チキンや魚介の炒め物など、注文されるたびに佳代のレパートリーも広がり、さらにミャンマー人が訪れる回数が増えていく。そんな好循環が生まれはじめ、最近では隣国のタイ人留学生までやってくるようになった。

佳代には正直、ミャンマー人かタイ人か区別がつかないが、日本人が中国人や韓国人をなんとなく見分けられるように、彼らも隣国同士、見分けられるようで、ミャンマー料理はもっとキリッと辛いほうがいい、いやいや、辛さはこれでいいんだ、と言い合っては交流している。

彼らの影響で、ここにきて日本人のお客さんもミャンマー料理を注文してくれるようになった。とりわけ若いＯＬさんは新しい食べものに敏感なだけに、蒸し暑い夏に打ってつけのミャンマー料理に嵌まる人が続出している。

その人気に後押しされて、佳代のモヒンガーも、さらなる進化を続けている。

まずはバナナの茎を使うようになった。これまでは玉葱で代用していたのだが、お客さんの一人が千葉市のタイ食材店で見つけてきてくれた。バナナの茎は白アスパラを直径三センチほどの極太にしたような食材で、日本人が筍やゴボウを好むように、繊維質のさくさくした食感が好まれている。これにはミャンマー人たちもすぐ気づいてくれて、バナナの茎、入れたね、と口々に言ってくれた。

トッピングにも変化をつけている。現地では定番のひよこ豆のかき揚げのほか、玉葱のかき揚げや魚のすり身もトッピングしている。高田馬場でそう聞いたのを思い出し、日本の天ぷらそば的な感覚だろうと考えて、春菊天や茄子天、鶏天、海老団子など、あらゆるものを試してみた結果、とりわけ人気を博したのはホンビノス貝入りのかき揚げだった。

貝類はミャンマーでも蛤の炒め物が食べられているから、ホンビノス貝のおいしさもストレートに伝わったのだろう。いまではホンビノス貝のミャンマー風炒め物も人気の一品になっている。

「あんたも一度、食べにおいでよ」

ある晩、佳代は和馬に電話した。ウィンさんの男友だち、ソウさんからもらったミャンマーの缶ビールで晩酌しているときだった。すっきりした飲み口で、夏の宵に打ってつけの味わいに酔いしれながら夢中でミャンマー料理の話をしていると、

「ミャンマー料理かあ」

和馬は気乗りしなさそうだった。彼は辛いものが苦手だから、それを警戒しているのかもしれない。

「大丈夫だよ。タイ料理ほど辛くないし、ホンビノス貝もけっこう合うんだよね」

一度食べたらやみつきになるから、と押したものの、

「やっぱ料理って国民性を表すんだろうな。ミャンマー人って、穏やかで忍耐強くて勤勉らしいから、料理も穏やかな刺激なのかもね」

と話を逸らされた。

近頃、日本企業が続々とミャンマーに進出しているのも、そうした国民性が評価されているからだという。とりわけ女性に優秀な人が多いことから、日本への女子留学生も増える一方だそうで、そうした人たちを通じて今後も経済交流が進むんじゃないかな、と経済新聞の記者っぽい口を利いてみせる。

「だったらなおさら食べなきゃダメじゃない。新しい味にチャレンジしない男ってつまんないし、女子に嫌われるよ」

じれったくなって腐したものの、それでも和馬の反応は変わることなく、

「ま、商売繁盛、いいことじゃない」

あっさり電話を切られた。

商売繁盛か。佳代は缶ビールの残りを飲み干し、クシャッと空き缶を潰した。言われてみればミャンマー料理のおかげで繁盛しているのは確かだったが、ただ世の中、いいことばかりは続かない。

ここにきて佳代には気がかりなことがある。一番初めにモヒンガーを頼んでくれて以来、毎日のように来てくれていたウィンさんが、このところぱったり姿を見せなくなったのだ。

「彼女は忙しい人だから」

親しい女友だちのタウンラさんはそう言うけれど、なんだかちょっと心配だった。タウンラさんからわざわざ連絡してもらうのも商売目当てのようで嫌だし、それとなく周囲の人たちに尋ねたりもしているのだが、昨日も今日も、そして一週間が過ぎても、ウィンさんは一向に姿を見せなかった。

「うちに遊びに来ないかい?」

ある日の夕方、芳子さんに誘われた。

そろそろ店仕舞いしようと思っていたから行くのはやぶさかではなかったが、

「何かあったんですか?」

佳代は尋ねた。わざわざ自宅に誘われたのは初めてのことだ。

「何かってことでもないんだけど、今夜はのんびりするつもりだって佳代ちゃん言ってたでしょ。だったら、たまには一緒に飲みたいと思って」

酔ったらうちに泊まればいいんだし、ね、と手を合わせられた。

急な話だったが、そこまで言われたら断る理由もない。たまにはいいか、と調理場の後片づけをすませると、芳子さんを助手席に乗せた。

「道案内、お願いしますね」

佳代の厨房車にはカーナビなんていうものはない。芳子さん頼りで船橋の街へ向けてアクセルを踏み込むと、街道沿いに三分と走らないうちに、そこの地下に入って、と指示された。

「え、ここですか？」

船橋駅の近くにそびえるタワーマンションの地下駐車場だった。漁師の自宅とタワーマンションがうまく結びつかなくて一瞬戸惑ったが、

「近いでしょう」

芳子さんがふふっと笑みを浮かべた。

来客用の駐車スペースに厨房車を駐め、最上階まで一気に上がった。この界隈(かいわい)では一番の高層ビルとあって、降り立ったエレベーターホールからの眺(なが)めは素晴らしかった。船橋市街全体はもちろん、船橋漁港から東京湾の海まで一望できる。

「素敵なところにお住まいですねえ」

佳代は感嘆の声を上げた。

「まあ最初はそう思ったけどね」

芳子さんはさらりと受け流して廊下を進み、〝眞鍋昌男〟と表札がかけられた玄関のドアを開けてくれた。

「おう、いらっしゃい」

部屋に入るなり芳子さんのご主人、昌男さんがのっそりと現れた。皺が刻まれた陽焼け顔に、きれいに禿げ上がった頭。ぽっこり出っ張ったお腹をゆるゆるのジャージに包んだその風貌は、タワーマンションにそぐわない、と言っては失礼だけれど、長いこと海に生きてきた漁師そのものだった。

リビングルームに通されると、すっかり馴染んだ匂いが漂っていた。モヒンガーだ。そう気づいて食卓を見ると、ほかにも刺身や煮物、天ぷらや野菜サラダといった料理が所狭しと並べられている。

「まずは乾杯だな」

挨拶もそこそこに昌男さんがビールを注いでくれ、三人で乾杯した。料理は芳子さんの手作りで、佳代を呼びにいっている間に昌男さんが盛りつけておいてくれたという。

「いいご主人ですねえ」

佳代の言葉に芳子さんは照れ笑いを浮かべ、

「そんなことより、これ、食べてよ」

モヒンガーを盛りつけた浅皿を指さす。今日は直売店を早仕舞いして作ったそうで、すごいですね、と佳代は声を上げ、遠慮なく口にした。

「あ、おいしい」

お世辞ではなかった。佳代のモヒンガーとはまた違うあっさりした旨みを感じる。

「わかる？　実はこれ、ナマズで作ったの」

「え、ほんとですか？」

「ナマズは淡水魚だから、うちの人は獲れないでしょ。だから漁師仲間や漁協の人に聞いてみたら、いたのよ、すぐ近くに」

船橋から江戸川（えどがわ）沿いに三十キロほど北上した埼玉県吉川市（よしかわ）。車で一時間ちょっとのところにナマズの養殖場があったのだという。

「日本にもナマズを食べる地域があるみたいで、養殖場も全国にいくつかあったの。でも、まさかこんなに近くにあるとは思わなかったから、昨日、ちょっと行ってきたの」

ミャンマーのナマズとは種類が違うらしいが、ナマズはナマズだ。小売価格はキロ二千円ほどと、日本では金目鯛（きんめだい）に匹敵する高級魚だそうだが、まずは味を確かめたい、と交渉して分けてもらってきた。

「そしたらやっぱりおいしいの。鯖や鰺みたいな青魚を使ったモヒンガーとはちょっと違うでしょ」

「確かに違いますね。ただ、値段がそれだと困っちゃいますね」

佳代が苦笑いすると、芳子さんが肩をすくめた。

「いいじゃない、せっかく見つけたんだから、ちょっとぐらい高くたって。これからは、あたしたちが仕入れてくるから、ぜひ使って」

隣の昌男さんも、うん、それがいい、と陽焼け顔を綻ばせている。

「でも、そんな高級魚を仕入れてもらっても、売り値が高くなっちゃって彼女たちには売れないですよ」

「違うの、仕入れ代はあたしたちが持つから、とにかく彼女たちに食べてほしいのよ」

「いやあ、それだと今度はあたしが困っちゃいます」

いまでもモヒンガー用の魚介類を無償提供してもらっているのに、そこまでされると申し訳ない、と言い添えると、

「ちょっといい？」

芳子さんがふと食卓を立ち、リビングの奥の部屋へ入っていった。昌男さんからも、さあ、と目顔で促されて佳代も続くと、和室があった。

芳子さんが襖を開け放った。床の間の脇に大きな仏壇が置かれていた。

「これ、娘の友香」

遺影を指さされた。セーラー服姿のかわいい女の子が写っている。

「十八で逝っちゃってね」

昌男さんがそう呟いた途端、芳子さんが口元を押さえた。昌男さんが芳子さんの肩をそっとさすって慰めている。

「あの、ご病気か何かで？」

佳代は尋ねた。一瞬の沈黙があってから、

「まあいろいろあってねえ」

昌男さんは語尾を濁し、自分たちのことを語りはじめた。

今年六十五歳になった昌男さんは、高校卒業後、就職にあぶれて仕方なく巻き網漁船の漁師になった。二十代は漁に出ては遊び暮らす毎日だったが、三十代で芳子さんと出会って結婚。そして三十半ばにして友香さんを授かったことが一大転機となった。友香の幸せのため、と一念発起し、大きな借金をして自前の漁船を買い、それを境に眞鍋家の高度成長がはじまった。水産物直売店を開き、タワーマンション最上階の自宅も買い、車も家財も蓄財も含めたら、船橋の漁師としてはかなり成功したほうだという。

「ただ、そんな成り上がり根性も、五十半ばで友香を亡くした途端、虚しくなっちまってね。友香がいなくなって十年、おれたち夫婦は惰性で生きてきた気がするんだな。しかし改めて考えてみると、六十五といったら世の勤め人にとっちゃ定年の歳だ。今年は女房も還暦を迎えたことだし、残りの人生はあと二十年もあればいいほうだ」

そうと気づいた瞬間から、このまま惰性で生きていていいのか、と自問しはじめた。亡き友香さんに何もしてやれなかったぶん、頑張っている若い子たちを応援してやれないものか、と夫婦で考えるようになり、そんな折に芳子さんは佳代とウィンさんに出会った。

「これって、あたしたちにとって運命だと思うの。だからぜひ、あたしたち夫婦にナマズを仕入れさせてほしいのよ」

再び理解を求められた。ナマズのモヒンガーをウィンさんに試食してもらい、もし喜んでもらえたら、バナナの茎やひよこ豆や麺といった食材もどんどん仕入れて、ウィンさんたちには調理代だけでモヒンガーを食べてもらえるようにしたい。夫婦でそう目標を定めたそうで、

「この気持ち、どうかわかってほしい」

昌男さんからも懇願された。

夫婦でそこまで真摯に考えていようとは思わなかった。これには佳代も心打たれ、はい、と返事をしかけた瞬間、ふと思い出した。うっかりしていた。

「お二人のお考え、よくわかりました。素晴らしいと思いました。ただ最近、ちょっと心配してるんですが、ウィンさんが姿を見せなくなっちゃったんですね。たまたま来られな

いだけかもしれないし、こっちから連絡するのもなんだし」

　途端に芳子さんが血相を変えた。

「ダメだよ佳代ちゃん！　そういうときは、すぐ連絡してあげなきゃ！」

　とりあえずウィンさんに連絡してみよう。

　といって、基本的にお客さんの連絡先は聞かないから、まずはウィンさんの友だちに声をかけるしかない。翌日、佳代は朝からそわそわしながらミャンマー人留学生の来店を待った。

　芳子さんに叱りつけられた佳代は、急遽、思い直した。そこまで言われて放っておくわけにはいかない。

　午前中、日本人のお客さんに交じって何人ものミャンマー人がモヒンガーを買いにきた。ウィンさんの友だちではなかったが、念のため聞いてみたところ、全員に首を振られた。ウィンさんの顔見知りもいたものの、プライベートまでは知らないようだった。

　やはりあの三人だ。ウィンさんの紹介で最初に訪れた男女三人なら、と心待ちにしていると、遅い午後になってようやく、そのうちの一人、男友だちのソウさんがやってきた。佳代にミャンマーの缶ビールをプレゼントしてくれた人だ。

「ああ、ウィンさんですか」

ソウさんは一瞬、困った顔をしたが、船橋港の埠頭でよければ、と言ってくれた。海が好きなソウさんは、天気がいいときは、いつもそこで昼食をとっているそうで、だったら一緒に行きましょう、と厨房車で埠頭へ移動した。

芳子さんの水産物直売店からは離れた場所だった。厨房車を駐めてルーフテントを張り、折りたたみ椅子を並べて腰を下ろした。

「ウィンさん、彼氏といるですよ」

佳代のモヒンガーを食べながらソウさんが話しはじめた。ＩＴエンジニアを目指しているソウさんのエラの張った顔が、いつになく強張っている。

「彼氏もミャンマー人なの？」

「いえ、日本人です。だからぼく、ウィンさんに振られました」

ぎこちない日本語でそう告白して照れ笑いすると、またスプーンでモヒンガーを口に運ぶ。

ウィンさんの日本人の彼氏は、コンビニのアルバイト中に知り合った大学生だそうで、もう二か月近くアパートで同棲しているという。

なにしろウィンさんは多忙な毎日だけに、なかなか彼氏と会えない。だったら一緒に住もうぜ、と彼氏に誘われてアパートに転がり込んだ。留学生のアルバイトは週二十八時間までと国で決められている。母国からの仕送りが多い人はそれでもやっていけるが、そうでないと生活は厳しいから、ウィンさんは生活費の節約にもなると考えたようだ。

ところがソウさんに言わせれば、

「お金ないから彼女はつけ込まれたです」

ということになる。

「ひょっとしてソウさん、ウィンさんを諦めきれてない？」

不躾（ぶしつけ）と思いながらも聞いてみた。ソウさんがスプーンを止め、素直にうなずいた。実は、いまでもしばしばウィンさんからメールが送られてきて、いろいろ相談されているそうで、最近は彼氏と揉（も）めてばっかり、とこぼされているという。

「何で揉めてるの？」

「食べものです」

「食べもの？」

同棲前は安価なファミレスや回転鮨、定食屋といった店でデートしていたから問題はなかった。ところが、せっかく二人暮らしなんだから自炊しましょう、とウィンさんが忙しい合間に料理を作りはじめたときから亀裂が入りはじめた。

「つまり味が原因ってこと？」

佳代の言葉に、ソウさんは大きくうなずき、

「食べもの合わないと、大変です。離婚した人もいます」

とため息をつく。

言われてみれば毎日のことだけに、日本人同士であっても味噌汁の味が濃いの薄いの、関東風だの関西風だの、男女の諍いの火種になりやすいとよく聞く。まして日本人とミャンマー人だ。最初のうちこそウィンさんの母国の味をおもしろがっていた彼氏も、ほどなくして、こんなのばっか毎日食えるか、と腐しはじめた。

だが、そこは忍耐強いミャンマー人のウィンさんだ。多忙な時間を割いて、彼氏が望む和食を頑張って作るようにした。ただ、そういう努力は惜しまないウィンさんも、ときにミャンマー料理が恋しくなる。せめて外食できないものかと探しているときに佳代のキッチンに出会ったのだった。

彼氏がいないときにこっそり注文して一人で食べた。当初は母国の味とちょっと違っていたが、佳代がミャンマー料理を研究してくれて、どんどんおいしくなっていくのが嬉しかった。

ところがある日、部屋でこっそり食べているところを彼氏に見つかって怒鳴りつけられた。

「おれの女だったら和食だろ！　香辛料で部屋が臭くなる！」

そんな侮辱までされてもウィンさんは耐えた。翌日から佳代のキッチン通いをやめ、再び和食だけを作って食べる日々が続いているという。

「ひどいよ、そんなの耐えちゃダメだよ」

思わず佳代は声を上げた。この国に、そんな無神経な男がいることが腹立たしく、恥ずかしく、それでも耐えているウィンさんのいじらしさが哀しかった。

食に依怙地な人は、心も依怙地なんだと思う。好みはあって当然だけれど、好みじゃないからと否定してしまったら元も子もない。

〝好き嫌い〟を〝善し悪し〟にすり替えてしまうほど愚かしいことはない。それは年齢も性別も国籍も民族も何もかも超越した真理だと佳代は信じている。仮にもそれがわからないのだとしたら、人として生きる根本を間違っているとしか言いようがない。

「厄介だよねえ、そういう男って」

電話の向こうの芳子さんが吐き捨てた。

これからバイトだというソウさんを船橋郊外の食品加工工場まで厨房車で送り届けてきたら、今日は営業を続ける気にならなくなった。帰り道、コンビニの駐車場に厨房車を駐めて、とりあえず芳子さんに電話で報告したのだが、

「これはもう直接、説教してやるしかないね」

芳子さんはいきり立った。これ以上、ウィンさんを放ってておけない。いまからウィンさんと彼氏に会いにいこうと言いだした。

そこまでおせっかいを焼いていいものだろうか。ふと佳代は思った。男女の問題には他人からは窺(うかが)い知れない機微(きび)がある。すると佳代の内心を見透かしたかのように釘(くぎ)を刺された。

「これは男女の問題じゃないの。人間の尊厳にかかわる問題なの」

ウィンさんの携帯番号と二人が同棲しているアパートは、ソウさんから教わっている。しかし、あえて電話しないで押しかけたほうがいいと芳子さんは言う。今夜二人がいなければ明朝でも明晩でも何度も押しかければいい。とにかく二人をつかまえて、びしっと言ってやらなければ取り返しがつかなくなる、と強い口調で諭(さと)された。

西の空が紅(くれない)に染まった夕暮れどき、船橋漁港の水産物直売店の前で芳子さんを厨房車に乗せた。昼間の蒸し暑さが残る中、船橋漁港に注ぐ海老川(えびがわ)を越えて、川沿いの住宅街へ向かった。

二階建てのこぢんまりしたアパートだった。一階の集合ポストで部屋番号を確認してから二階に上がり、外廊下を進んで玄関ドアの前に立った。すぐ横の換気扇から煮物を煮ているいい匂いが漂ってくる。ウィンさんはいるようだ。男がいるかどうかはわからない。

ここはあたしが前面に出るべきだろう。額(ひたい)の汗を二の腕で拭(ぬぐ)い、佳代は神妙にインターホンを押した。はい、とすぐに応答があった。ウィンさんの声だった。

「佳代です。佳代のキッチンの」

一瞬の沈黙があった。

「あの、何か？」

訝(いぶか)っている。

「ソウさんに話を聞きました。ちょっとお話ししたいんです。芳子さんも一緒です」

しばらく間があってから、カチャリと解錠され、ドアが開いた。玄関に入ると、狭い靴脱ぎ場に男物の靴もあった。

玄関脇のキッチンから続く奥の部屋を覗くと、男の姿が見えた。ベッドの上で背中を丸めてゲームに熱中している。佳代たちに気づいているとは思うのだが、無視を決め込んでいる。

ここは単刀直入にいくべきだろう。玄関に立ったまま佳代は思いきって告(つ)げた。

「ウィンさん、このままじゃいけないと思うんです」

「は？」

困惑している。

「いまの状態はウィンさんにとってよくないと思って話しにきたの」

そうたたみかけた瞬間、背後にいる芳子さんがじれったそうに佳代を押しのけた。

「ちょっと失礼」

ずかずかと部屋に上がり込むなり、相変わらずベッドでゲームをしている男を怒鳴りつけた。

「あんたが暴力男かい！」

男がゲーム機から顔を上げた。やせぎすの唇の薄い男だったが、突然、乗り込んできた芳子さんの剣幕に泡を食って言い返してきた。

「暴力なんて振るってねえよっ」

「暴力だよ！　あんたがやってんのは食の暴力なんだよ！」

人差し指を突きつけて糾弾した。

「だれだこのババア、わけわかんねえからすぐ追いだせっ」

男がウィンさんに命じた。言葉は乱暴だが、しかし、その目は泳いでいる。口ほどになく気が弱い男らしい。そうと察したからか、芳子さんは一転、押し殺した声で続けた。

「いいかい、あんたレベルの男にはむずかしいことを言うから、よく聞きな。その人の食を大事にしないってことは、その人を大事にしてないってことなの。食べものを抑圧するってことは、その人を抑圧するのと同じなの」

「わけわかんねえことばっか言ってんじゃねえよ。食いもんなんか何食ったたって勝手じゃなくね？　マジ帰れ！」

威嚇するように男がベッドから立ち上がった。それでも芳子さんは動じない。声を荒らげた男を無視するようにぷいっと背を向け、今度はウィンさんを叱責した。

「あんたも、そんなに頑張りすぎちゃダメじゃないかっ。頑張ることは悪かないけど、頑張りすぎちまうから、こんな馬鹿にいいようにされちゃうんだよっ」

「なんだとババア！」

たまらず男がつかみかかろうとした。間髪を容れず芳子さんが肩口から突き上げるように男に体当たりした。カウンターぎみに当たられた男があっけなくベッドに倒れ込む。すかさず芳子さんはウィンさんに向かって言い放った。

「こんな男とは、とっとと別れてうちに来な！　娘の部屋が空いてっから、すぐ荷物をまとめな！」


だれかが厨房車のドアを叩いている。

ふと気づいた佳代は調理場に敷いた寝床から起き上がり、カーテンの隙間から車外を覗き見た。白々と明けはじめた朝靄の中に、花柄エプロン姿の芳子さんが立っている。

「どうしました？」

寝ぼけ眼でスライドドアを開けると、

「ごめんね、迷惑かけちゃって」

開口一番、謝られた。早朝のこの時間、外気はまだひんやりしている。

早いもので、あの晩から十日ほどが経つ。その間、芳子さんはずっと水産物直売店を休み、佳代は芳子さんが手配してくれた港の仲卸(なかおろし)からトロ箱を配達してもらっていた。

「とんでもないです。ちゃんと魚は届いてましたし。それより、ウィンさんは？」

あの晩以降のことは何も聞いていない。

「大丈夫、うちから元気に看護学校と日本語学校に通ってる」

三日前あたりからようやく気持ちも落ち着き、以前のあどけない笑顔が戻ってきたという。

「ナマズのモヒンガーも食べてくれてね。ああ、この味です、って涙目になってたよ」

「そうですか、だったらよかった。あの男がちょっかい出してきたりしてません？」

「全然なし。しょせん日本の女の子に相手にされなくて純な留学生を弄(もてあそ)んでた男だもの。あたしらに立ち向かってくる根性なんてあるわけないし」

ただ、つまらない逆恨み(さかうら)をされてもいけない。夫の昌男さんが学校筋や交友関係に手を回してくれたそうで、

「まあ大丈夫だとは思うけど、当分は慎重に見守ってあげるつもり」

と表情を引き締めている。それでも、とりあえずは無事に収まったらしい。佳代はちょっとだけほっとした。

「けど、あのときの芳子さん、迫力あったな」

にっこり笑ってアパートでの出来事を振り返った。

「そりゃあ、これでも漁師の女房だもん。やるときはがつんとやるわよ」

芳子さんも笑みを浮かべて続ける。

「今回のことは、あたしにとっては本当に他人事じゃなかったの。ウィンさんもそうだけど、アジアからの若い留学生って頑張るじゃない。頑張りすぎるじゃない」

そういう若者を日本の大人がきちんと支えてあげないといけない、と再び痛感したそうで、

「あたしたち夫婦も、友香を頑張らせすぎて失敗しちゃったからね」

と言い添えて静かに天を仰いだ。

「友香さんを？」

あえて問い返した。芳子さんの自宅を訪ねたとき、結局、友香さんが亡くなった理由は話してくれなかった。でも、ようやく踏ん切りがついたのだろう、佳代の問いかけに答えるかたちで芳子さんは、ぽつりぽつり打ち明けはじめた。

「もちろん、あたしたちだって友香のためにと思ってやったことなの。この前、うちの旦那が話したように、借金して漁船を買って、直売店を開いて、タワーマンションに引っ越した。立派な勉強部屋を与えて、予備校に通わせて、家庭教師もつけた。けど、そのぶんあたしたちは仕事に追われるばかりで、せっかく買ったマンションにもろくに帰れなくなった」

それでも友香さんは、最上階の部屋にこもって受験勉強に励んでいた。無学な漁師夫婦がどれだけ苦労したことか、と両親から尻を叩かれ、黙々と頑張り続けた。

とりわけ芳子さんは容赦がなかった。たまに仕事が早く終わって帰宅しても、お帰り、とリビングに顔を覗かせた友香さんに、ちゃんと頑張ってんの？ と発破をかけた。直売店に泊まり込みで帰れないときは、夜中に何度となく電話して喝を入れた。

そして、気がついたときにはすべてが終わっていた。ある日の深夜帰宅した芳子さんは、勉強部屋で自ら命を絶っている友香さんを発見した。過大なプレッシャーに押し潰されて心を病んだ末の悲劇だった。しかも、さらに衝撃だったのは、警察の検分の結果、死亡推定時刻は前日の晩だった。

「馬鹿な母親だよね。あたし、前の日の夜中に電話したんだよ。けど友香が出ないから、勉強に集中してるんだろうって思って」

そこで言葉が途切れた。それ以上、芳子さんは続けられなかった。

佳代は黙っていた。何か言おうと思ったものの、何の言葉も浮かばなかった。

そのとき、携帯電話の着信音が聞こえた。花柄エプロンのポケットで鳴っている。ふと我に返った芳子さんが、悔恨を断ち切るように相手を確認して、かすれた声で言った。

「ごめんね、こんな話をするつもりじゃなかったのに。実は、ちょっと来てほしくて呼びにきたの。旦那が待ちくたびれてる」

港の外れに漁船が停泊していた。

釣り人を乗せるような小さな漁船が、コの字に囲われた埠頭の杭に舫われ、その操舵室には捻り鉢巻きの漁師が仁王立ちしている。

昌男さんだった。初めて自宅で会ったときは、陽焼けした出腹の禿げ親父、という印象しかなかったが、船上に佇むその姿は凜々しい叩き上げの漁師そのものだった。

「おう、早く乗れ」

船に近づくと昌男さんが手を伸ばしてきた。

その手に引かれて船に乗り移った。続く芳子さんは慣れた物腰でひょいと甲板に飛び乗り、それを見届けた昌男さんが舫いを解き、エンジン音を響かせて離岸した。

芳子さんと一緒に船首に腰を下ろした。潮風が頰に心地よかった。朝陽が射す海面が輝いている。

やがて昌男さんは面舵を切った。船は防潮堤を横目に右へ針路を変え、穏やかな港内から白波が立つ東京湾へ乗りだしていく。

途端に船が揺れはじめた。思わず船べりをつかんだ。周囲の海面がせり上がるように波打っている。東京湾内にいるとはいえ、佳代には外海かと思うほど激しい揺れに感じる。

「大丈夫、じきに三番瀬だ」

舵を握る昌男さんが声をかけてくれた。隣の芳子さんも余裕の微笑みを浮かべている。

その言葉通り、ほどなくして船は取り舵を切り、浜辺に沿って左舷方向へ進み、再び穏やかな海面に戻ってきた。ここが三番瀬と呼ばれる広大な浅瀬が続く海域だそうで、目の前には高層ビルや野球場が立ち並ぶ千葉の幕張新都心が望める。

「恐かったか?」

昌男さんが、からかうように言うとエンジンを切り、

「娘がいた頃は、こんなちっこい船じゃなかったんだがな」

にやりと笑った。

当時は十三トンの中型巻き網漁船と十九トンの運搬船を所有し、十五人の乗組員を率いて東京湾の鱸を獲りまくっていた。会社組織にしていたため、船長と社長の二足の草鞋を履き、それはもう半端でない忙しさだったそうで、三トンの小型漁船で一人細々と貝を採ってる最近とは大違いだ、と笑う。

「どれ、ちょいとやってみせるか」

昌男さんが〝ジョレン〟と呼ばれる貝採り道具を持ってきた。長い棒の先にシャベルのような四角い籠がついている道具で、棒の先を握って籠を浅瀬の海に沈め、海底の砂を引っかいて貝を採るのだという。

早速、ぷかぷか浮かぶ船からジョレンを沈めて海底を引っかきはじめた。佳代も身を乗

りだして見ていると、ほどなくして昌男さんが、よし、と声を発してジョレンを海面付近まで引き上げ、籠の中の泥やゴミをガシャガシャと揺すり落としてから船に上げた。

籠には大量の二枚貝が入っていた。

「ホンビノス貝だ。なんせ生命力の強い貝だから、年中、なんぼでも採れる」

一個つかんで佳代に手渡してくれた。芳子さんが口を開いた。

「いつだったか佳代ちゃんに話したよね。この貝はもともと外来種で、北アメリカから貨物船のバラスト水と一緒に運ばれてきたの」

初対面のときに聞いた話だった。バラスト水というのは、貨物船が港に荷降ろしした際、船のバランスを保つために港で積み込む海水のことで、つぎの寄港地で排出される。

そのバラスト水ごと運ばれてきたホンビノス貝が東京湾で排出され、徐々に繁殖していったらしく、目につきはじめたのは一九九八年以降と言われている。アメリカではクラムチャウダーに欠かせない貝として大切にされているらしいが、日本では当初、得体の知れない貝として邪魔者扱いされていたという。

「昔はおれも、採れても捨てちまったもんだった。もったいねえことしてたよな」

昌男さんが自嘲した。それが二〇〇〇年以降、次第にその味が評価されはじめ、流通市場にも流れるようになったそうで、

「外国からやってきたっていうだけで疎まれてたんだから、嫌だよね、そういうの」

芳子さんは吐き捨てた。ウィンさんの顔が浮かんだ。どっちもおんなじことじゃない、と芳子さんは言っている。

違う食文化を知ることは、違う世界を知ることであり、違う自分を知るチャンスでもある。それを無下に排除してしまったらもったいなさすぎる。

「だからあたしたちも、いまのこのチャンスを逃したくないの。今日から夫婦で新しい生き方をしたいと思ったの」

そこで芳子さんは昌男さんに提案した。今回、ウィンさんが巣立ったら、つぎの留学生を受け入れよう。つぎの留学生が巣立ったらまたつぎ、巣立ったらまたつぎ、と受け入れる人数も徐々に増やしていこう。

「ただ、そのためにはおれも片手間ってわけにはいかないと思うんだな」

昌男さんが話を引き継ぐ。

「この前、ナマズの話をしたが、ちゃんと留学生の面倒を見るにはナマズの支援だけじゃだめだと思うんだ。じゃあどうしたらいいか。そう考えた結果、おれは船を降りようと決めた」

え、と昌男さんを見た。今日を最後にこの漁船は手放し、漁師生活にピリオドを打つことにしたという。

「もちろん、貯金と年金だけじゃやってけないから、水産物直売店は残すつもりだ。ホンビノス貝は仲卸から仕入れて売ることになるが、これからは夫婦で直売店を切り盛りしながら、新しいことをやろうと決めた。で、ここからはお願いなんだが」

昌男さんが目配せした。すかさず芳子さんに問われた。

「佳代ちゃんは、ずっと船橋でやるつもり？」

厨房車に助手を求める貼り紙があったが、それは船橋に定着するため？　と聞いている。

「いえ、ずっとではないです」

率直に答えた。厨房車で全国をめぐり歩こう、とはじめたことだから、いつ移動するかはわからないが、船橋定着はあり得ない。

「だったら、調理屋っていう商売を真似させてくれない？　夫婦で留学生のための調理屋をやりたいの」

船を売ったお金で直売店の一画を調理場に改装し、ミャンマー料理のほかにもアジア各国の料理を網羅した、船橋界隈の留学生が気楽に集まれる場を作りたいという。メニューが固定された料理店ではなく、食べたいものを食べたいように調理してあげられる調理屋ならもっと喜ばれる。そして、苦労している留学生がいたら、ウィンさんのように自宅に呼びたいと二人は考えているのだった。

「それは素晴らしいですね」

佳代は称賛した。

「ありがとう。あたしたちもいいことを考えついたと思ってるんだけど、ただ、ひとつ困るのは、佳代ちゃんがいるうちにはじめるとライバルになっちゃう」

「それは大丈夫です。芳子さんの調理屋が開店したらあたしが移動すればいい話だし」

「でもそれだと」

「全然かまいません。実は秘密にしてたんですけど、近々あたし、移動しなきゃならない場所があるんです」

「え、ほんとに？」

二人が驚いている。でも、半分は本当だった。食わず嫌いの和馬にミャンマー料理を食べさせるため、つぎの港町に移動する前に練馬へ行かなければと思っていた。

「せっかく決意されたんです、あたしのことは気にしないで思う存分やってください。よかったら支援者も紹介します」

松江のばあちゃんのことだった。ここまで腹を括った夫婦なら、佳代の調理屋とは違う形態だとしても、ばあちゃんの支援の対象になると思った。

「いいや、それには及ばない」

昌男さんが首を横に振って立ち上がった。弾みで船が、かすかに揺れる。

「佳代ちゃんのほうこそ、これからも一人で全国をめぐり歩くんだから、もっともっと大変だと思う。だからそういう支援は、佳代ちゃんのためにとっといたほうがいい」

あたしもそう思う、と芳子さんも大きくうなずき、

「佳代ちゃん、あなたは自由気ままにやってるって言ってたけど、やっぱり頑張りすぎるところがあると思うの。だからこの際、小言を言っちゃうけど、あなたも頑張りすぎちゃダメ。それだけは忘れないで」

と念押ししてきた。佳代は黙ってうなずいた。ちくりと胸に刺さる言葉だった。

すかさず昌男さんが東京湾の彼方(かなた)を見やりながら言った。

「どれ、最後のひと航海をして帰港するか」

第四話 砂浜の夢

広島県尾道(おのみち)市

車に過度な期待はしていない。

ちゃんと走って、ちゃんと曲がって、ちゃんと止まってくれさえすれば、加速性能だの乗り心地だの内装デザインだの新車でなきゃ嫌だの、そんな贅沢は言わないし言ったこともない。

それだけに、軽のワンボックスカーをベースに改造した佳代の厨房車は理想的だと思っている。総走行距離が十五万キロというポンコツにしては、大きな故障は三度しかなかったし、長距離走行も山道登坂も、息切れしつつもそれなりに頑張ってくれている。細かい故障は頻繁にあるものの、それはあって当然。大目に見てやらなければ可哀相だと思う。

日本の車は優秀だ。国内では廃車レベルとされている車が、東南アジアや南米に輸出されて現役で活躍している。それを思えば、佳代の厨房車もまだまだ現役を続行できると自信をもって言えるし、今回、千葉県の船橋から広島県の尾道まで走破しようと思い立ったときも、さほどの気負いもなければ心配もしなかった。

ただ、一般道のみを辿って走行距離約七百五十キロの長丁場だ。一気に走破してもつまらないと思い、道中、たくさん寄り道した。都内で弟の和馬と落ち合って高田馬場のミャンマー料理店に無理やり連れていったり、伊豆下田の多々戸浜に足を延ばして『サーフショップＹＯＨ』の洋さんと酒盛りをしたり、調理屋をはじめた頃にお世話になった京都の京料理屋『宇佐美』に寄って賄い料理をご馳走になったり、移動というより楽しい車の旅をした感覚だった。

ところが、いざ目的地の広島県に入り、まもなく尾道市街というところまできて思わぬ事態に遭遇した。

新しい土地に入るとき、佳代は最初に湧き水の場所を確認するのだが、尾道で有名な湧き水は山の中の養老温泉という温泉場にあった。そこで、朝一番、ずっと辿ってきた国道から外れて山道を登坂し、養老温泉に立ち寄った。

いまや季節は晩秋。朝晩はけっこう冷えるだけに、到着するなり日帰り温泉宿の湯船に浸かった。この宿では水汲みと温泉入浴がセットで五百円という条件になっている。まずは入浴してから湧き水を試飲したのだが、料理にも使えそうだったし、これなら水汲みがてら温泉にも入れて一石二鳥だと思った。

調理用の水が見つかってほっとしながら温泉宿を出発し、再び山道に入った。海辺に広がる尾道の市街を目指して勢いよく坂道を下り、まもなく瀬戸内海沿いの国道だ、と思ったそのとき、カーブの先に突如として黄色信号が現れた。

あ、と急ブレーキを踏んだものの間に合わなかった。下りの勢いに負けて山道と交わる国道に厨房車の鼻先がひょいとはみだしてしまい、そこにフライングぎみに国道を発進した軽トラックがぶつかってきた。

ガシャッという衝撃とともにバッとエアバッグが膨らみ、佳代の顔面を直撃した。軽トラックの左ヘッドライト部分と厨房車の右前輪部分がグチャッと潰れた。

やっちゃった。

一瞬、頭が真っ白になった。ただ、ふと我に返ってみると、顔面を張り飛ばされたような痛みと擦り傷こそできたが、幸いにして大きな怪我はなかった。ポンコツながらエアバッグが働いてくれたおかげで大事には至らなかった。

「大丈夫か！」

軽トラックの運転手が飛んできた。陽焼け顔に無精ひげを生やした中年男性だった。佳代と同様エアバッグに助けられたらしく、厨房車の窓越しに覗き込み、こっちの安否を確認している。

「大丈夫です、すみません」

荒い息をつきながら佳代がドアを開けると、すかさず男性はポケットから携帯をとりだし、電話しはじめた。

警察に通報してくれたのだろう。ほどなくしてパトカーが駆けつけ、すぐさま現場検証に取りかかった。大渋滞に陥った国道に巻尺を当てたりチョークで線を引いたり、てきぱきと事故処理を進めていく。

「申し訳ありませんでした」

佳代は素直に謝った。いつだったか弟の和馬から、交通事故に遭ったら事実関係がわかるまで謝っちゃダメだ、と言われたことを覚えているが、ぼんやり考えごとをしながら勢いよく坂を下ってきた佳代が悪いのは明らかだ。

　ところが相手方の中年男性も、青信号に変わる前に発進したこっちに責任がある、と警察官に申告し、いや申し訳ない、と佳代に謝ってくる。

　当事者同士が自(みずか)らの非を訴えるのはめずらしいケースなのだろう。警察官は苦笑しながらそれぞれを事情聴取すると、

「おたがい大した怪我もないようなんで、五分五分の物損事故やね。ただし、後遺症が生じた場合は、改めて届けてもらえれば人身事故に切り替えます。それでええですね」

と確認された。いやしかし、と軽トラックの中年男性が言い返しかけたものの、警察官は聞こえなかったのか、聞こえないふりをしたのか、

「以上です。あとは個別に保険会社に連絡して処理してください」

たたみかけるように言い放ち、さっさと現場から引き上げていった。

　レッカー車がやってきた。軽トラックを運転していた男性、松浦(まつうら)さんが呼んでくれた。松浦さんの車はヘッドライト周辺が潰れたものの走行には支障がなかった。ところが、佳代の厨房車は右前輪が壊れたために走れない。知らない土地で走行不能になってしまっただけに途方に暮れていると、厨房車が練馬ナンバーだと気づいた松浦さんが、

「知り合いの工場で修理してもらおう」

と懇意にしている自動車修理工場に電話してくれた。

やがて厨房車はレッカー車に吊り上げられた。

「さあ、こっちに乗って」

松浦さんに促されて軽トラックの助手席に収まった。

五分とかからず尾道市街の修理工場『斎藤モータース』に到着した。松浦さんの高校時代の同級生、斎藤さんが経営しているそうで、厨房車の修理を依頼してくれた。

「見積りは明日になるけど」

斎藤さんから告げられた。部品を取り寄せる都合もあるから工期もわからないそうで、これには正直、困ってしまった。

「あの、修理中、厨房車に寝泊まりしてて大丈夫でしょうか」

佳代は尋ねた。

「は？」

「あたし、厨房車に寝泊まりしながら仕事をしてまして」

調理屋という商売について説明した。

「それはちょっとねえ」

今度は斎藤さんが困惑している。事故車に寝泊まりしたいなんて初めて言われた、と苦笑いしている。となると、修理が終わるまで投宿して待つか、東京に戻って和馬の家に居候して出直すか、どちらかしかない。

どうしたものか、と考え込んでいると、

「とりあえず、うちでゆっくりしとったらええよ。母と娘もいるから遠慮はいらん」

松浦さんに勧められた。松浦さんの軽トラックも斎藤モータースに預けるから、代車の軽乗用車を出してもらって自宅まで送ってくれるという。

無骨な外見とは裏腹に、思いのほかやさしい松浦さんに、結局、甘えてしまった。松浦さんが軽トラックに積んでいた段ボール箱を代車に積み替えはじめた。佳代も急いで身の回り品や最小限の調理道具をバッグに詰め込み、代車の助手席に乗り込んだ。

「しかし変わった商売をやってるもんやな」

斎藤モータースを出発したところで松浦さんが言った。

「もともと料理好きだから思いついたんですけど、いざやってみたら、旅好きだってことにも気づいちゃいまして」

各地の港町を楽しく営業してまわっている、と話すと、ふと聞かれた。

「尾道は初めて？」

「ええ。千葉の船橋にいる知り合いが尾道出身で、いいところだと聞いたもので」

アジアの留学生のために調理屋をはじめてくれた芳子さんのことだ。

「ほう、そういうことやったか」

松浦さんは微笑みを浮かべ、

「尾道は山と海の合間の狭い町やけど、ええところやけん」

と誇らしげに言いながらハンドルを切る。そのまま瀬戸内の海沿いの国道に入ると、五分と走らないうちに軽自動車を路肩に停車させた。

「すぐそこや」

松浦さんは国道脇の歩道に降り立ち、がっしりした肩に段ボール箱を担いで路地を入っていく。佳代も続くと、すぐにアーケード街に突き当たった。

赤錆びた天屋根に覆われた歩行者天国がずっと先まで続いている。沿道には飲食店や衣料品店、土産物屋、雑貨屋といった店舗が軒を並べている。ただ、シャッターが閉じられている店もけっこう見かけられ、午後のこの時間にしては賑わいもなく、ちょっと寂しい。

ほどなくして松浦さんが一軒の店に入っていった。『松浦土産本舗』という看板が掲げられている。店内には瀬戸内産の干物、いりこ、ちりめんじゃこなどの海産物、饅頭やモナカなどのお菓子をはじめ、数々の地元土産が陳列されている。

ガラスで仕切られている鉄板調理場もあった。〝地元名物！　尾道焼き！〟を実演販売しているらしく、焼き上げられたものがいくつか鉄板に置かれている。見た目は広島のお好み焼きに似ているが、〝砂ずりとイカ天入り！〟が尾道焼きの特長らしく、店内にはソースを焦がした香ばしい匂いが漂っている。

「尾道名物〝でべら〟もあるで」

レジの脇に座っているお婆さんから声をかけられた。店内をきょろきょろ見回している佳代をお客さんと間違えたようで、

「でべらは瀬戸内のタマガンゾウ平目を干したもんや。炙って食べてよし、熱燗に入れて飲んでよし、お茶漬けにしても旨いでえ」

と説明しながら、縄に通してカチカチに乾燥させた魚を差しだしてくる。

「おかん、お客さん違うで」

松浦さんが苦笑しながらお婆さんを制し、段ボール箱を鉄板調理場の近くに置いた。

「だれや？」

お婆さんがきょとんとしている。

「佳代さんや、おれが事故ってもうて」

「事故て、あんた大丈夫かね？」

「二人とも大丈夫やけど、しばらく泊まってもらおう思うてな」

佳代を連れてきた経緯を話している。

「いえ、あの、泊まるなんて」

慌(あわ)てて佳代が口を挟(はさ)んだものの、

「ほう、それはえらい話やな。ゆっくりしてったらええけん」

お婆さんが柔和(にゅうわ)な微笑みを向けてくる。そのとき、店の奥から甲高(かんだか)い声が飛んできた。

「お父さん、何やっとったんやっ」

松浦さんの娘さんらしい。ジーンズにエプロン姿で両手を腰に当てている。

「だから事故った言うとるじゃろ」

松浦さんが言い返した。

「んもう、だから運転には気いつけて言うとんのや。小豆(あずき)は買(こ)うてきたの？」

松浦さんが黙って段ボール箱を開けて中身を見せる。大粒の小豆がぎっしり詰まっていた。娘さんはちょっと安堵(あんど)した様子だったが、それでも不満顔を崩さない。

「どっちにしても困るわあ、車がないと仕入れもできんじゃろ」

「大丈夫や、斎藤が代車を出してくれた」

なだめるように松浦さんは言って、

「とにかく佳代さんも商売ができんようになって大変なんやから、よろしくな」

そう付け加えるなり娘さんに背中を向け、店から出ていこうとする。

「また出掛けるの？」

娘さんが咎(とが)めた。

「代車を国道に駐めっぱなしじゃけん」

松浦さんはそう言い残し、そそくさと店を飛びだしていった。

松浦さんの母親、イネさんに勧められて土産物屋の二階に上がった。

二階は松浦さんと娘の香奈子さん、そしてイネさんの居住スペースになっていた。三人の居室に加えて居間兼台所と風呂場とトイレのほか、土産物の在庫倉庫も併設されている。厨房車暮らしの佳代が言えた義理ではないが、三人暮らしにはかなり手狭といってい い。

「香奈子の部屋に泊まればええよ」

松浦さんからはそう言われているが、さすがに泊まるのは申し訳ない気がしてきた。勧められるままに居間兼台所のテーブルに着いたものの、やっぱホテルを取ろう、と考えているとイネさんに聞かれた。

「ご飯は食べたかね？」

時計を見ると午後一時半を回っている。事故騒ぎで昼食どころではなかったからお腹は空いていたが、

「いえ、お気づかいなく」

手を左右に振った。

「まあそう言わんと。ゆうべ孫がこさえた浜子鍋の残りでよかったら、おじやにするけん」

佳代を制してイネさんは台所に立った。

「あの、浜子鍋っていうのは？」

気になって尋ねた。尾道出身の芳子さんが、ときどき食べたくなる、と言っていた覚えがあるが、どういう料理かは聞きそびれた。

「尾道は昔、塩作りが盛んで塩田がぎょうさんあったんやが、そこで塩を作っとった衆のことを〝浜子〟言うんやな」

いまはフェリー乗り場などになっている新浜という埠頭のあたりにも、かつては大きな塩田が広がっていたそうで、そこで働く浜子のために瀬戸内の魚介と野菜を味噌で煮込んだ鍋料理が広まったのだという。

「まあ旨いけん、食べたらええね」

そう勧められて結局は、

「ご馳走になります」

佳代は頭を下げた。遠慮よりも調理屋としての好奇心が勝ってしまった。

「やっぱ佳代さん、食いしん坊やね」

イネさんはにっこり笑って台所でごそごそしていたかと思うと、湯気の立つおじやを鍋ごと持ってきてくれた。浜子鍋にした翌日は、いつもおじやにして食べるそうで、階下の香奈子さんにも声をかけた。

「おじや、こさえたよ！　手が空いたら食べにおいで！」

先に食べてて、という返事を聞いて、それでは、と遠慮なく食べはじめた。あまり水分を加えず土鍋で蒸し煮にしたからだろう、小鯛や小河豚、蛸や穴子といった地魚の旨みが凝縮された出汁がとにかく濃厚で、それがしっかりご飯にしみている。

「おいしい！」

思わず笑みを漏らしてしまった。

「ほんまか？」

「ええ、味噌の味わいもいいですね。魚介のおいしさをすごく引き立ててるし」

途端にイネさんも、そらよかった、と微笑みを浮かべ、

「もともとは、もっと塩辛いものなんやけどね。塩田の仕事はきつい肉体労働やけん」

と自分もおいしそうに食べながら説明してくれた。息子の松浦さんが外の仕事に出ていた当時は、浜子鍋本来の塩辛い味つけにしていたものの、最近はイネさんの高血圧が心配だからと、香奈子さんが塩分を控えめにして作ってくれているという。

「じゃあ息子さんは塩田で？」

「いやいや、そうやない。新浜のあたりもそうやが、塩田は昭和四十年ぐらいまでにどん

どん廃（すた）れよってね。それからは造船所が男衆の働き口になったけん」

とりわけ高度成長期には造船景気が沸（わ）き立って尾道の街も潤（うるお）ったが、その後、造船業も徐々に斜陽産業に追いやられてしまった。おかげでイネさんの息子の松浦さんも、半年ほど前、二十年以上働いた造船所の現場からリストラされてしまったそうだ。

「まあ尾道も変わってもうたねえ」

イネさんがため息をついた。

その後、松浦さんは、店の仕入れを手伝いながら毎日のようにどこかへ出掛けて職探しをしているようだが、いまだに朗報は聞かれない。イネさんの亡（な）きご主人がはじめた土産物商売も、一時期はテレビや映画の影響で押し寄せてきた観光客で賑わったものの、近年は先の見えない低迷が続いていて、うちもいつシャッターを閉めることになるやら、という状況らしい。

いまどきの地方都市は全国どこでも同じ悩みを抱えているが、一見、のどかそうなこの街も衰退と過疎に悩んでいる。そんな現実に触れて、つい湿っぽい気分になって佳代も言葉少なになっていると、

「お祖母（ばあ）ちゃん、店番代わってくれる？」

階下から香奈子さんが上がってきた。

てっきり二十代も後半だろうと思っていたら、香奈子さんは今年二十一になったばかりだというから驚いた。

大人びた顔立ちがそう感じさせるのか、家業を切り盛りしている責任感が滲み出ているからか、世間の二十一歳と比べたら、かなり大人びた娘さんだった。

ところが、いざ二人きりになって話してみると、途端に二十一歳の女の子が顔を覗かせる。根っからのおしゃべり好きらしく、浜子鍋のおじやを食べながら、あれこれ話しているうちに瞬く間に打ち解けてしまった。

聞けば、香奈子さんが幼稚園のときに両親が離婚して母親は名古屋へ帰郷した。以来、家業はイネさんと長年働いてくれているパートさんで切りまわしていたが、香奈子さんが高校を卒業した二年前、パートさんが家庭の事情で辞めてしまい、店を手伝わざるを得なくなった。

店の手伝い自体は子どもの頃からやっていたから、品出しも接客も慣れたものだった。ところが、手伝いはじめて半年後に、明日からは香奈子が店を仕切っとくれ、とイネさんから言い渡された。店の低迷を打開するには若い力にまかせるしかない、というイネさんの大英断で、いきなり店の経営責任者に格上げされてしまった。

当時十九になったばかりの香奈子さんにとっては重圧もいいところだった。長いこと店を支えてきたイネさんに教わりながら無我夢中でやってきたものの、街全体が不景気に沈んでいるこの時代、そうそう簡単に経営状態が上向くものではない。

なのに、そのまた一年半後には、父親が造船所の仕事をリストラされ、家族の生活を実質的に支えていた収入源が絶たれてしまった。

「世の中ってうまくいかないもんですよね」

香奈子さんは肩をすくめて笑った。けっこう大変な話をしているというのに、屈託なさそうに見えるのは彼女の人柄ゆえだろうか。

「えらいのねえ」

佳代が感心すると、

「全然ですよ。あたしがやるしかないからやってるだけで」

と笑いながら首を振っている。そんな香奈子さんにほだされた。

「いや、やっぱ香奈子さんはえらいわよ。あたしも子どもの頃から家の仕事を手伝ってきたから、あなたの気持ち、すごくわかるし」

そう言って両親が失踪して弟と二人で生きてきた過去を打ち明けてしまった。

「やだもう、佳代さんのほうこそ大変やったやないですか」

逆に驚かれた。

「けど、いまは好き勝手に旅仕事を続けてるだけだから気楽なもんよ」

調理屋稼業はけっして儲かりはしないものの、両親が残してくれた魚介めしを大事に守り育てながら、土地土地の人たちが食べたい料理を作って喜んでもらう。そんな気ままな日々を楽しんでいるから、つまらないストレスは溜まらない。今日何をするか、明日どこへ行くか、どうにでも決められるその日暮らしは自分の性に合っていると思っている、と佳代が言うと、

「それって羨ましい。あたしも料理は好きやけど、そこまで本格的にはやれないし。いま手作りに挑戦してる塩大福も、なかなかうまくいかなくて」

頭をかいている。

「塩大福って、さっきの小豆で作ってるの？」

松浦さんが担いできた段ボール箱に入っていた小豆のことだ。

「そうです。あれは尾道の山間の畑で栽培されてる〝蔭あずき〟っていう品種なんですね。丹波産の大納言なみに大粒の小豆なんやけど、この前、たまたまお父さんが買うてきて塩大福でも作ったらどうやって」

尾道焼きの実演販売だけでは名物として弱いから、尾道産の食材で作ったスイーツも名物にして売りだしたらどうだ、と言いだしたのだという。

「へえ、お父さんもちゃんと考えてるんだね」

「ううん、単なる思いつきやけん。最近は仕事探しだかなんだか、毎日どこかへ出掛けよるから、たまには店を手伝うてって文句言うたら、突然、蔭あずきを買うてきて」

いまどきは中高年の働き口などめったにない。塩大福とかの思いつきだけじゃなく、もっと経営に本腰を入れてほしい、と香奈子さんは苛ついている。

「それでも、お父さんの思いつきの塩大福にチャレンジしてるわけでしょ？　やっぱ香奈子さん、えらいよ」

佳代はもう一度褒めた。

「ていうか、とにかく新しいことをやらないけんと思うてるし」

ただ仕入れてきた土産物を並べてお客さんを待ってるだけでは明日はない。新しい名物を開発して積極的に売っていく、という考え方には異論がないから、とりあえずはやってみるしかない、と言うのだった。

「そういえば、この浜子鍋、香奈子さんが作ったんだよね」

イネさんがそう言っていた。

「ええ、中学の頃、お祖母ちゃんに教わったレシピをアレンジしたんやけど」

「だったら香奈子さん、大丈夫だよ。あたしが言うのもおこがましいけど、料理のセンス、あると思う」

「マジですか？」

「あたし、料理に関してはお世辞を言わないの。よかったら塩大福も食べさせてよ。ちょっと興味ある」

佳代が迫ると、

「あんま自信ないんやけどね」

香奈子さんは照れながらも、こくりとうなずいてくれた。


翌朝、佳代は尾道の街にでた。

ゆうべは結局、松浦さんが帰宅しなかったこともあり、イネさんと香奈子さんに、せっかくだからと引きとめられて泊まってしまった。

もともと松浦家の人たちは食べることが好きなようで、浜子鍋のおじやに続いて夜は瀬戸内の真鯛や太刀魚（たちうお）の刺身をつまみに、女三人、尾道の地酒を酌（く）み交わした。飲んで、食べて、調理屋商売で全国を放浪してきた話を披露しているうちに夜が更け、気がつけば酔いにまかせて香奈子さんの部屋で寝入ってしまった。

目覚めたのは翌朝の六時過ぎだった。すっかりお世話になってしまった。さすがに恐縮して、布団（ふとん）を並べて寝ていた香奈子さんに尋ねた。

「魚市場は、どこにあるの？」

昨日のお礼に、〝佳代のキッチン〟名物の魚介めしをご馳走しようと思い立った。身の回り品や調理道具を詰めてきたバッグには、パンダンリーフも入れてある。瀬戸内の地魚を使った魚介めしをぜひ食べてもらいたくなった。

「だったら〝晩寄りさん〟がいいですよ」

香奈子さんが言った。尾道に昔からいる行商さんだそうで、漁師の旦那が獲った魚介類を奥さんが手押し車で売り歩いているという。晩ご飯のおかずを買いに立ち寄れるから晩寄りさん、と呼ばれて重宝されているらしい。

かつての松江のばあちゃんみたいだと思った。海で旦那さんを亡くしたばあちゃんは、魚市場で競り落とした魚介類をリヤカーに積んで松江の街を売り歩いていた。しかも考えてみれば松江は、中国山地を挟んで尾道のちょうど反対側にある。だから似たような商売があるのかもしれない。

アーケード街を歩いていくと香奈子さんが言っていた通り、歩道の端に晩寄りさんがいた。乳母車みたいな手押し車にトロ箱を並べて、割烹着姿のおばちゃんが地魚を商っている。その手元にはまな板が置かれ、切り身や刺身に捌いてくれる。手押し車と厨房車の違いこそあるものの、これってあたしの商売の原点みたいだ、と思った。

「おはようございます」

近しい気持ちになって挨拶した。

「おはようさん、今日はホゴとハゲやね」

おばちゃんが気さくに応じてくれた。

「ホゴとハゲ？」

思わず問い返すと、尾道ではカサゴのことを〝ホゴ〟、カワハギのことを〝ハゲ〟と呼んでいるという。

「じゃあ両方ください」

ほかにも小鯵や穴子を買って、ついでに鱗と内臓も外してもらった。

早速、松浦家の台所を借りて魚介めしを作った。香奈子さんとイネさんは開店準備の合間に何度も二階に上がってきて、手順を尋ねたりパンダンリーフについて質問したり、思いのほか興味を示してくれた。

やがて甘い香りが立ちのぼる魚介めしが炊き上がり、炊飯中に作ったあり合わせのサラダとお吸い物も食卓に並べて開店前の腹ごしらえをした。

「いや、これは旨いもんやねえ」

炊き立ての湯気にむせながらも、イネさんが破顔した。香奈子さんも気に入ってくれたらしく、改めてレシピをメモして感心する。

「同じ尾道の地魚なのに、こんなに違う料理になるんやから、やっぱ佳代さんは料理上手やなあ。サラダとお吸い物もおいしいし、あたし、ますます自信なくした」

どうやら昨日の塩大福が尾を引いているらしかった。

昨日は午後になってから香奈子さんが塩大福を作りはじめた。佳代も見学させてもらうと、まずは尾道産の蔭あずきを何度も茹でこぼし、塩と和三盆を加える。塩と和三盆は尾道産がないので産地を広げて瀬戸内産を使い、甘さ控えめの粒餡をこしらえる。一方で尾道産のもち米を蒸して搗き上げ、塩味を利かせた餅に仕立て、小さく切り分けて粒餡を包み込む。

作り方としてはこれだけなのだが、一からやるとけっこうな手間がかかる。店の仕事の傍ら香奈子さんが丁寧にこしらえた塩大福を、すぐに試食させてもらった。

「あらおいしい」

まずはそう声を上げたものの、

「これ、うちの名物になるでしょうか」

香奈子さんに問い返されて言葉に詰まった。

手作りの塩大福としては、とてもおいしいと思った。でも、店の名物にするとなると、どうだろう。低迷する土産物店の起爆剤にするには、ちょっと弱い。言葉を換えれば、土地の名物として強く印象づける商品にはなっていない気がする。

この本音をどう伝えたものか迷ったものの、ここは本音を口にした。お世話になっていながら申し訳ないと思いつつも、ここで気休めは言うべきではない。佳代のような移動式の商売ならともかく、アーケード街の固定店舗を背負う名物としては、まだまだ改良の余地があるかも、とはっきり告げた。これで自信喪失した香奈子さんだけに、佳代の魚介めしを食べてますます意気消沈したようだが、佳代は明るく励ました。

「大丈夫、料理は試行錯誤なんだから。この魚介めしだって、どれだけ失敗したかわからないし、頑張っていれば、きっとうまくいくわよ」

　そうこうしているうちに土産物店の開店時間になった。朝食の食器を急いで片づけ、一階に降りて店のシャッターを開けた。

　そのとき、アーケード街の向こうから松浦さんが歩いてくるのが見えた。ゆうべはどこでどうしていたのか、昨日と同じ服装だった。

「んもう、お父さんったら、どこ行ってたのよ」

　香奈子さんがなじった。しかし、松浦さんは照れ笑いしながら佳代に近寄ってくるなり頭を下げた。

「いま斎藤モータースに聞いてみたら、修理は二週間ほどかかるそうなんや。いやすまんなあ」

　修理待ちの車が何台かあるのに加えて、詳しく調べたところエンジン回りにも損傷が見つかったという。

　困ったことになった。いつまでも松浦家のお世話になっているわけにもいかないし、やはり東京に戻って和馬の家で待つべきかもしれない。

　ふと考えていると、そうや、と香奈子さんが手を叩いた。

「ねえ佳代さん、だったらうちで佳代のキッチンをやってもらえません?」

「は？」

「尾道焼きの鉄板調理場を使えばできると思うんです。せっかくやから、佳代さんの仕事からいろいろ学びたいし」

　目を輝かせて身を乗りだしてくる。

「そんな、学ぶだなんて」

「学ぶっていう言い方が違うんなら、二週間でいいから佳代さんの仕事を近くで見てみたいんです。こういうチャンスってなかなかないし」

　ゆうべ、地酒を酌み交わしながら佳代の調理屋のエピソードを聞いているとき、なんておもしろい仕事なんだろう、と思ったのだという。さっき魚介めしを食べてみて、その思いをますます強くしたそうで、お願いします、と懇願された。

「そんなご大層なものじゃないわよ」

　佳代は手を左右に振った。佳代を気づかってくれるのは嬉しかったが、買いかぶりすぎだと思った。ところが、話を聞いていた松浦さんも賛同する。

「それはええ、ぜひそうしてもらおうや！　こうなったのも、おれの不注意のせいじゃけん、香奈子のためにも、どうか佳代さん、しばらくうちで調理屋さんをやってくれんかなあ」

結局は、うん、とうなずいてしまった。

松浦さんにまで迫られては無下(むげ)には断れない。ここで調理屋をやってみるのも楽しいかもしれない、と最後は思い直し、二週間の短期営業を引き受けてしまった。

尾道焼きは休止するので、鉄板調理場は自由に使ってください。香奈子さんからそう言われて、斎藤モータースに置いてある厨房車から調理屋商売の道具一式を運んできた。そして、鉄板調理場を囲んでいる仕切りのガラスに、佳代のキッチンの利用方法と料金表、魚介めし弁当の宣伝ビラを貼(は)りつけて準備を整えた。

調理用の水は、先日立ち寄った養老温泉まで汲みにいくつもりでいたが、アーケード街から近い場所に〝二階井戸(にかいど)〟があるとイネさんが教えてくれた。坂の町、尾道には、坂上の家からも坂下の家からも汲めるつるべ式の二階井戸がいくつも残っている。歩いて汲みにいける距離だから汲ませてもらえばいい、と近所の人に話をつけてくれた。

営業態勢が整ったところで、早々に調理屋をスタートさせた。まずは翌朝、晩寄りさんからホゴやハゲのほか、太刀魚と〝ガザミ〟と呼ばれるワタリガニも奮発して仕入れ、魚介めしを炊き上げた。香奈子さんに味見してもらったところ、

「ああ、昨日とはまた違ったおいしさですね」

にっこり微笑んでくれた。

佳代の魚介めしは、その土地の旬の地魚を積極的に使う方針でやっている。魚が替われ

ば魚介めしの味にも微妙な変化がつくし、旬の地魚なら、その魚がおいしくて一番値段が安い時期だから量もふんだんに使える。そのぶん魚の出汁もたくさん出るからさらにおいしくなる。

午前十時、松浦土産本舗の開店に合わせて『いかようにも調理します』の木札を鉄板調理場の仕切りガラスに吊り下げた。すると、五分と経たないうちに近くの豆腐屋のおばちゃんが偵察がてらやってきた。聞けばイネさんと香奈子さんが宣伝してくれたらしく、ありがたく魚介めしを試食してもらった。

「これは癖（くせ）になるおいしさやねえ」

豆腐屋のおばちゃんは喜んで買って帰っていった。

その評判が伝わったのだろうか、あとはもう商店街のおばちゃんたちがつぎつぎにやってきて、つぎつぎに魚介めしが売れていった。そのたびに佳代は調理屋のシステムを説明した。

「へえ、そらラクチンや」

これが追い風になったのか、午後になると食材持参で晩のおかずを注文してくれる人も現れた。

こうして二、三日もしないうちに周囲の人たちが調理屋の便利さに目覚めてくれ、好きな料理を気さくに頼んでくれるようになった。お客さんの大半は商店街の奥さんや大奥さんで、晩寄りさんで魚を買ってきて注文する流れが自然と生まれ、これには晩寄りさんも喜んでくれた。近頃はこの街でも、調理が大変だからと魚離れが進んでいる。そのせいで晩寄りさんも全盛期に比べて減少の一途だそうで、

「こういう調理屋さんが、もっと増えたらええのになあ」

佳代が魚を仕入れている晩寄りさんからもそう言われたものだった。

一週間が過ぎる頃には、噂が噂を呼んでくれたらしく、山側の坂道を下って商店街までやってくる年配客も目立ちはじめた。

「ここいらは過疎が進んで一人暮らしの年寄りが多いけん、助かるんやないかね」

イネさんがそう分析していたが、この場所で二か月三か月と営業していれば、そうした年配客がもっと増える気がした。

調理仕事の合間には、香奈子さんの塩大福作りも手伝った。狭い厨房車と違って固定店舗だとゆったり調理ができるし、宿泊場所へ移動する面倒もない。時間的にも気持ち的にも余裕があることから、折を見ては香奈子さんに声をかけた。

ただ残念ながら、これぞ新名物、と胸を張れる塩大福はいまだに完成していない。二人でいろいろ工夫してはみたものの、シンプルなお菓子だけに逆に画期的な商品に仕上げるのがむずかしい。何度作っても、けっこうおいしいね、というレベルから抜けだせないでいる。

そうこうしているうちに瞬く間に二週間が過ぎた。ふと気がつけば厨房車の修理が終わる日が迫ってきた。

正直、これで調理屋をたたんでしまうのは申し訳ない気がしたが、そんな思いが通じたのかもしれない。納車日の直前になって斎藤モータースから連絡が入った。

「あと五日だけ時間をもらえんだろうか」

右前輪部分の修理は無事に終わったものの、最後に念のため厨房車全体を検査してみたところ、調理場のガス配管にも不具合が見つかった。この際、電気配線も含めてきちんとチェックしてみたい、と恐縮した声で告げられた。

しかし、佳代にとっては朗報だった。あと五日、松浦家にいられるかと思うと逆に嬉しかった。ただ、松浦家にとっては朗報かどうかわからない。イネさんに恐る恐る五日間の営業延長を申し出てみると、

「そら嬉しい話やないか。五日と言わず半年でも一年でもおってくれたらええよ。香奈子も、佳代ちゃんのおかげで店が賑やかになった言うて喜んでるけん、いやよかったわ」

佳代の手を握り締めて喜んでくれた。

翌朝、ポリタンクを手に水汲みから帰ってくると、香奈子さんに呼びとめられた。ちょっと相談したいことがあると言う。

「いいわよ、何かな？」

「二人で話したいんやけど」

イネさんと父親には聞かれたくないらしい。

「だったら外に出ようか」

ポリタンクを置いて香奈子さんと二人、店を離れた。アーケード街をしばらく歩いて海側の路地に入り、すぐ先の街道を横断して尾道海峡が広がる埠頭へ出た。

尾道水道とも呼ばれている幅三百メートルほどの尾道海峡は光り輝いていた。海全体が眩い鏡面となって朝の陽を反射し、その真ん中を瀬戸内の島々へ渡るフェリーや貨物船が往来している。

対岸には向島がある。周囲が二十キロほどの小さな島で、岸沿いには港や造船ドックが並んでいる。自治体としては同じ尾道市に属する島だそうで、毎朝フェリーで尾道市街に通勤してくる人も多いという。

その向島と対面する岸壁に、二人肩を並べて腰を下ろした。佳代はシャツの襟元を寄せた。陽射しは暖かいものの、晩秋の潮風は意外に冷たく感じる。しかし香奈子さんは平然としてしばらく海を見つめてから口を開いた。

「あと五日ですよね」

「うん、いろいろとありがとう」

佳代が礼を言うと、香奈子さんはふと俯いた。

「ほんまは最後の日に言おう思うてたんやけど、やっぱ、今日のうちに言うといたほうがいいと思うて」

そう前置きしてから、不意に頭を下げた。

「あたしに調理屋を続けさせてください」

「は？」

佳代は目を見開いてみせた。しかし本音を言えば、半ば予想していたことだった。この二週間の香奈子さんの態度からしても、塩大福の開発が難航している状況からしても、ひょっとしたら、と薄々は勘づいていた。

ところが不思議なもので、改めてそう言われてみると、嬉しい反面、ためらいを覚えた。けっして調理屋を引き継いでもらいたくないわけではない。香奈子さんがそう考えた気持ちもわからなくはないし、彼女が真面目な働き者で料理上手なこともわかっているから、調理屋を引き継いでもやっていけるとは思う。

ただ、それが松浦家のためになるのか、と考えると話は違ってくる。佳代一人が食べていくだけなら成立する調理屋商売も、今後の松浦家を支えていけるかといえば、かなり厳しい。うかつには賛成できないだけに、どう答えたものか黙っていると、香奈子さんが言葉を継いだ。

「お祖母ちゃんからも聞いたと思うんやけど、尾道は過疎が進んで、一人暮らしのお年寄りが増え続けてるんですね。だから最近は、お年寄りにお弁当を届ける業者が進出してきて喜ばれてるんやけど、ただ、それだけやと不満な人も多いんです。料理は面倒やけど、お仕着せの弁当は味気ない。自分が選んだ魚や野菜を好きな料理に作ってもらって食べたい。そういう人って意外と多いんやなって、佳代さんのお客さんを見ていて気づいたんです」

それは佳代も感じていた。親戚の漁師からもらった地魚や、自宅の裏庭で育てた野菜を持ってきて注文してくれるお爺さんお婆さんも思いのほか目立った。

そこで香奈子さんは考えた。いまの土産物店を調理屋本部に改装し、お年寄りが持ってきた食材を好きな料理に仕上げて自宅まで配達してあげたい。つまり、食材は自前で調達するけれど、完成した料理を取りにくるのはしんどい、というお年寄りのニーズに応える、改良型佳代のキッチンをやりたい、と言うのだった。

「だって、お年寄りほど好きな食材で作った好きな料理を食べたい気持ちは強いやないですか。そういう人たちのためにも、新しいタイプの調理屋ってありやと思うんですね」

同意を求めるように佳代を見る。

そういえば、伊豆の下田で出会った海斗も似たようなことを言っていた。海斗は、民宿を拠点に下田一帯に厨房車を何台も派遣する方法を考えていたけれど、香奈子さんの場合は、アーケード街に固定の調理本部を置いて、希望通りに調理した料理を配達するお年寄り仕様にしたところがミソだった。

「それはいいアイディアね」

佳代は大きくうなずいてから、

「ただあたしは」

と言葉を止めた。

アイディアとしてはおもしろい。そういう調理屋があったらいいとも思う。ただやはり懸念されるのは、それで果たして松浦家を支えていける商売になるだろうか、という点だ。

もちろん、調理屋という仕事には特許も利権もないから香奈子さんがやるのは自由だけれど、佳代との出会いをきっかけに開業してもし失敗されたら、と思うと積極的には背中を押せなかった。

だったら、どうしたらいいのか。香奈子さんの気持ちにどう応えたらいいのか。

尾道海峡を見やったまま考え込んでいると、汽笛が鳴り響いた。右手の桟橋から向島へ渡るフェリーが出港するところだった。

「その話、しばらく預からせてくれない？」

佳代はようやくそれだけ答えると、静かに立ち上がった。

埠頭から五分ほど歩くとロープウェイの駅に辿り着いた。

ちょっと街を散歩してくるね、と言い置いて香奈子さんと別れた直後に、尾道の街を見下ろす千光寺山に登りたくなった。

チケットを買って乗り場へ向かうと、すぐに発車ベルが鳴り、ゆるゆるとゴンドラが動きはじめた。その瞬間、あたしって、迷いが生じるとなぜ山に登りたくなるんだろう、と急に可笑しくなった。考えてみれば、伊豆下田にいたときもロープウェイで寝姿山の山頂に登った。判断に迷うと俯瞰の視点がほしくなるのだろうか。

ぼんやり考えながらゴンドラに身をまかせていると、地元では有名な千光寺の本堂やハーブ園を眼下に望みつつ三分ほどで山頂駅に到着した。そこから展望台に上がると、尾道市街はもとより尾道海峡の対岸にある向島や瀬戸内の島々が豪快なパノラマで見渡せた。四国へ続くしまなみ海道の最初の吊り橋、新尾道大橋もほぼ全景が望める。

下界を見下ろす絶景に見惚れているうちに、ふと思い立って携帯電話を取りだし、電波を確認して電話をかけた。

「しばらくやねえ」

昼間だから出てくれないかもしれない、と思いつつかけたのだが、あっさり出てくれた。松江のばあちゃんだ。

「いま、尾道にいるんです」

「あらま、山を越えた向こうやね」

山の向こうというだけで近しく感じられるのか、嬉しそうにしている。

いま大丈夫ですか？　と確認すると、ええよ、今日はいつになく暇やから話してごらんな、と促された。

「実は、ちょっと相談がありまして」

松浦家との出会いから今日に至るまでのことを手短に話した。そして、香奈子さんから尾道のお年寄り向けに配達つきの調理屋をやりたい、と相談されて返事に迷っている、と打ち明けた。ばあちゃんの答えは明快だった。

「そらええ考えやないか。若い娘さんやというのに感心したわ。ただ、いろいろ事情がありそうやから、あんたに迷いがあるんやったら賛成したらいかん思うな」

温泉ホテルの経営者を長年務めていたばあちゃんの経験則に照らせば、何事も、いいアイディアであれば成功するとは限らない。周囲の人たちの理解と協力がなければ実現には漕ぎ着けないから、簡単に賛成すべきではない、ということらしい。

「それよりは、あれやな。まずは娘さんのお父さんに話してみるべきやないかな。いまも気張って職探しをやっとるなら、お父さんにも考えがあるんやろうし」

「でも、彼女はあたしにだけ相談してくれたわけで」

「いやいや、それは違うと思うで。その娘さんにしてみれば、父親には言いづらいことやから、わざわざあんたに相談したんやろうし、ここは親子二人の間に入ってやらなあかんやろ」

言われてみれば、なるほどだった。彼女からの相談だけで松浦家の今後について通りすがりの佳代がどうこう言うなんて、おこがましいことかもしれない。

「ありがとうございます。相談してよかったです」

佳代は礼を言った。さすがだと思った。ばあちゃんの言葉にはいつも大局からの視点と、人の心のひだまで読み込んだ気づかいが溢れている。かつて佳代の両親がばあちゃんに助けられたのもそれゆえだったし、佳代がいまもばあちゃんに敬愛を捧げているのも、こうした人柄に惚れてこそだ。

「また改めて報告します」

最後にそう言い添えて電話を切ると、佳代は松浦さんの電話番号を検索した。せっかくの助言をもらったのだ。早い方がいい。

衝突事故のときに交換した番号がすぐに見つかった。五回ほどコール音を鳴らしたところで、

「おう佳代ちゃん、どうした？」

松浦さんが応答してくれた。

「香奈子さんのことで、ご相談がありまして」

単刀直入に伝えた。松浦さんは微妙な間を置いてから恐縮した声で言った。

「いまちょっと手が離せないんで、すまんが、あとで港にきてくれんかな」


船が近づいてくる。

秋の陽が傾きはじめた午後三時。尾道海峡の彼方から、モーターボートのような船外機をつけた小型船が波を蹴立てて桟橋へ向かってくる。

船尾には松浦さんが乗っている。片手で船外機の舵を握り、もう片方の手を佳代に向かって振っている。

佳代も手を振り返し、けさ方、香奈子さんと二人で話した埠頭の東側にある桟橋に駆け寄った。やがて小型船が接岸した。

「佳代ちゃん、乗って」

松浦さんに促された。一瞬、戸惑ったものの、早く早く、と急かされ、思いきって船に飛び移った。

すかさず松浦さんが船外機のアクセルを吹かし、いまきたばかりの航路を引き返しはじめた。舳先は尾道海峡を跨ぐ新尾道大橋の方角を向いている。橋をくぐった先には瀬戸内海の中央海域、備後灘へ続く松永湾が広がっている。

ほどなくして船は面舵を切り、松永湾を抜けた途端、波が荒くなった。遠目には穏やかに見える瀬戸内海も、いざ小型船で湾内を離れると驚くほど大きな波に揺さぶられる。千葉県の船橋で出会った昌男さんの漁船に乗って東京湾の波に揺られたことを、ふと思い出した。

どれくらい走ったろう。船酔いはしないほうだと思っていた佳代も、いいかげん気分が悪くなりかけた頃、松浦さんが船の速度を落とした。

目の前に島があった。千光寺山の山頂から見た向島よりも、はるかに小さな島の入り江へ、船は静々と近づいていく。入り江の奥に栈橋が見えてきた。尾道のコンクリート製の栈橋とは比較にならないほど質素なもので、朽ちかけた木の板で組み上げられている。

栈橋の杭にロープを舫うなり、松浦さんが歩きだした。

「足場が悪いが、ついてきてくれるかな」

栈橋の向こうは広い砂浜になっている。その先には小高い丘が迫っていて、一見、リゾート地のプライベートビーチのようにも見える。

「ここは尾道市に属する個人所有の島なんだが、現在、住民はおらん」

松浦さんが説明してくれた。早い話が瀬戸内海にたくさんある無人島のひとつらしく、砂浜の一角にはバレーボールコートほどの大きさの木枠で囲った砂場があった。

砂場は二面並んでいて、その片方で、グラウンド整備のトンボに似た道具を手にしたおじさんが砂を掻き集めている。

砂場を指さしながら松浦さんが言った。

「おれたちの塩田や」


砂を掻き集めていたおじさんを紹介された。

木之内さんという松浦さんの造船所時代の同僚だそうで、二人でこの塩田を造ったという。実は二人とも同時期に造船所をリストラされ、今後は自分たちの力で切り拓いていける仕事をやろう、と松浦さんのほうから木之内さんを誘ったのだった。

塩田は一艘二艘と数えるらしく、二人がそれぞれ一艘ずつ面倒を見ている。

「ここまで漕ぎ着けるんが、まあ大変やった」

松浦さんは陽焼け顔を綻ばせた。

失業保険はあと半年しか給付されないから、それまでに、ここで作った塩を特産品として売りだせる目処をつけたい。そう目標を定めて奮闘しているものの、中年男二人に塩田の仕事はかなりの肉体労働だけに苦労の連続らしい。

塩田にはいくつか種類があるというが、松浦さんたちは中世の頃に尾道で行われていた〝揚げ浜式〟の塩田を造った。

まずは粘土で地盤を固めて木枠で囲った塩田に砂を敷き詰め、初水桶と呼ばれる手桶で海水を撒き、天日で乾かした塩の結晶を砂に付着させる。その砂をトンボに似た手曳で集め、沼井と呼ばれる木の濾過箱に入れたら、さらに海水を注いで砂から塩を洗い流し、〝かん水〟という濃塩水を作る。そのかん水を煮詰めて水分を蒸発させれば、ようやく塩が出来上がる。

とまあ、えらく手間のかかる製塩法だけに、雨が少ない尾道でもそう簡単にはできない。

ちなみに、いま木之内さんがやっていたのは天日で乾燥させた砂を掻き集める作業で、やりはじめた当初は手曳を握る手が血豆だらけになったという。海水を撒く作業にしても、筋肉痛と闘いながら均等に撒く職人技も要求されるため、作業の厳しさは並大抵ではない。

「昔はこれを〝浜子〟たちがやってたんやが、浜子鍋が塩辛かった理由がようやっとわかってな。おかげで二人とも筋骨隆々になってしもうた」

松浦さんは二の腕に力こぶをつくってみせ、照れ笑いした。おかげで目敏い香奈子ちゃんから、最近、えらく陽焼けして逞しくなったんじゃない？　と訝しがられたそうだが、土建業者の友だちの仕事をたまに手伝っている、と誤魔化したという。

「そうや、ちょっと舐めてみてくれんか？」

松浦さんが塩田の脇に建ててある物置小屋に入っていき、素焼きの壺を持ってきた。壺の蓋を開けると、白い結晶が粒立つ粗塩が入っていた。松浦さんが木の匙ですくって佳代の手のひらにのせてくれる。

指先でつまんで舐めてみた。甘みのある塩だった。単に塩辛いのではなく、濃密な旨みが広がると同時に、心地よい甘みが立ちのぼってくる。

「これは〝甘旨い塩〟ですね」

佳代はそう表現した。

「甘旨い、か。うまいこと言うやないか」

松浦さんが木之内さんと目を合わせてうなずき合っている。

かつて瀬戸内海は水質汚染が社会問題化したことがある。しかしその後、官民挙げて水質改善に努力した結果、再びきれいな海に回復してきた。海水の中にカルシウム、マグネシウム、カリウムなどのミネラル分も戻ってきたおかげで、昔ながらの味わい深い塩が作れるようになったそうで、

「文字通り、手塩にかければかけるほど旨い塩ができるもんやから、体はきついんやけど、やりがいがあるんやなあ」

と目を細める。

あとは特産品として売れるだけの量をどう確保するかだが、塩田をあと二艘追加して四艘にすれば間に合いそうだという。そのぶん、さらに体はきつくなるものの、半年ほど頑

張ったことで体力もついたし技術も向上してきたから、けっして無理な話ではないという。

「まずは〝尾道の揚げ浜塩〟っていうネーミングで粗塩そのものを売ろうと思うとる。続いて、揚げ浜塩スイーツとでも言うんか、尾道産の小豆ともち米を使った塩大福や塩羊羹(ようかん)も完成させて、新しい名物に育てていきたいんじゃ」

松浦さんは両手を腰に当て、眩(まぶ)しそうに塩田を見やった。

わざわざ島まで連れてこられた理由がようやくわかった。こればかりは目で見て、舌で味わってみなくては、この素晴らしさと大変さはわからない。なにしろ半年ほど前までは造船工だった素人が、家族に内緒で塩作りの文献をあさり、無人島の砂浜を借り、元同僚を説き伏せて船を借り、廃(すた)れてしまった道具を集め、重労働に耐(た)えて試行錯誤してきたのだ。その執念(しゅうねん)と情熱にはびっくりすると同時に胸を打たれる。

「これは本当にすごいですねえ」

佳代は改めて二人が手掛けた塩田を見まわし、ふと浮かんだ疑問を口にした。

「けど、こんなにすごいことをやっているのに、なぜご家族に内緒にしてるんですか？」

イネさんも香奈子さんも、松浦家の行く末を心底案じている。とりわけ香奈子さんは、配達つき調理屋というアイディアまで考えて松浦家を立て直そうとしている。そうした中、ここまで本気で塩田事業に打ち込んでいるのに、なぜ香奈子さんたちも巻き込んで一緒にやらないのか不思議でならない、と質(ただ)した。

松浦さんが天を仰(あお)いだ。どうやら核心を突く問いかけだったらしく、塩を入れた素焼きの壺を手に、しばらく目線を泳がせていたかと思うと、

「まだ言える段階やないしな」

ぽつりと答えた。

「言いましょうよ」

とっさに切り返した。一定の目処がつくまで家族には明かせない。それが松浦さんの考えらしかったが、何も知らない香奈子さんとイネさんがどれだけ心配していることか。成功してから報告するのではなく、手をとり合って成功を目指すべきじゃないですか、と詰め寄った。

木之内さんは黙々と作業を続けている。彼にも家族はいるのだろうか。彼はどんな思いで塩田事業に打ち込んでいるんだろうか。あえて佳代たちの会話に入ってこようとしない木之内さんの内心に思いを馳(は)せていると、不意に松浦さんが、ふう、と長いため息をついてから佳代に向き直った。

「リストラされた父親の気持ち、わからんやろうな」

呻(うめ)くように呟(つぶや)いた。家族を支えてきた父親が惨(みじ)めな姿をさらしてしまった。その胸中を察してくれ、と言っている。それでも佳代は続けた。

「松浦さんの気持ちもわからなくはありません。だけど娘にとっては、たとえリストラされようと、どれだけ惨めな姿をさらされようと、父親は父親です。こんなときこそ素顔を向けてほしいものだと思うんですよっ」

つい声を荒らげてしまった。佳代の両親を思い出してしまったからだ。自分たちの思いだけで勝手に突っ走り、行方を晦ましてしまった両親のせいで佳代と弟はどんな思いをしてきたことか。それを思うと松浦さんを責めずにいられなかった。

尾道市街に戻った佳代は鮮魚店へ向かった。夕方のこの時間、もう晩寄りさんは店仕舞いしている。先日、街道沿いで見かけた店を思い出し、立ち寄ることにした。

松浦さんは佳代を船で送り届けてくれると、再び無人島へ戻っていった。今日はまだ作業が残っているから泊まりになるかもしれないという。これまでも急な外泊で家族に不審がられることが何度となくあったが、そういうときはいつも深夜まで塩田作業に追われて物置小屋でごろ寝していたそうで、今夜もそのパターンになるらしかった。

鮮魚店では真鯛とアコウを買った。真鯛は、瀬戸内では〝一本釣りの清治〟として名高い名人が釣った三キロ級の特大物も売っていたが、佳代にも手が届く二キロ級を一尾購入した。アコウは一般にはキジハタと呼ばれる白身魚で、この界隈では高級魚だという。旬は夏とされているそうだが通年獲れるとのことで、こっちは小ぶりだったので二尾入手した。

その足で近所のスーパーへ行き、生ハーブのフェンネルとチャービルを探した。残念ながら置いていなかったが、そういえば午前中、ロープウェイからハーブ園が見えた。すぐに訪ねて交渉したところ快く分けてくれた。

これで食材は揃った。すっかり日が暮れた尾道の街を小走りで松浦土産本舗に戻ってくると、

「どうしてたんですか佳代さん」

店番をしていた香奈子さんが飛んできた。けさ方、配達つき調理屋をやってみたい、と打ち明けたきり佳代が帰ってこない。調理屋も開店休業状態になっているし、気分を害されたのかと心配していたらしい。

「ごめんね、お詫びに今夜は、あたしにご馳走させて」

丁重に謝ってから二階の台所に上がり、魚の下ごしらえにかかった。といっても、今夜の料理にさほど手間はかからない。真鯛とアコウの鱗を引き、内臓を外して水洗いすればそれで終わり。

続いて、あり合わせの食材で小鉢料理を作った。冷蔵庫に残っていた干物を焼いてほぐし、野菜と一緒にオリーブ油のドレッシングで和えて干物サラダを作ったり、小口切りの胡瓜と納豆を唐辛子醬油で味つけしたり、酒の肴になる四品ほどを食卓に並べ終えた頃

に、階下の土産物屋の閉店時間になった。

「お疲れさま」

店の片づけを終えた香奈子さんとイネさんが二階に上がってきた。

そのタイミングを見計らい、大きな平鍋に真鯛とアコウを横たえて真水をひたひたに注ぎ、卓上コンロにかけた。あとは尾道の地酒を多めに加えて塩を振り入れ、沸騰させないようにコトコトと煮るだけだ。葱の青い部分や生姜のスライスを入れてもいいが、魚の鮮度がいい今夜は入れなかった。

「味つけはどうするんや？」

イネさんから聞かれた。香奈子さんも不思議そうに見ているが、

「味つけはこれだけです」

佳代はにっこり微笑んだ。地酒を加えた塩水で十分から十五分煮るだけ。それがこの料理の単純素朴なレシピだ。

魚が煮えるまで、小鉢料理をつまみながら香奈子さんはビール、イネさんと佳代は地酒をぬる燗につけ、コップ酒でゆるゆると味わった。

やがて平鍋から魚の出汁の香りが立ちのぼりはじめた。真鯛とアコウを丸のまま煮ているのだから、いい出汁がでないわけがない。

「そろそろいいみたい。煮汁をたっぷり魚にかけて食べてみて」

佳代が声をかけると、待ちかねたように香奈子さんが箸を伸ばした。深皿にアコウの身をとり、佳代に言われた通り煮汁をたっぷりかけて神妙な面持ちで口に運ぶ。

「おいしいっ」

笑顔を弾けさせている。同じようにアコウを口にしたイネさんも、あらまあ、と目を細めて口角を上げている。

「おいしいでしょう」

佳代は得意げに言った。酒を加えた塩水で煮ただけで魚がこんなにおいしくなる。そうと知ったのは、弟の和馬の自宅マンションに居候していた当時、東京都内の沖縄料理店に連れていかれて〝マース煮〟を食べたときだった。

マースとは沖縄の方言で塩のこと。グルクンやエーグァーといった白身魚を泡盛入りの塩水で煮るだけの料理なのだが、魚の旨みをまっすぐ引きだしたおいしさに感激したものだった。その記憶を頼りに作ったのがこの料理だ。

「あたしは〝揚げ浜煮〟って名づけたの。シンプルな料理なのにおいしい秘密は、揚げ浜式塩田で作った粗塩を使っているからなのね。この塩でないと、こういうおいしさにならない」

そう説明すると、ちょっと舐めてみて、とペットボトルを香奈子さんに手渡した。中には白い結晶が入っている。今日の午後、松浦さんに舐めさせてもらった素焼きの壺の中から分けてもらった粗塩だ。

香奈子さんが手のひらにとって、ぺろりと舐めた。しばし口の中で味わってから、うんうん、とうなずいた。イネさんも指先でつまんで舐め、同じようにうなずいている。

「いい塩でしょう、甘旨くって」

そう言いながら佳代は携帯電話をタップして写真を見せた。

「これ、お父さんの揚げ浜式塩田で作った塩なの。元同僚の木之内さんと半年ほどかけて塩田を造ったんだって」

無人島の塩田で撮った写真を順番に見せた。松浦さんと木之内さんが作業している写真もちゃんとある。

香奈子さんが目を見開いている。脇から覗き込んだイネさんも言葉を失くしている。

佳代は穏やかに続けた。

「けさ、香奈子さんから聞いた話に戻るんだけど、配達つきの調理屋は、しばらく待ってくれないかな。ううん、やらないでって言ってるわけじゃないの。この街には必要な商売だと思うし、いずれ余裕ができたらぜひやってほしいと思う。けど、まずはお父さんの夢に寄り添ってあげてくれないかな」

香奈子さんが写真から目を上げた。その目を見据えながら、松浦さんから聞いた〝尾道の揚げ浜塩〟計画について話した。

まずは揚げ浜塩の販売からはじめて、揚げ浜塩スイーツも商品化して、亡き父が創業した土産物屋の経営を立て直したい。軌道に乗ったらさらに塩田を拡張し、若い香奈子さんの力を借りてネット販売にも挑戦して、尾道の揚げ浜塩を全国の人たちに広めたい。それが松浦さんの夢だった。

「お父さん、そんなこと考えてたんだ」

香奈子さんが乾いた声で呟いた。そして改めて平鍋に箸を伸ばし、今度は真鯛の身を深皿にとって味わっている。

佳代も平鍋から真鯛の身をよそい、煮汁をたっぷりかけて食べた。改めて、おいしい、と思った。同じ瀬戸内の海から採れた塩だからだろう、地魚との相性が素晴らしい。

試しにフェンネルとチャービルも散らしてみた。主張が強すぎないハーブだから繊細な白身魚の塩煮に合うに違いない、と考えて調達してきたのだが、正解だった。塩煮の旨みをさらに引き立ててくれる。

「これもお店で売ったら人気になるかも」

佳代を真似てハーブを散らして食べた香奈子さんが微笑みかけてきた。

「柚子を刻んで散らしてもええかもな」

イネさんも真鯛を食べながら言う。

そろそろ切りだそう。佳代は思った。夕方、船で送ってくれた松浦さんから、今夜は泊まりになりそうだから、明日の朝一番に埠頭まできてくれ、と言われている。この際、香奈子さんにも塩田を見せるべきです、と迫った佳代への返答がそれだった。

「お父さんの塩田を見にいかない？」

さらりと告げた。ところが香奈子さんは俯いている。いまだに配達つき調理屋にこだわっているのだろうか、顔を伏せたまま固まっている。

イネさんを見た。こちらは気まずそうにしている。それでも佳代はたたみかけた。

「お父さんから、ぜひ連れてきてくれって頼まれたの。父親の沽券にばかりこだわって、香奈子には申し訳ないことをしたって。だから」

そこまで言いかけて、はっと気づいた。香奈子さんの目からぽたりぽたり涙がしたたり落ちている。拳を握り締め、肩口を震わせながら静かに泣いている。

「香奈子さん」

思わず呼びかけた。すると香奈子さんが何事か呟いた。涙声に潰されて聞きとりにくかったが、佳代の耳にはこう聞こえた。

あたし、馬鹿やね、あたしったらほんまに馬鹿やったね。

エンジン音がまるで違う。

修理を終えた厨房車の慣らし運転も兼ねて、国道二号線を西に辿りはじめた佳代は、以前とは別物のような走りに思わず鼻歌を漏らしてしまった。

　斎藤モータースの斎藤さんが、エンジンもきっちり整備してくれたのだろう。車に過度な期待はしていない、なんて思っていた自分が申し訳なくなるほど、厨房車はすこぶる快適に生まれ変わっていた。

「三週間近く尾道に足止めさせたんやから、これくらい頑張らんとな」

　別れ際に斎藤さんは言っていたが、おそらくは松浦さんのフォローがあったのだと思う。松浦さんはいまなお、あの事故は一方的に自分の責任だと思い込んでいる。加えて、今回、佳代が滞在したことで松浦家は新たな局面を迎えられた。そのお礼の意味も込めて、できる限りのことをしてやってくれ、と言ってくれたに違いない。

　松浦さん一家には、けさ方、別れを告げてきた。もうしばらく固定店舗で調理屋をやっていたい気持ちもなくはなかったし、香奈子さんとイネさんも最後までそう勧めてくれた。でも、それに甘えてしまったら松浦家の邪魔をしてしまう気がした。

　揚げ浜塩の塩煮を食べた翌日、香奈子さんと一緒に塩田を見にいった。無人島の砂浜で過酷な作業に打ち込んでいる父親の姿を、香奈子さんは誇らしげに見つめながら、

「お父さんったら、かっこよすぎ」

　とまた涙ぐんでいた。

　もう大丈夫だと思った。はからずも松浦家の岐路に立ち会うかたちになってしまった

が、佳代の役割はもう終わったのだと。

尾道市の隣街、三原市まで来て、国道からバイパスに入った。そのまましばらく進んでいくと道の駅があった。佳代はハンドルを切り、大きな駐車場に厨房車を駐めた。

松江のばあちゃんに電話しなければならない。千光寺山の山頂から電話して以来、何も報告していなかったから、尾道を離れたらゆっくり話そうと思っていた。

「おや、どんな塩梅かね？」

今日はすぐに出てくれた。いまちょうど家坂さんの厨房車に入って、二人で魚の下ごしらえをはじめるところだという。

「忙しいところ、ごめんなさい」

佳代は手短にその後の顛末を報告し、

「調理屋を志願してきた人をまた断っちゃいました。すみません」

と謝った。しかし、ばあちゃんはあっさりしたものだった。

「それでええやないか、結果オーライや」

支店を増やしたい気持ちは山々だけれど、無理をしてまで増やすことはない。それがばあちゃんの基本姿勢らしく、

「で、つぎはどこへ行くんや？」

もうつぎのことを聞く。

「それはまだ考えてないですけど、とりあえず西のほうへ行きます。九州の五島列島とかも気になるし」

「ほう、五島列島か。それは楽しみや、絶対に行かなあかんで」

なぜか、絶対を強調する。そこまで言われると、ますます気になる。

「はい、絶対に行きます」

とりあえずそう約束すると、

「ただ、尾道のことは弟にちゃんと電話しときや」

と言い添えられた。

「弟?」

意味がわからなかった。

「あんたの弟、新聞記者やったやろ?」

「はい」

「だったら、尾道にすごいおっさんがおったと伝えとかな。造船所をリストラされて一念発起、無人島に中世ゆかりの揚げ浜式塩田を立ち上げて、自力で旨い塩をこさえとる夢追いおっさんなんや、ってな」

「はあ」

「はあやないやろ。新聞記者にうまいこと言うとけば記事にしてくれるかもしれんやないか。宣伝いうのは、そうやってタダでやるもんや。世話になった松浦一家へのはなむけになるんやから、ここはしっかりせなあかんで」

さすがは元温泉ホテルの社長だった。その抜け目なさに思わず苦笑いしていると、言うだけ言って満足したのだろう、ほな下ごしらえがあるけん、またな、と唐突に電話を切られた。

たのだが、引き続き食いしん坊全開の毎日になることは間違いない。

つぎは小倉で〝鰯のじんだ煮〟を食べようか。ぼんやり考えながら駐車場に置いてある厨房車に戻ってくると、

「サガ、ノセキ、オーケー？」

背後から声をかけられた。

振り返ると、リュックを背負った外国人の男がいた。佳代と同じ三十代といったところだろうか。欧米系にも中東系にも見えるが、無精髭を生やしたその風貌に見覚えがあった。さっき壇之浦パーキングエリアに到着したとき、ほかの乗用車やトラックに声をかけて歩いていたヒッチハイカーだ。

「佐賀？」

佳代は問い返した。最近は外国人ヒッチハイカーが増えていて佳代もときどき見かける。いつもはスルーしてしまうのだけれど、今回は佐賀県を通過する予定でいることもあり、つい反応してしまった。

「イエス、サガ、ノセキ、オーケー？」

男は笑みを浮かべ、〝SAGA NOSEKI〟と手書きした紙を差しだしてきた。

「佐賀、のせき？」

「イエス、サガ、ノセキ、サンキュー」

オーケーしてくれたと勘違いしたらしく、いそいそとリュックを降ろしはじめる。

「ちょ、ちょっと待って、ウェイト、ウェイト。ええと、アイ・ゴートゥー・サガ、バット、サガ、ノセキ、アイドンノー」

久しぶりに片言英語をしゃべった。あれは何年前だったたか、横須賀のどぶ板通りで出会ったジェイクというアメリカ人と話して以来のことになる。

「サガ、ノセキ、スモールタウン、フィッシング・ポート」

男が説明してくれた。その英語も片言で妙な訛りがある。

「フィッシング・ポート？　漁港ってこと？」

佳代が首をかしげると、男は横文字のガイドブックを開いて指さしてみせる。漁港や刺身の写真がちりばめられているページに、〝Saga No Seki〟とタイトルがつけてある。

「ああ、佐賀関か」

ようやくわかった。関さば関あじで知られている漁港だ。食べものでわかるところがいかにも佳代だが、

「ちょっと待ってね」

厨房車から地図帳を取りだした。佳代の車にカーナビなどついていないから、目的地はいつも地図で調べる。ところが、佐賀県はわかるのに佐賀関が見つからない。

「おかしいなあ」

もう一度、ガイドブックを見せてもらった。

それでやっと気づいた。よくよく見ると佐賀がついているのに〝Oita Pref.〟となっている。なんと大分県にあるらしい。再び地図で調べてみると、佐賀県の真反対、大分県の東端に佐賀関を見つけた。下関からだと、ざっと百七十キロほどの道のりだ。

どうしよう。さすがに迷った。予定していたコースからだいぶ外れてしまうし、これまでヒッチハイカーなど乗せたことがない。ましてや男の外国人だ。女一人の車に同乗させて大丈夫だろうか。

ちらりと男の様子を見た。薄緑色のきれいな瞳で、不安そうに佳代を見つめている。無精髭だらけにしては幼さを残した目だった。どこの国からやってきて、なぜこんなところにいるのかわからないが、地図まで調べておきながら、パーキングエリアの駐車場に放りだしていくのも申し訳ない気がしてきた。

改めてガイドブックの写真を見た。関さば関あじの漁港か。本場で食べてみるのも悪くないかも。ふとそう思った直後に、佳代は口を開いていた。

「オーケー、佐賀関、ゴー」

結局、最後は食べものに釣られてしまった。

男はアランと名乗った。

よれよれのシャツにジーンズ姿。背丈は日本人とさほど変わらないフランス人だった。
ただ、歳を聞いて驚いた。二十一歳の学生だという。そもそもが大人びた顔つきなのに加えて、無精髭のせいでさらに老けて見えるのかもしれないが、佳代よりひと回り以上も歳下だとは思わなかった。

来日したのは一か月前だった。成田空港に着いて三日ほど首都東京を見物し、あとはヒッチハイクで地方の港町をのんびりとめぐってきたそうで、神奈川県の三崎、京都府の舞鶴、岡山県の日生、和歌山県の田ノ浦、兵庫県の明石、と指折り数えて教えてくれた。

泊まるのはバックパッカー向けの安宿か、場所があれば持参のテントを張って一夜を過ごす。あと二か月は日本に滞在するつもりだから、宿代は最大限節約しているという。

ゆうべも明石でテントを張って野宿するつもりでいたのだが、運よく西へ行くトラックが拾ってくれた。しかもやさしいことに、おまえは寝てていいよ、と夜明けまで走り続けてくれ、朝方に目覚めたアランが、関門海峡をゆっくり眺めたい、と言ったところ、壇之浦パーキングエリアで降ろしてくれたのだった。

「へえ、若いのに渋い旅してんだね」

ハンドルを握りながら佳代が感心すると、

「ぼくも港町の出身だから、異国の港町を見てみたいんだ」

助手席のアランが笑みを浮かべた。

いまはリヨンの大学に在籍しているが、生まれは南仏プロヴァンスの小さな港町だそうで、漁船や漁師は見慣れた存在だったという。

「プロヴァンス出身かあ、素敵だね」

佳代は微笑(ほほえ)んだ。三十余年の人生、海外旅行にはまるで縁がなかっただけに、雑誌やテレビで見た風景しか思い浮かばないが、料理がおいしい地方だと聞いている。

「けど、いま大学は？　春休み？」

「いや、休学中なんだ。あと一年で卒業はできそうなんだけど、そのまま就職しちゃうのもつまらない気がしてきて」

アルバイトで貯(た)めたお金をはたいてバックパックの旅に出たのだという。

「じゃあ、自分探しってやつ？」

「は？」

「日本じゃそういう言葉が流行(はや)ったの」

「べつに自分なんか探してないよ。自分は自分だから探す必要なんてないし」

肩をすくめている。

こういうところは日本の学生とは違うと思った。やりたいと思ったら、とりあえず実行に移してしまう。そんな生真面目(きまじめ)な潔(いさぎよ)さが感じられて、なんだか好感がもてた。歳より大人びて見えるのも、そうした部分も影響しているのかもしれない。

そんなアランに、佳代も自分のことを話したくなった。

「実は、あたしも日本の港町をめぐってるんだよね」

松江からスタートして氷見、下田、船橋、尾道と各地の港町をめぐってきた、と話すと、奇遇だなあ、とアランが破顔した。

「ちなみに、カヨは自分探し？」

「あたしも、そんなんじゃないよ。まあ、いろいろあったってこと」

「何があったの？」

「それは内緒」

ふふっと含み笑いした途端、ずるいぞ、ぼくは話したのに、とアランがふくれている。

やっぱ根は生真面目な学生なんだ、と佳代は内心、微笑ましい気持ちになった。


フランクでおしゃべり好きなアランのおかげで、道中の話題は尽きなかった。

ただもちろん、二人ともブロークンな英語でしゃべっているから、実際には、こんなにスムーズな会話ではなかった。たがいに知っている単語を並べ立てて頑張っても、意味が伝わるまでにかなり時間がかかったし、言いたい内容が難しすぎて途中で諦めることもあって、正直、じれったかった。

「あたし、もっと英語の勉強しとけばよかった」

佳代が嘆息すると、

「それはぼくも同じだよ」

アランが苦笑した。

「そういえば、フランス人は意地でも英語を話さないって聞いたことがあるけど、やっぱその影響なの？」

「それは昔の話で、いまの若者は、そんなことないよ。ぼくと違って流暢に英語を話せるフランス人はたくさんいるし」

「へえ、そうなんだ。けど、負け惜しみを言うわけじゃないけど、世界で一番話されてる言語って何だか知ってる？」

「さあ」

「ブロークン・イングリッシュなんだって」

アランが声を上げて笑った。

だれかに聞いた世界定番のジョークだけれど、実際、ブロークン同士でもその気になって話せば、けっこう楽しい会話になった。佐賀関までの道すがら、最初は退屈するかと思っていたのに、長い道のりを忘れるほど盛り上がった。

佳代の仕事について話したときもそうだった。変わった車だね、と言われて調理屋という商売をやっていると説明すると、

「へえ、屋台カーだったらフランスにもたくさんあるけど、日本にはおもしろい商売があるんだね」

と興味深そうにしている。

「ていうか、これ、あたしが考案した商売なの。だから、日本でもめずらしいんだよね」

「すごいなあ、カヨが考えたんだ」

「ただし、あんまり儲(もう)かんないけどね」

「儲かればいいってもんじゃないよ。金儲けより、どれだけ人生を楽しんでいるか。フランス人は、そっちが大事だって考えるし」

「いいなあ、それ。あたしってフランス人的なのかも」

思わず佳代が言うと、

「けど最近は、金儲けが一番っていうアメリカ人みたいなフランス人も、けっこう増えてるんだけどね」

嫌々をするように首を左右に振っている。

こんな会話も実際にはすごく時間がかかっているのだが、辛抱(しんぼう)強く意思疎通をはかることがまた楽しくて、二人とも会話に夢中になった。

おかげで、午前中に壇之浦パーキングエリアを発(た)って門司、小倉、中津(なかつ)、別府(べっぷ)、大分と海沿いの国道を辿って佐賀関半島に至るまで、休憩を挟(はさ)んでの五時間あまりが瞬(またた)く間に経過。気がついたときには佐賀関に到着していた。

佐賀関の町に入った途端、見えてきたのは天高くそびえる煙突だった。

海沿いの緑に包まれた丘の上に立てられた煙突は、赤白の縞模様に塗り分けられ、突端から白い煙を吐きだしている。その麓には工場らしき建物がいくつも連なり、傍らには防波堤に囲まれた港が整備されて大型タンカーが停泊している。

時刻は午後四時過ぎ。工場が稼働している時間だからか、町の中には車も人もあまり見かけられず、がらんとしている。

ここが関さば関あじで知られる佐賀関なんだろうか。

佳代はきょとんとしていた。看板には佐賀関港と表示されているから、この時間、早朝からの操業を終えた漁船がずらりと停泊しているさまを想像していたのだが、どう見ても工業港でしかない。それはアランも同様らしく、不思議そうに眺めている。

鯖の旬は冬だから、三月になると漁船はいなくなるのだろうか。そうも考えたが、それにしてもおかしい。さすがに首をひねっていると、国道の先に小さな食品スーパーが見えてきた。とりあえず、だれかに聞いてみよう。すかさず佳代はハンドルを切り、スーパーの駐車場に厨房車を乗り入れた。

そのとき、スーパーの中からエプロン姿のおばさんが出てきた。くるくるのパーマをかけた頭に三角巾を被っている姿からして従業員かもしれない。佳代は急いで厨房車を降り、おばさんに駆け寄った。

「あの、ここが佐賀関の漁港なんですか？」

唐突な質問に、おばさんは一瞬戸惑いを見せてから、

「佐賀関漁港は反対側やけん、あっちにいかんと」

国道の先を曲がって五百メートルほど南に行くと、佐賀関半島の反対側に出られる。漁港はそこにあるのだという。

「じゃあ、そこで関さば関あじを買えるんですね」

アランと二人、それを楽しみに昼も食べずに走り続けてきた。ところが、おばさんは苦笑いした。

「関さば関あじは、めったに買えんね。海鮮レストランとか料理屋に行ったほうがええよ」

「え、そうなんですか？」

観光客向けの料理店なら、いくつか国道沿いで見かけたが、佳代の財布では正直厳しい。お膝元に来れば魚屋やスーパーで気楽に買えると思っていたのだが、

「関さば関あじは、関の人間にも高嶺の花やけん、あたしらもあんまり食べられん」

とおばさんは笑う。関とは佐賀関の地元流の呼び方らしいが、そもそも関さば関あじは

都会向けに一本釣りしている高級ブランド魚。大半が漁港から直接消費地に出荷されてしまい、地元にはあまり出回らないという。

「ていうことは、ここのスーパーにも？」

「まず見かけん。ふつうの鯖や鯵なら売っとるけど」

「そうだったんですか、せっかくお腹を空かせてきたのに」

がっかりしていると、おばさんがふと考えてから言った。

「それやったら、うちの店においでな。あのガイジンさんも一緒なんやろ？　関さば関あじだけが関の名物やないけん」

お好み焼きに似た〝うす焼き〟という関名物があるそうで、いまも焼き上げてスーパーの惣菜売り場に納品してきたところだという。

「このスーパーでも買えるんやけど、うちに来れば焼き立てが食べられるけん。場所？すぐ近くや。大分名物の〝鶏天〟も揚げられるけん、寄っていったらええよ」

半分は営業トークだとわかっていても、空腹の耳には魅力的だった。アランにも事情を話すと、ぜひ行ってみたい、と乗り気になっている。結局、スーパーから十メートルと離れていないおばさんの店『まさえ屋』の店頭駐車場まで移動したのだった。

プレハブ平屋建ての店舗だった。店主のおばさん、正枝さんが一人で切り盛りしているそうで、駐車場に面したガラス戸を開けると、丸椅子が並ぶカウンターと調理場だけの店内に手書きのメニューが貼られていた。

一番の売りは関名物のうす焼き。ほかに鶏天、鶏唐揚げ、鶏唐揚げ弁当、鶏南蛮弁当などもあって、店内で食べるより持ち帰り客のほうが多いらしい。

「うす焼きって、お好み焼きとどう違うんですか？」

質素な店内を見回しながら佳代は尋ねた。

「生地が薄くて二つ折りにしとるから、ふつうのお好み焼きより小さいんよ。味もあっさりやから、二枚ぐらいぺろりと食べれる」

そう説明しながら鉄板の上で焼きはじめる。まずは薄くのばした小麦粉の生地に、中華麺、もやし、千切りキャベツ、薄切り肉、いりこ粉を炒めたものをのせて蒸し焼きにする。それから二つ折りにして大蒜醤油か甘めのソースを塗ったら透明パックに二枚入れて、はいよ、と手渡ししてくれる。

二枚で二百八十円。昭和の初期からある関のソウルフードだそうで、お昼によし、おやつによし。いまは店が減ってしまったが、正枝さんが子どもの時分は町に二十軒ほど、うす焼きの店があったそうだ。

アランと二人、早速、店内のカウンターで食べた。確かに大阪や広島のお好み焼きに比べてあっさりしている。中華麺も細めで素朴な味だから、本当にぺろりと二枚食べられてしまう。

せっかくなので鶏天も頼んだ。鶏天は大分市周辺の郷土料理で、文字通り鶏肉の天ぷら。鶏唐揚げとともに大分県では人気だという。

「佐賀関っていうと魚のイメージですけど、意外とそうでもないんですね」

さくりとした薄衣がおいしい鶏天を食べながら佳代が言うと、

「関には漁師もおるけど、製錬所の人も多いけんね」

高い煙突がある巨大工場は明治時代から続く銅の製錬所で、かつては現在の煙突の隣に世界一と謳われる煙突が立っていて有名だった。まさえ屋の鶏天や鶏唐揚げは、そこで働く人たちに人気だそうで、昼どきにはけっこう買いにくるらしい。

「へえ、そうなんですか。佐賀関のイメージ、変わっちゃいました」

「まあイメージいうのは、そういうもんやね。あとで漁港のほうも行ってみたらええよ。こっちとまた違うけん」

正枝さんは細い目をさらに細めて笑うと、はい、これおまけ、と鶏唐揚げを一個ずつサービスしてくれた。


その晩は、佐賀関に泊まることにした。

うす焼きと鶏料理を満喫したところで、

「あんたらは屋台をやっちょるのかい？」

と正枝さんに聞かれ、厨房車で寝泊まりして調理屋をやっている、と説明した。これにはちょっと驚いたらしく、

「変わった生活しとるんやねえ」

と声を上げ、漁港側に行けば百台近く駐められる無料駐車場があると教えてくれた。

早速行ってみると、確かに典型的な漁港があり、ずらりと漁船が繋留された埠頭に無料駐車場が設けられていた。ここなら一夜を過ごせそうだ。今日は思わぬ寄り道になってしまったが、日も暮れはじめたことだし、このまま一泊していこうと決めた。

「アランはどうするの？　ホテル？」

念のために聞くと、〝オテル〟はもったいないから厨房車の脇にテントを張って野宿するという。オテルとはホテルのこと。日本人が英語のRの発音が苦手なように、フランス人はハヒフヘホが苦手だと聞いたことがあるが、本当だった。

「だったら、今夜は飲もっか」

思いきって誘ってみた。こうして一緒にいるのも何かの縁だ。不自由な英語のやりとりながら、関までの道中、不思議と馬が合ったし、もっと交流を深めたくなった。

「うん、そうしよう。せっかくだからヒッチハイクのお礼に料理も作らせてよ」

アランがにっこり笑った。関の町を見物がてら食材を買ってきてプロヴァンスの家庭料理を作るから、つまみにしようという。

「ああ、それは楽しいね」

　漁港には地元漁協のビルがあり、関さば関あじの看板も立っていたが、漁協の人に聞くと、生け簀を持っている水産会社で買うと関さば一本が五千円ほど。正枝さんの言葉通り気軽に買える魚ではなさそうだったし、この際、めったに食べる機会がないプロヴァンスの家庭料理を味わいたいと思った。

「ひょっとしてブイヤベースかな？」

　地中海に面したプロヴァンス地方は、確かブイヤベースの本場だったと思い出した。

「ブイヤベース？　あれは観光客向けの食べものなんだよね。値段も高いし、地元の人間はあんまり食べない」

　アランが笑いながら言った。

「やだそれ、関さば関あじみたいじゃない」

「本当だよね。あとチキン、フランス語だと〝プーレ〟を家庭でよく食べるのもプロヴァンスと同じだって、さっきの食堂で思った」

　実際、大分県民は鶏肉消費量が全国トップクラスの鶏好きだという。かつて食糧難に備える国策として養鶏場建設が進められた際、他県にも増して多くの養鶏場が大分県に造られたことから自然と鶏好きになったようだ、と正枝さんが言っていた。

「だから今夜はぜひ、プロヴァンスのプーレ料理を作りたいんだよね」

「それじゃあたしは、〝佳代のキッチン〟名物の魚介めしをご馳走しちゃう。関さば関あじはダメでも、わざわざ漁港まで来たんだし」

「そんなに食べきれないよ、うす焼きとか食べたばっかりだし」

「じゃあ、腹ごなしにジョギングしようよ。さっき地図を見たら、佐賀関の中心部って八百メートル四方ぐらいしかないみたいなの。走れば軽く一周できちゃう」

「それはいいね。よし、決まり！」

下手な英語を何度もやりとりしながら話はまとまり、二人肩を並べてジョギングで夕暮れの町へ飛びだした。

レジ袋を提げて厨房車に戻ってきたのは、それから三時間近く経ってからだった。町の路地をくまなく駆けめぐり、丘の上で見つけた椎根津彦神社に参詣し、巨大な銅製錬所の周囲を散策。町で見つけた鮮魚店と昼間立ち寄った食品スーパーで食材を買い出していたら、瞬く間に時間が過ぎていた。

すっかり夜更けた埠頭の厨房車に二人で乗り込み、まずは白ワインで乾杯し、佳代の魚介めしから先に調理にかかった。ワイン片手のアランが見守る中、地元ではアメタと呼ばれるエボダイや太刀魚、海老などを捌いて出汁をとり、その出汁で米を炊いた。

続いてアランが大鍋にオリーブ油を注ぎ、四種の乾燥ハーブ、バジル、オレガノ、ローズマリー、セージと大蒜を炒めはじめた。プロヴァンス料理は、同じ地中海沿いのイタリア料理に似ているそうで、ハーブと大蒜とオリーブ油を多用するという。

香りがオリーブ油に移ったらスライスした玉葱と鶏モモ肉を投入して焼き色をつけ、ざく切りのトマトも入れたら塩胡椒して白ワインを注いでフランベする。立ちのぼる炎でアルコールを飛ばしたら生クリームも加え、あとはとろとろになるまで煮込めば〝プロヴァンス風プーレ煮込み〟が完成する。

「実はこれ、ぼくのママンに教えてもらったレシピなんだよね」

ポイントは、最初にハーブを炒めることと最後に生クリームを加えること。プロヴァンスではふつうトマト味だけで煮込むのだが、アランのママン流に生クリームも加えると、まろやかに仕上がるのだという。

「けどアランって料理上手なんだね。びっくりした」

「うちはママンと二人暮らしだったから、ママンが仕事のときによく料理してたんだ」

「やだびっくり。あたしも小学生の頃から家族に料理を作ってたの」

「へえ、一緒じゃん」

アランが嬉しそうにワインを注ぎ足してくれる。

いつになく楽しかった。ひと回りも歳下のアランだというのに、狭い厨房車の中でお酒を酌み交わしていると、秘密のデートでもしている気分になった。

そうして一夜が明けたら、またしても予定が変わってしまった。

佐賀関に着いたときは、一泊したらアランと別れて再び長崎を目指すつもりでいた。佐賀関から湯布院(ゆふいん)、日田(ひた)、久留米(くるめ)、佐賀を抜けて長崎まで辿り着いたら、調理屋を短期営業して旅費を補充。その上で、松江のばあちゃんと約束した五島列島へ渡ろうと思っていた。

ところが、アランと佐賀関の町をジョギングしたこともあり、ここは小さいけどいい町だよね、と飲んでいるうちに盛り上がってしまった。その弾(はず)みで佳代はつい口を滑(すべ)らせた。

「あたし、ここでしばらく調理屋をやってみようかな」

途端にアランが身を乗りだした。

「だったら、ぼくもやりたい！」

彼は佐賀関に立ち寄ってから鹿児島へ南下するつもりでいたそうだが、佳代のユニークな商売を手伝ってみたいと言いだしたのだ。

「けど、日本で働いて大丈夫なの？」

観光目的で入国した外国人は働いてはいけないと聞いたことがある。

「大丈夫、お金は貰(もら)わないから」

短期間のボランティアだったら問題ないよ、とアランが片目を瞑(つむ)った。

嬉しかった。プーレ煮込みと魚介めしを肴にした料理談義は尽きなかったし、異国で育った同士なのに、どこか価値観が似ていて気も合う。おかげで、ふだんはコップ酒の二、三杯で晩酌を終える佳代が、スーパーで買った白ワイン一本と大分の地酒一升をアランとともに瞬く間に空けてしまった。二人ともお酒は強いほうだとはいえ、初対面でここまで意気投合したのは初めてだった。

　結果、この町で調理屋をやろうと話がまとまった。そして佳代は厨房車、アランは厨房車の脇に張ったテントに泊まった翌朝、埠頭の水揚げ風景を見物してから厨房車に乗り込み、二人でまさえ屋へ向かったのだった。

　朝九時過ぎ、まさえ屋に到着してみると、正枝さんはもうエプロン姿で仕込みをしていた。佳代は恐縮しながらガラス戸を開けた。

「おはようございます！　残り物で申し訳ないんですが、チンして味見してください」

　プーレ煮込みと魚介めしを差しだした。この町で調理屋を営業しやすい場所はないか、正枝さんに聞こうという魂胆だった。

「あら、ありがとう。鶏のことはプーレ言うのかい。若い人はシャレた料理を作るんやねえ」

　正枝さんは屈託のない笑みを浮かべて受けとってくれ、

「けど佳代ちゃん、この町で調理屋さんはやらんの？」

思いがけなく正枝さんのほうから切りだされた。

「え、ええ、実はやってみたくなっちゃいまして」

頭をかきながら答えた。

「だったら、うちでやらん？」

店先の駐車場を指さされた。

「そこで、ですか？」

「もちろん。もし佳代ちゃんが嫌やなかったら、やけど」

「いえ、嫌なんてことはまったくないですけど、ご商売の邪魔になりません？」

とりあえず一か月ほどの短期営業にしようと思っているのだが、それでも、まさえ屋の迷惑になっては申し訳ない。

「全然大丈夫やけん、やったらええよ」

商売的にはむしろ相乗効果になるから正枝さんもありがたいという。

実際、数年前に関名物の海藻(かいそう)、クロメをのせた〝クロメうどん〟や〝おでん〟の屋台に営業してもらったこともあるそうで、スーパーの駐車場に焼き鳥やアメリカンドッグの屋台があるみたいな感じで、お客さんにも喜ばれると思うからぜひ、と勧(すす)めてくれる。

それならば、とお言葉に甘えて、早速、営業の準備をはじめた。

まずはいつも通り、水を調達した。関の町は昔から井戸水を使う家庭が多かったそうで、まさえ屋の裏手にある井戸から水を汲ませてもらった。その足で、昨日立ち寄った鮮魚店に行って地魚を仕入れ、改めて魚介めしを炊き上げた。

「どうせならプーレ煮込みも売ったら？」

正枝さんからそうアドバイスされてアランにも腕を振るってもらい、その日の午後には『いかようにも調理します』の木札をサイドミラーに掛け、佳代のキッチンの営業を開始した。

最初の注文は正枝さんから入った。昼ご飯は、いつも商品のうす焼きや鶏天ばかり食べているから、たまには煮物が食べたいと、うす焼きの納品ついでに食品スーパーで買ってきた食材を手渡された。それだけでもありがたかったのに、まさえ屋にやってきたお客さんにも魚介めしやプーレ煮込みを勧めてくれた。おかげで、佳代のキッチンの噂が近所に広まり、話を聞きつけた食品スーパーで働くおばちゃんたちも夕飯のおかずを注文しにきてくれるなど、初日からそこそこ仕事になった。

久しぶりの調理屋は楽しかった。ここしばらくのんびりしすぎたせいで生活費が乏しくなっていたから、その意味でも助かった。サポートについてくれたアランも楽しそうにしていた。初めての調理屋仕事だけに見守っている場面が多かったものの、それでも、異国のお客さんとの触れ合いが刺激的だったようだ。

ちなみにプーレ煮込みは、まさえ屋の鶏天に合わせて百グラム二百円と格安価格にしたのだが、ここから食材代を差し引いた儲けは、アランと別れるときに餞別として手渡そうと密かに決めている。

午後六時過ぎには店を閉めた。まさえ屋の閉店時間に合わせてそうしたのだが、初日にしてはそこそこの売上げになった。

心地よい疲労感に包まれて、後片づけを終えてからまさえ屋の店内に挨拶にいくと、

「お風呂はどうしちょるの？」

正枝さんに聞かれた。

「そのときどきで、いろいろですね。銭湯とか、日帰り温泉とか、コインシャワーとか」

いまどきは全国各地にその手の施設があるから困ることはないが、ただ昨日はバタバタしていたので入れなかった。

「だったら今夜は、うちで入ったらええよ」

関の銭湯は五年前に閉店したそうで、一人暮らしやから遠慮はいらんけん、と勧められ、アランと二人でありがたくおじゃますることにした。

正枝さんの自宅は漁港側の海沿いにあった。一人暮らしには広すぎるほどの二階家で、佳代の厨房車も庭先にゆったり駐車できた。

まずは順にお風呂に入り、三人ともさっぱりと湯上がりの顔になったところで、

「せっかくやから晩酌に付き合ってくれんね？」

と正枝さんに誘われた。風呂上がりの晩酌が唯一の楽しみなのだという。佳代も無類の晩酌好きだから嬉しい誘いだったが、ただ、今日はまだ運転がある。

「今夜はうちに泊まっていけばええよ」

どうせ明日もまさえ屋の前で調理屋をやるんやから、とたたみかけられ、結局、アランともども、またしてもお言葉に甘えてしまった。

三人で食卓を囲み、コップに注がれた冷や酒で乾杯した。風呂上がりにぴったりのさらりとした飲み口のお酒で、喉が気持ちよく洗い流される。アランも気に入ったらしく、すぐさまコップ半分ほど空けると、ふと思い出したように言った。

「だけど、日本人って、どうして晩しか飲まないのかな」

フランスをはじめヨーロッパの国々では、昼もビールやワインを飲むのは当たり前のこと。目くじらを立てる人などいないのに、日本で昼間からビールやワインを飲んでいると、悪いことをしてるみたいな空気になるからびっくりしちゃって、と肩をすくめる。

「まあ最近は、昼にちょい飲みする人もいなくはないけど、やっぱ、明るいうちからのお酒は不謹慎っていうムードは強いかな」

佳代はそう答えて正枝さんにも通訳すると、

「ああ、確かにそうやね。昔、おとうちゃんとヨーロッパ旅行をしたとき、朝からカフェでワインを飲んどる人を見て、ええ国やん、っておとうちゃんが喜んどったのを覚えちょる」

と微笑んだ。酔って乱れる酒は向こうでも嫌われるけれど、食事に合わせるお酒や、ひと息つくお酒には寛大なところが新鮮だったという。

「それ、あたしもわかります。食べると飲むは、やっぱセットじゃないとつまらないですもんね」

佳代も賛同した。

「それやったら佳代ちゃんに打ってつけのあて、〝リュウキュウ〟をこさえちゃろ」

正枝さんが台所に立った。鰤や鯖などの刺身を甘口の醤油、酒、胡麻を混ぜたタレに漬けた郷土料理で、琉球の漁師から伝わった料理だからリュウキュウと呼ぶらしい。

今夜は鰺で作ったそうで、早速食べてみると、なるほど、清酒にもビールにも合いそうだ。丼やお茶漬けにしてもおいしいそうで、恐る恐る箸をつけたアランも、デリシャス！と顔を綻ばせている。

「けど正枝さんには、〝おとうちゃん〟がいらっしゃったんですか？」

なごやかな雰囲気に気を許して、つい立ち入った質問をしてしまった。ヨーロッパ旅行の話のときから気になっていた。

正枝さんが一瞬の間を置いてから静かに微笑んだ。

「海にとられよってね」

九年前までは夫と息子の三人暮らしだったそうだが、その年の冬、父子ともども時化に巻き込まれ、帰らぬ人になったという。

「すみません、立ち入っちゃって」

佳代が非礼を詫びると、アランに目配せされた。気まずい空気が伝わったのだろう、訳して、と言っている。

フィッシャーマンという単語を思い出し、小声で説明した。こうした通訳にも多少は慣れてきた。覚えている単語を繋ぎ合わせて何とか伝えた。

途端にアランが拳を握り締め、天を仰いだ。無精髭を散らした口元が震えている。気がつけば薄緑色の目に涙をためている。


翌朝は、お礼も兼ねて佳代が朝食を作った。

冷蔵庫のものは何でも使うてええよ、と正枝さんから言われ、ご飯と味噌汁のほかに厚揚げの煮物、しらすおろし、そして昨日残った鶏肉をミンチに叩いて鶏そぼろも添えた。

ゆうべと同じ食卓を三人で囲み、いただきます、と手を合わせた。アランも覚え立ての〝いただきます〟が上手に言えて満足そうにしている。

まずは正枝さんが味噌汁を啜った。

「あらおいしい。クロメが入っちょるんやね。他人様にこさえてもらうと、いつもの何倍もおいしいねえ」

　自分の料理ばかり食べているとうんざりする、と笑ってみせる。ぎこちない笑顔だった。ゆうべ語った話の重さを引きずらないよう、あえて明るく振舞っているように見えた。

　実際、あれから語られた正枝さんの話には胸が詰まった。

「もともと息子は製錬所で働くつもりやと、あたしは思うとったんよ。いまどきの若者は、きつうて儲からん漁師を嫌うとるし、息子もそないな一人やと思い込んじょった」

　ところが、高校卒業を間近に控えたある日、おれは漁師を継ぐ、と息子が言いだした。関さば関あじが世間に知られはじめたことも影響したのか、それまで漁師のことなど一度も口にしたことがなかったのに、本気で漁を学びたい、と父親に頭を下げた。

「おとうちゃん、えらい喜びよってな。おれの漁師人生のすべてを伝えちゃる言うて、毎日張りきって二人で海に出ていきよったけど、それも三年で終わってしもうて」

　やっと息子の漁師姿が板につきはじめたその日、今月はもうちょい稼ぎたいけん、と無理を押して父子で出漁したきり、二度と帰ってこなかった。

　もし息子が製錬所で働いていれば、夫と息子を一度に失う悲劇は避けられたかもしれない。そう悔やんだりもしたが、しかし、息子は息子で漁師を選びとったのだ。父親とともに海に還れて本望だったに違いない、と思い直したそうだが、それでも、いまも海を見るのはつらいという。その後、うす焼きの店をはじめたのも、海と関係ない仕事だったから、と正枝さんは涙を拭った。

松江のばあちゃんの顔が浮かんだ。ばあちゃんも漁師だった夫を海で亡くしたことから、数奇な人生を歩みだした。どこの港町にも、こういう悲話が秘められていると思うと、なんだか切なくなる。

「そういえば佳代ちゃん、いつまで関におるの？」

正枝さんがふと箸をとめて聞く。とりあえず一か月ほどだと最初に伝えたはずだが、もっといてくれたら嬉しい、というニュアンスが含まれていた。

「あたしは五島列島に行かなきゃならないし、アランもつぎの目的地があるから、やっぱ長くても一か月ほどですね」

そう答えると、正枝さんは残念そうに目を瞬かせてから、すがるように言った。

「それやったらその一か月間、うちに泊まってもろうてかまわんけん、朝ご飯と夕ご飯をお願いできんかな。材料はあたしが買うてくるし」

ふらりと訪れた旅人二人とはいえ、束の間の食卓の賑わいが嬉しかったのかもしれない。そうは察したものの、

「そんなの、逆に申し訳ないですよ」

恐縮して首を横に振った。すかさず正枝さんは箸を置き、両手を食卓に突いた。

「そんなことないけん、お願いやから」

深々と頭を下げる。アランが困惑している。いまの会話を訳して伝えた。するとアランはにっこり笑い、

「ぼくは全然かまわないよ。日本にはあと二か月いられるし、カヨと一緒だったら喜んで」

そう言うなり正枝さんを真似(まね)て、ぺこりと頭を下げた。

それで決まった。

「では、申し訳ありませんが、お世話になります」


毎朝の〝出勤〟時間は午前九時と定めた。

そこで午前八時過ぎには正枝さんと連れ立って家を出発し、まずは鮮魚店で地魚を仕入れる。まさえ屋の店頭に厨房車を駐めたら、地魚を捌いて魚介めしを炊く。続いて、うす焼き用のキャベツを切ったり、鶏南蛮のタルタルソース用に玉葱をみじん切りにしたり、正枝さんの仕込みも手伝う。

アランは鶏肉を捌いてくれた。彼の故郷では、鶏肉は丸のまま買ってきて家庭で捌くものだそうで、子どもの頃からしょっちゅう手伝っていたアランは包丁一本で器用にこなし

てしまう。

午前十時、まさえ屋と佳代のキッチンがオープンすると同時に、まさえ屋にやってきたお客さんが一人二人と魚介めしを買ってくれた。佳代が接客しながら調理屋のシステムを説明すると、試しに料理を頼んでくれる人もいた。

ところが、昼が近づくにつれて徐々に状況が変わってきた。佳代よりもアランに人気が集中しはじめたのだ。昨日、正枝さんのアドバイスで売ってみたプーレ煮込みが、思わぬ評判を呼んでいたためだった。

プロヴァンス出身のシェフが作ったプーレ煮込みが、めっちゃおいしい。食材を持っていけば本場のフランス料理も作ってくれて、おまけにシェフは若くてイケメンらしい。

尾ひれがついた噂がＳＮＳやメールで一夜にして広まったらしく、製錬所で働いている若い女性たちが休憩時間や昼休みに車を駆ってやってきた。

その噂が近所の主婦にも伝わったらしい。午後になると、スーパーで買った食材を手にした主婦たちがつぎつぎにやってきて、アランに料理を注文していく。

「すごいねアラン、みんながイケメンシェフのとりこだよ」

佳代がくすくす笑いながら言うと、

「違うよ、ぼくはシェフじゃないって書いて貼っといてくれる？」

イケメンと言われるのは満更でもないらしいが、料理はママンの受け売りで作ってるだ

けだし、と申し訳なさそうにしている。その生真面目さが、いかにもアランらしいと思ったが、

「受け売りでもなんでも、アランの料理がおいしいってことなんだから全然オッケーじゃん。美しい誤解を壊さないでシェフってことにしときなよ」

佳代は、ぽんとアランの背中を叩いた。

好調のうちにスタートした佳代の、いや、いまや〝アランのキッチン〟に近い状況になってしまった調理屋は、数日後、初めての定休日を迎えた。

まさえ屋の定休日に合わせてそうしたのだが、その朝、佳代はアランと二人で別府温泉へ出掛けることにした。

「あらまあ、二人でデート？」

正枝さんからは冷やかされたが、実は、アランは来日以来一度も温泉に入っていないという。別府温泉は別府湾沿いの国道を辿って一時間とちょっと。せっかく日本有数の温泉地が近いのだから体験させてあげようと思った。

きれいに晴れ上がった青空のもと、国道からは朝の陽を反射して輝く別府湾が望めた。正枝さんの夫と息子は、ここから外海へ乗りだしていったに違いなく、彼女の切ない過去を反芻(はんすう)しながら佳代はアクセルを踏み続けた。

　やがて別府市街に入ったところで国道から左折。豊後富士(ぶんごふじ)とも呼ばれる由布岳(ゆふだけ)の麓まで続く長い坂道に入った。途端に周囲の景色が一変した。坂道沿いの家並みの合間から、白い湯煙がもうもうと立ちのぼっている。

「これはすごいね」

　別府温泉ならではの光景に、アランが目を見開いている。フランスにもスパというスタイルの温泉はあるそうだが、こんなの初めてだ、と携帯電話で写真を撮りまくっている。

　山の中腹に『明礬温泉(みょうばんおんせん)』と記された看板が現れた。事前に調べたところでは、別府の中にもいくつか温泉があり、そのうちのひとつが、美白の湯で知られる明礬温泉だった。日頃は肌の手入れなどまるでしない佳代だが、そこは三十路(みそじ)の女子、美白という惹句(じゃっく)に釣られてしまった。

　お目当ての日帰り温泉ランドが見えてきた。小学校の校舎みたいな建物に隣接する駐車場に厨房車を置き、一人千円の入浴料を払って館内に入る。

　案内板を見ると、大小さまざまな湯があるらしいが、佳代はおもしろい文字を見つけた。

「ねえねえ、混浴もあるみたい」

　男女一緒に入れる露天風呂、とアランに説明すると、

「え、裸で一緒に入るの？」

目を剝いている。

「あたしも初めてだけど、入ってみよ」

不思議なもので、歳下の男だと思うと逆に大胆になれる。男女が裸で入るなんてフランスだったらあり得ないよ、と恥ずかしがるアランを説得して混浴露天風呂に引っ張っていった。

脱衣場は男女別々になっていた。暖簾をくぐった先が男女一緒の露天風呂になっているのだが、いざとなったら佳代も急に足がすくんだ。それでも、アランをからかった手前、勇気を奮って服を脱ぎ、タオルで隠しながら暖簾の奥を覗いてみた。

ほかにも女性が入っている。大半はおばさんだが、そのあっけらかんとした空気に勇気づけられた。白濁の湯なのも混浴初心者には心強く、佳代は思いきって脱衣所を飛びだし、タオルを外してそそくさとお湯に身を沈めた。

とろりとした感触の温かい湯にじわじわと全身が包み込まれた。たまらず、ああ、と吐息を漏らしてしまった。ちょっと遅れてアランも入ってきた。ここまできたら開き直ったのか、勢いよく白濁の湯に浸かると、お湯を揺らして佳代に近づいてくる。

やがて二人で肩を並べた。自然と微笑みがこぼれてしまった。こうして青空のもと、陽の光を浴びながら全裸同士になってみると、恥ずかしさよりも、ふだんはまず味わえない爽快感が広がる。

「気持ちいいね」

佳代は言った。

「最高だよ」

アランも感激している。

すかさず佳代は湯の底に沈殿している灰色の泥を頰に塗りつけ、泥パックをしてみせた。アランも真似して顔から肩、胸、二の腕と泥を塗りたくっていく。ほどなくして泥まみれになった姿をおたがいに見せ合った。

「やだ、ゾンビみたい」

佳代は大笑いしてアランの体をぴしゃりと叩いた。

温泉ランドには、ほかにも混浴の瀧湯(たきゆ)、男女別の屋内大浴場、薬湯、蒸し湯など、さまざまな湯があり、二人で順々に入浴してまわった。

途中、休憩用の大広間でごろ寝したり、食堂でうどんを啜ったり、のんびりと半日を過ごした。そして最後にもう一度、混浴露天風呂にゆっくり浸かってから温泉ランドを後にした。

「日本人って開放的でやさしいね」

帰り道、夕陽に染まった別府湾を眺めながら、助手席のアランがしみじみと言った。混浴露天風呂がよほど気に入ったようだが、日本より開放的だと思っていたフランス人にそう言われて意外な気がした。

「ありがとう。あたしも混浴なんて初めてだったけど、楽しかったよね」

佳代がそう応じると、

「混浴もそうだけど、ヒッチハイクの外国人にもみんなが心を開いてやさしくしてくれるし、最高だよ」

社交辞令を超えたテンションで言ってくれた。そこまで持ち上げられると照れ臭くなるが、異国の視点から見ると、そう見えるのかもしれない。

実際、アランは来日前、これほど自分が受け入れられるとは思っていなかったそうで、「プーレ煮込みが大人気だった、ってママンに話したら大喜びすると思うし、ほかの料理もみんなに喜ばれて本当に嬉しい」

感慨深げに言ってヘッドライトに照らされた国道を見つめている。そして、思いを噛み締めるようにしばし沈黙していたかと思うと、ふと運転席に向き直って呟いた。

「ぼくのママンも、正枝さんと一緒なんだ」

え？　と聞き返した。よく聞こえなかった。

「うちのパパも漁師だったんだ。ぼくがまだ小学校にも上がらない頃に、地中海の嵐にやられちゃって」

思わずアランを見てしまった。ふだんは穏やかな地中海だが、冬場には発達した低気圧のせいで大荒れになることがあり、高波に呑まれたのだという。

そのとき、ほかの漁師は海に出なかった。

「けど、パパはモロッコ移民だったから無茶したんだってママンが言ってた」

母親は生まれながらのフランス人だったが、それでもアランは幼い頃から、移民の子、と近所の子たちにからかわれ、いじめられていた。泣き言はダメよ、と母親からは常々言われていたが、当時のことを思い出すたびに、いまもアランは胸が締めつけられる。

息子の境遇を撥ね返せるほど稼ぎたい。それが父親の口癖だったそうで、時化の海に乗りだしたのもそれゆえだったが、母子二人暮らしになってからもアランは母親から言われ続けた。泣き言はダメよ。

佳代はハンドルを握り締めた。偶然とは残酷なものだ。正枝さんの話を聞いたときにアランが涙を浮かべた本当の意味がようやくわかった気がしたが、

「大変だったんだね」

そんな愛想のない言葉しか口にできなかった。佳代の英語力では、それ以上の複雑な感情は表現できなかった。

すると突然、アランが国道の先を指さした。

「ちょっと停めて」

見ると国道沿いに廃屋があった。どうやら閉店したレストランらしく、日暮れた闇の中に黒く沈んでいる。

どうしたんだろう。訝りながらも車を寄せ、暗い建物の傍らに停車した。その瞬間、助手席から抱き締められた。

え、と思った。でも、抗わなかった。そのまま黙って身を硬くしていると、アランがそっと顔を寄せてきた。

キスなんて何年ぶりだろう。

ふとそんなことを考えた。意外にも冷静な自分に驚いてしまうが、あとは流れにまかせて、そのままアランの唇を受け入れた。


弟の和馬から電話があったのは、その日の深夜だった。

正枝さんの家に帰り着いて夕飯を食べ終えたら、湯疲れのせいか瞬く間に眠くなった。アランと二人、ぼんやりテレビを眺めていると、もう寝たらええよ、と正枝さんに促され、アランは一階の座敷、佳代はかつて正枝さんの息子が使っていた二階の部屋に上がり、午後九時前には床についた。そして、帰り道の甘い余韻を反芻している間もなく、すとんと寝入ってしまっていると、不意に枕元の携帯が鳴り響いた。

「んもう、何時だと思ってんのよ」

バイブにし忘れていた自分を呪いながら寝ぼけ声で電話に出ると、

「まだ夜十一時だぜ、もう寝てたのか？」

和馬に呆れられた。

「いろいろあったからね。で、何？」

ぶっきら棒に問い返した。

「そういう言い方はないだろう。最近、ちっとも電話がないから心配してたんだぞ」

「はいはい、ありがと。ここんとこ国際交流で忙しかったからね」

「国際交流？」

「日仏友好の日々なの」

フランス人と出会って、大分の佐賀関で調理屋をやっている、と伝えた。

「へえ、すげえな。フランスの若者は、いま大変だってのに、そういう学生もいるんだなあ」

そう言われてふと気になった。

「フランスの若者って大変なの？」

「ていうか、ヨーロッパ全体がそうなんだけど、若者の失業率がめっちゃ高いんだよな。ハンバーガーショップのバイトですら高倍率だっていうんだから、海外旅行なんかできる学生は幸せだと思うよ」

いかにも新聞記者らしい感想だった。

「けどアランは慎ましい旅をしてるし、金持ちのドラ息子とは違うの。料理もけっこう上手だし、もし仕事にあぶれても生きてけると思うな。いま佐賀関じゃ、彼のプーレ煮込みが大人気なんだよ」

レシピを教わったから、いつか食べさせたげる、と話を明るいほうに向けたものの、和馬は苦笑する。

「てか、料理ができるからって仕事があるわけじゃないんだよね。同僚が取材してきたんだけど、知ってる？　いまフランスのレストランの八十五パーセントが、冷凍食品やレトルトを使ってるらしい。八十五パーだぜ。おかげで、まともな料理人がどんどん干されてるみたいでさ。まあ日本だって他人事じゃないけど、とにかく大変な時代だってこと」

その斜に構えた態度が気に障った。

「新聞記者ってネガティブ情報にしか興味ないわけ？」

「そういうわけじゃないけど、仕事柄、現実から目は背けられないし」

かちんときた。せっかくいい出会いができて幸せな気持ちでいるのに、なぜそういう物言いしかできないのか。

「もういいっ。とにかくそういうことだから、またしばらく音信不通になるからねっ」

最後は乱暴に言い放つなり電話を切り、また布団に潜り込んだ。

翌日からまた、まさえ屋の店頭で調理屋に精をだした。正枝さんが言っていた二つの店の相乗効果にアラン効果も加わり、仕事は日を追うごとに忙しくなっている。

それでも、アランの呑み込みが早く、買い出しや仕込みを手分けしてやれるようになったおかげで仕事は順調に運んだ。これなら長期間の営業も可能かもしれない。そう思えるほど見事な相棒ぶりをアランは発揮してくれ、お客さんからも、ずっと関にいてね、と声をかけられることが多くなった。

ただもちろん、アランの日本滞在には期限がある。観光目的の場合は最大三か月と法で定められているし、なにより最初に一か月間と約束してしまっている。

その意味でも、舞い上がってはいけない、と佳代は自戒(じかい)している。別府からの帰り道は、混浴露天風呂で味わった開放感も手伝って、ついキスに応じてしまったものの、その後、それ以上のことには至っていない。というより、それ以上に至ってはならないと自制している。

もちろん、甘酸(あまず)っぱい気持ちが残っていないといえば嘘(うそ)になる。それでもあえて佳代は、キス以前の距離感にリセットした。これにはアランも戸惑いを見せているが、あたしの気持ちも察してよ、と言いたくなる。

けっして歳の差がどうこうではない。彼には帰らなければならない母国があるのだ。そして一方、佳代は当面、この国を離れるつもりはない。いつの日か海外を旅して歩きたい、という夢もなくはないが、いまは日本で調理屋を続けていたい。やっぱ姉ちゃんは頑固だなあ、と和馬には腐（くさ）されるかもしれない、と思いつつも、この生き方を変えるつもりはない。

こうして二週間が過ぎた。早いもので約束の期限まで残り二週間となってしまったが、もうじきまた定休日がやってくる。

今回の休みは大分市の繁華街にでも遊びにいこうか。このところは新しい本を仕入れていないし、同じ本を読み返すのにも飽きた。たまにはゆっくり本屋を覗いてこよう。そんなことを考えながら、ふと仕事の手があいた午後二時過ぎ、まさえ屋の店内を覗いてみると、

「あら佳代ちゃんも休憩？」

正枝さんも一段落したらしく、カウンターの椅子に腰かけてお茶を飲んでいた。

「今日も人気シェフにお客さんをとられちゃったんで、サボりにきました」

軽口を飛ばしながら正枝さんの隣に座った。

アランは厨房車に残ってプーレ煮込みを作っている。今日もたくさん売れたことから、さっき慌（あわ）てて鶏肉を買ってきて追加ぶんを仕込んでいる。

「あと二週間やね」

正枝さんがお茶を淹れてくれながら言った。

「あっという間ですよね。残りの二週間もすぐに過ぎちゃいそう」

佳代が肩をすくめると、

「そのあとは、どうするつもりや？」

と問われた。

「予定通り、五島列島を目指そうと思ってます」

松江のばあちゃんとの約束を守りたかった。佳代が以前、五島列島が気になる、と口にしたとき、それはええ、絶対に行かなあかんで、と言われて、はい、と約束してしまった。

「じゃあ、アランはどうするんや？」

重ねて問われた。

「佐賀関のあとは鹿児島まで南下したいって言ってました」

「せやけど、もったいないなくないかね」

「何がです？」

「ええコンビや思うんやけど」

「あたしとですか？　それは違いますよ」

笑いながら否定した。

「笑いごとやないで、結婚して二人で調理屋をやるとか考えてないんか?」

「とんでもない。あたしは当分、一人でやってくつもりだし」

「けどアランはベタ惚れやないか」

「え、そうですか?」

「とぼけんでええ。佳代ちゃんだって本当は惚れちょるんやろ?」

それぐらい傍から見ててもわかる、とたたみかけてくる。

「どっちにしても、まだ出会って二週間ですしね」

「けど、うちなんか亡くなった亭主と出会って三日で、結婚しようって決めたけん」

「ていうか、あたし、海外に行くつもりはないんです」

「いやいや、その逆だってありやと思うで。二人で日本で暮らせばええやろが」

つぎからつぎと攻め立てられて返す言葉に詰まった。たまらず佳代が押し黙ってしまうと、正枝さんはふと居住まいを正して佳代の目を見据えてきた。

「最近、アランを見てると亡くなった息子を思い出しよるの。フランス人なのに、妙にあの頃の息子に似とるもんだから、佳代ちゃんみたいな嫁さんをもらえたら幸せやろうなあって、つくづく考えてしもうて」

そう言いながら遠い目になると、結婚なんて勢いやからね、と付け加えて正枝さんはお茶を啜った。

二階で布団を敷いていると、アランが上がってきた。

今夜も三人順番に風呂に入ってから晩酌がてら夕飯を食べ、午後九時半過ぎにはお団子頭をロングに解いて二階に上がってきたのだが、

「カヨ、ちょっといい？」

小声で聞かれた。

ちょっと慌てた。正枝さんは気づいているんだろうか。昼間、あんな話をしただけに、アランと二人きりで二階にいると妙な誤解をされかねない。あるいは、気づいていてもあえて知らんぷりしているんだろうか。だとしたらますますヤバい。

「どうしたの？」

動揺を悟られないように問い返し、敷いたばかりの布団の脇に正座すると、アランも佳代の前に腰を下ろした。

「カヨは佐賀関のあと、五島列島に行くんでしょ？」

「うん、そのつもり。あなたはフランスに帰ったらどうするの？」

学生生活は残り一年と聞いている。その後はどうするつもりか聞いたのだが、アランはふと表情を曇らせた。

「正直に言っちゃうと、ずっと迷ってるんだ。いまどきフランスでは、大学を卒業しても

仕事にあぶれちゃう人がたくさんいるからね」

やはり和馬が言っていた通り、まともに就職できる人はひと握りしかいないという。だったら時代の波に乗ってＩＴ関係のベンチャー企業でも立ち上げようと、大学時代に起業する学生も、これまで以上に増えているそうで、実はアランもいま、その岐路に立たされている。

「こうなったら、ママンが一人で暮らしているプロヴァンスに帰ろうか、なんて考えたりもするんだけど、故郷に帰ってもますます仕事がないし」

「そっかあ、大変なんだね」

ロングにした髪をかき上げながら相槌(あいづち)を打つと、

「だから、ひとつ決めたんだ」

薄緑色の目で佳代を見つめてくる。どういうこと？　と目顔(めがお)で問い返した。

「こうなったらプロヴァンスで調理屋をやる」

そう言うなり膝を乗りだしてきた。

佳代が考えた調理屋というビジネスは、画期的だと思う。世界一のグルメと言われているフランス人も、最近はあまり料理をしなくなってきた。それでも、ちゃんと調理された手料理を食べたい気持ちだけは、まだみんな持っているから、調理屋ビジネスはきっと受け入れられる、と言うのだった。

「で、考えたんだけど、帰国したら資金を調達して調理屋の準備をはじめようと思うんだ。プロヴァンスを基点に、まずは厨房車一台からスタートして、徐々にフランス全土に広めていきたいんだ」

そうなったときには、プロヴァンスのママンの味、プーレ煮込みと一緒に、佳代の魚介めしもぜひ売らせてほしいという。フランスでは魚介料理も好まれているし、このところの日本食ブームとも相まって、魚介めしはきっと人気がでる、と語気を強める。

「やっぱアランってすごいんだね。そんなことを考えてたなんて」

思いもかけない発想に驚いていると、不意に両肩をつかまれ、勢い込んで告げられた。

「だからカヨ、ぼくの調理屋の準備が整ったらフランスに来てくれないか。カヨと結婚して二人で調理屋ビジネスをやりたいんだ」

まさかのプロポーズだった。この場面でプロポーズされようとは思いもよらなかった。でも、佳代は冷静だった。自分でも意外なほど落ち着いた物腰を崩さず、言葉を選びながら穏やかに返した。

「ごめんね、アラン。あなたの気持ちはとても嬉しいけど、それは無理なの」

アランが顔を強張らせている。すかさず続けた。

「もちろん、アランが調理屋ビジネスをやることは大賛成だし、フランスの人たちが魚介めしを食べてくれるなんて、考えただけで光栄だと思う。けど、あたしはこのまま日本でやっていきたいの。あなたの奥さんにはふさわしくない」

「なぜ？　なぜふさわしくないの？」

眉根を寄せて問い詰められた。それは、としばらく考えてから言葉を継いだ。

「アランのことは大好きだけど、でも、あたしはこのままやっていきたいの。いまの生き方を貫いていきたいの」

「だけどぼくは、カヨを愛してるんだ！」

突如声を上げるなりアランは立ち上がり、布団に押し倒すようにして抱き締めてきた。胸が熱くなった。強引ではあったけれど、佳代を慈しむような抱擁に、あやうく心がとろけてしまいそうだった。

それでも、今回は抗った。ごめんね、とかすれた声でもう一度謝り、アランの頬にキスしてから全力で体を押し戻した。

アランがふと力を抜き、名残惜しそうに佳代から離れた。何か言いたげだったが、それ以上は何も言わず、うなだれて一階へ下りていった。

翌日の朝食は、ご飯と味噌汁に鯵の干物、出汁巻き卵、ほうれん草のおひたし、そして小鉢の納豆もつけた。

日本の定番朝食をアランに食べてほしかった。こうして一緒にご飯を食べられるのも最後だと思ったからだ。

「この出汁巻き卵、デリシャスやろ？　いいかいアラン、こういうふうに、ふつうの料理をおいしくこさえられる人が、ほんとの料理上手なんやけんね。えーと、グッド・クック、グッド・ウーマン、アンダースタン？」

佳代とアランの間に流れている微妙な空気を察したのだろう、正枝さんが懸命にアランに話しかけて二人を盛り上げようとしてくれている。

「イエス、グッドシェフ、カヨ」

アランも気を遣ってか、ぎこちない笑みを浮かべている。

この状況で、こういう話を切りだすのはためらわれたが、しかし、言うならいましかない。朝ご飯を食べ終えた佳代はそっと箸を置いた。

「急で申し訳ないんですが、あたし、今日の午後、出発します」

正枝さんに告げた。

「えっ、今日の午後？　あと二週間って言うてたやないか」

「ごめんなさい、ちょっと事情が変わっちゃいまして」

平謝りするしかなかった。アランにも英語で伝えたところ、

「それって、ぼくのせい？」

困惑した面持ちで問われた。

「違うの。あのあと、大切な人に異変が起きちゃって」

「大切な人？」

「あ、いえ、恋人とかそういうのじゃなくて、恩人なの」

慌てて弁明した。

実はゆうべ、アランが一階に下りてから松江のばあちゃんに電話を入れた。アランが本気で調理屋をやるつもりであるならば、南フランスの若者でも支援してもらえるか聞いてみようと思った。プロポーズには応じられなかったけれど、それぐらいは彼の役に立ちたかった。

ところが、電話に出たのは松江支店をやっている家坂さんだった。番号を間違えたのか、と佳代が恐縮していると謝られた。

「ごめんね佳代ちゃん、私が携帯電話を預かってるものだから」

「え？　どうかしました？」

「それが」

家坂さんはしばらく口ごもってから言った。

「心配するといけないから、佳代ちゃんには知らせないでって口止めされてたんだけど、いま入院してるの」

「入院？」

一週間ほど前から体調が思わしくなかった。なのに仕事を休もうとしないばあちゃんを心配して、一昨日(おととい)、家坂さんが無理やり入院させたのだという。

「佳代ちゃんには調理屋の仕事を頑張ってほしいから、わざわざ見舞いに来られても申し訳ないって言われて」

「そうだったんですか」

「いまはもう五島列島なんでしょ？」

「いえ、これからです」

「あらそうだったの。佳代ちゃんが五島に行ってるって喜んでたのよ」

ばあちゃんの亡き父親は、五島列島の福江島(ふくえ)の出身だったという。松江で生まれ育ち、松江から離れたことがなかったばあちゃんは、いつの日か父親の故郷を訪ねたいと思いを馳(は)せてきた。でも、わしはもう長旅はできないからと、佳代の土産(みやげ)話を聞くのを楽しみにしていたらしい。

「だから五島に行くって言ったときに喜んでたんですね。そうとわかってればもっと早く行ってたのに」

これもまた、佳代に余計な負担をかけたくない、と考えて黙っていたのかもしれない。

そう察していると、

「どっちにしても、念のため入院させただけだから心配しないで。五島も行けるときに行ってもらえばいいし、佳代ちゃんは佳代ちゃんの予定で仕事を頑張って」

最後は励(はげ)まされてしまった。

その瞬間、佳代は心を決めた。このままアランと調理屋を続けていても、彼の未練を引っ張り続けるだけだ。アランを突き放すためにも、ばあちゃんの思いに多少とも近づく意味でも、一刻も早く佐賀関を出発しよう、と。

正枝さんとアランに旅立ちを告げ、朝食を終えた佳代は、すぐに二階の部屋を掃除して魚を仕入れに出掛けた。今日も昼まではいつも通り調理屋を営業するつもりだからだ。短期間ながらお世話になった町の人たちに、せめて最後の挨拶をしてから発つのが礼儀だと思った。

「あら、桜が咲いてる」

鮮魚店への道すがら佳代は声を上げた。昨日まで蕾(つぼみ)だった枝に、ぽつりぽつり桃色の花が顔を覗かせている。そういえば下関を出発した日に、二週間後に咲くという開花予想をカーラジオで聴いた覚えがある。

すると助手席のアランが言った。

「ぼくは、この桜が散るまで正枝さんのお世話になろうと思うんだ」

出掛けに正枝さんから、寂(さび)しくなるからアランはもうしばらくいて、と引きとめられたそうで、あと十日ほど、まさえ屋でプーレ煮込みを作り、そのレシピを正枝さんに託してから鹿児島経由で南仏に帰るつもりだという。

「うん、わかった。アランも頑張ってね」

募(つの)る思いを噛み締めながら二人で魚を仕入れた。その足でまさえ屋へ向かい、魚介めしを炊いてパック詰めした。

「この魚介めし、お客さんにプレゼントしてください」

手書きのレシピとともに正枝さんに手渡した。もしよかったら、アランのプーレ煮込みとともにまさえ屋のメニューに加えてくれたら嬉しいです、とも言い添えた。

そして気がつけば、お昼までの営業のつもりが午後一時になっていた。佳代が旅立つという噂が瞬く間に伝わったらしく、たくさんのお客さんが来てくれたからだ。それでもなんとか営業に区切りをつけ、『いかようにも調理します』の木札を引っ込めたところで、

「これ、お餞別」

アランにプーレ煮込みで得た利益を差しだした。

「え、いいよそんなの」

「遠慮なく受けとって。お餞別は日本の習慣なんだから」

そう言って無理やり押しつけていると、

「佳代ちゃん、お昼ご飯を食べていかんね」

正枝さんが呼びにきた。アランの手前、こっちも遠慮なくいただくべきだろう。

急いで片づけをすませてまさえ屋の店内に入ると、山ほどの料理がカウンターに並べられていた。関名物のうす焼きや鶏天、鶏唐揚げのほか、中央に鎮座(ちんざ)する大皿には豪勢な刺身が盛り合わせてある。

「お酒が飲めんのが残念やけど、せっかく関に来たんやから、関さば関あじを食べてもらわんといけんからね」

正枝さんの嬉しい気づかいだった。ほどなくして近所のおばちゃんたちも見送りに集まってくれ、アランも含めたみんなでお昼を食べた。

やがて別れの時間がきた。改めてみんなに挨拶して佳代は厨房車へ向かった。

そのとき、アランに呼びとめられた。

「いつかフランスに、ぼくの調理屋を見にきてよ」

佳代は、うん、と大きくうなずき、

「ごめんね、予定外の旅になっちゃって」

ぺこりと頭を下げて詫びた。

「とんでもないよ。旅は予定外のほうがおもしろいし、ぼくのこれからの人生も予定外になりそうだしね」

アランはひょいと肩をすくめたかと思うと、不意に佳代の両肩をつかんで頬にキスしてきた。みんなの目の前で照れ臭かったが、明るく応じ、佳代も両手を広げてギュッと抱き締めた。

思わず泣きそうになった。でも涙は見せたくなかった。

佳代はすぐに抱擁を解くと、数少ないフランス語の語彙の中から、オルヴォワール、と別れを告げ、厨房車に乗り込んだ。

最終話

ツインテールの沙良（さら）

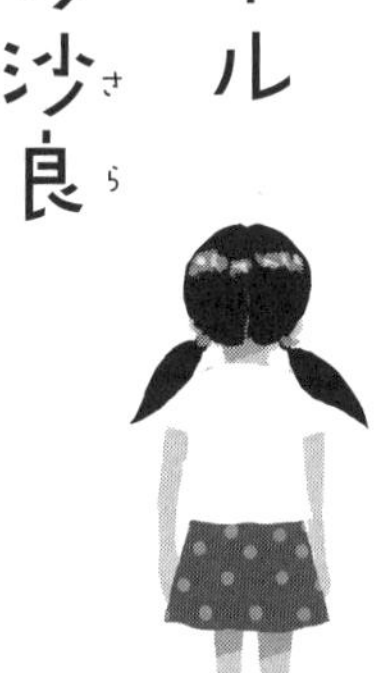

長崎県五島市

気づいたときにはフェリーが出航していた。

厨房車を車両甲板に積み込み、大部屋仕様の二等客室に上がり、ほっとして絨毯の床に座った途端、うつらうつらしてしまった。

佳代は慌てて夏の陽射しが眩しい船尾のデッキに駆け上がった。しばし滞在していた長崎の街を海側から見たくてデッキの後端へ走り寄る。

白波の尾を引くフェリーの後方に、長崎の街のパノラマが広がっている。長崎湾を囲い込むように山の上までびっしりと家々が立ち並ぶ市街が、ゆるゆると遠のいていく。

短い期間ながら、この街の人にもお世話になった。長崎新地の中華街の片隅で、賄いに手が回らない忙しい飲食店のスタッフのために調理屋仕事に奮闘した。おかげで昨夜はみんなが別れを惜しんでくれ、深夜一時過ぎまで居酒屋で盛り上がり、危うく朝八時のフェリーに乗り損ねるところだった。

やっぱ港町は好きだな。デッキの手すりにもたれながら思いに浸っていると、突如、頭上に巨大な吊り橋が現れた。長崎港の港口を跨いでいる女神大橋だった。橋の東に〝女神〟という地区があるらしい。伊豆下田で佳代の料理が〝女神めし〟と呼ばれていただけに、なんだか近しく感じられる。

女神大橋の下を通り抜けると、ほどなくして波風が強まり、フェリーの船体がゆらりゆらり揺れはじめた。いよいよ外海の五島灘に入ったようで、頬を撫でる潮風も涼やかになる。佳代は両手を広げて深呼吸した。夏休みが近づいた七月半ば、朝から肌に粘つく熱気が渦巻く長崎の蒸し暑さを、ふと忘れる。

そのとき、背後からはしゃぎ声が聞こえた。振り返ると、デッキと客室を結ぶ階段を女の子が駆け上がってきた。四、五歳だろうか。髪をツインテールに結び、白いTシャツに水色のスカートを穿いて、

「パパ、こっちこっち」

階下にいる父親に声をかけながらタタタタッと走ってくる。

その無邪気な姿に、つい見惚れていると、ゆらりと船が揺らいだ。弾みで女の子が、あ、とバランスを崩したかと思うと、すてんと転んだ。しかも顔面制動というのだろうか、とっさに両手を突きそこね、まともに顔から甲板に倒れ込んだ。

あらら大変。佳代は急いで駆け寄り、甲板に這いつくばっている女の子を抱き起こした。

「大丈夫？」

問いかけながらその顔を見ると、右の頰っぺと鼻の頭に擦り傷ができている。それでも女の子は痛みをこらえて、

「大丈夫だもん」

強がりを口にする。

そこに父親が飛んできた。ラフなジーンズ姿ながら潑剌(はつらつ)とした風貌(ふうぼう)。三十代のやり手ビジネスマンといったところだろうか。

「どうもすみません」

頭を下げながら娘を抱き寄せ、痛かったなあ、と気づかっている。

「あの、絆創膏(ばんそうこう)を取ってきますね」

すかさず佳代は小走りで客室に降りた。

キャリーバッグから絆創膏とタオルを取りだし、タオルは洗面所で濡(ぬ)らした。旅暮らしの身ゆえ、救急道具は常に持ち歩いている。再びデッキに駆け上がると、

「かっこ悪くなっちゃうけど、我慢してね」

女の子に微笑(ほほえ)みかけながら鼻の頭と頰っぺを濡れタオルでそっと押さえ、絆創膏を貼(は)ってあげた。

「申し訳ありません」

改めて父親に頭を下げられた。

「とんでもないです」

佳代が首を横に振ると、ようやく落ち着きを取り戻した女の子も、

「ありがとうございます」

ぺこりと頭を下げた。その健気(けなげ)な姿にほっこりしていると、父親が苦笑いした。

「この子は初めて福江島に行くもんだから、興奮しちゃいまして」

「あら、あたしも同じです」

このフェリーは五島列島の三つの島に立ち寄るのだが、佳代は最初の寄港地、福江島で下船する。

「ひょっとして海水浴ですか？」

福江島には日本一きれいだと言われているビーチがあり、夏休みは海水浴客で賑わうという。言われてみれば、この船にもバカンス気分の乗客がけっこういる。

「いえ、あたしは仕事の関係で行くんです」

「ああ、お仕事でしたか。ぼくは里帰りなんです」

「あら、地元の方なんですね」

「といっても、ずっと本州で働いてたんですけどね」

父親は照れ笑いすると、

「あ、すみません。ちょっとこの子を休ませてきますね。ありがとうございました」

再び礼を口にして、よし、行こうか、と娘の手を引いて客室へ降りていった。

海の向こうに島影が見えてきた。

長崎港を発って三時間ちょっと。途中、小さな島々はいくつか見かけたが、これだけ大きな島は初めてだ。思わず船窓に額をつけて眺めていると、まもなく福江島に到着します、と船内アナウンスが鳴り響いた。

福江島は、大小百四十余りの島々が連なる五島列島の中でも最大の島だ。行政区分は長崎県五島市で、人口は四万人弱。主要産業は漁業と観光業だと案内書に書いてあった。

午前十一時過ぎ、フェリーはゆっくりと福江港に着岸し、ロープが投げられた。埠頭には、福江島から乗船する人や出迎えの人たちが待ちうけている。

二等客室のお客さんが一斉に立ち上がり、下船口へ向かいはじめる。佳代もキャリーバッグを手にして車両甲板へ降りる階段へ歩いていくと、

「おねえちゃん」

声をかけられた。見ると、さっきの女の子だった。鼻の頭と頰っぺにはまだ絆創膏が貼ってあるが、にっこり笑みを浮かべている。

「まあ、元気になったわねえ」

思わず頭を撫でた。

「いまから、おうどん食べるの」

女の子が嬉しそうに言った。そういえば、まもなくお昼になる。

「五島うどんっていうんですけど、さっきのお礼がてら、ご一緒にどうです？」

背後にいた父親に誘われた。五島うどんは日本三大うどんのひとつで、椿油を練り込ん

だ丸い細麺らしい。飛び魚からとった〝あご出汁(だし)〟をつゆに使うのが特長だと、これも案内書で読んだ。

「フェリーターミナルの立ち食いうどんなんですけど、それでよければ、ご遠慮なく。この子も喜びますし」

父親にたたみかけられ、

「おねえちゃん、食べようよ」

娘からも手を引っ張られた。

「じゃあ、ご一緒させてください」

毎度の食い意地も働いて佳代がうなずくと、やったあ、と娘が飛び跳(は)ねた。

十分後、佐々野(ささの)と名乗った父親と娘の沙良(さら)ちゃんと、改めてフェリーターミナルの駐車場で落ち合った。佐々野さんも車と一緒に乗船したらしく、品川(しながわ)ナンバーのメルセデスに乗っていた。

「東京から車で来たんですか？」

本州からとは聞いたが、東京とは思わなかった。あちこち寄り道しながらやってきた佳代と違って一気に走破してきたというから、里帰りとはいえ大変だったでしょう、と驚いていると、

「佳代さんだってそうじゃないですか」

笑いながら練馬ナンバーを指さされ、ふと問われた。

「お仕事って屋台なんですか？」

「いいえ、調理屋っていう商売をやってます」

いつものように仕事の内容を説明すると、へえ、ユニークなビジネスを考えましたねえ、と感心された。

立ち食いうどん屋は、土産物屋が並ぶフェリーターミナルの一角にあった。立ち食いなのに椅子もあって、まだ昼には早いだけに三人並んで座れた。

佐々野さんは五島牛肉うどん、沙良ちゃんは天ぷらうどん、佳代は五島名物の鯵ごぼう天うどんを頼んだ。立ち食いだけに味は期待していなかったが、意外においしかった。椿油を使っているためか、同じ細麵の秋田の稲庭うどんよりつるんとした食感で、あご出汁のつゆがとても合う。

「沙良ちゃんは幼稚園の年長さん？」

箸をとめて聞いてみた。

「違う、小学一年生だよ」

絆創膏を貼った頰をふくらませて首を横に振られた。

「あらそうなんだ、ごめんね」

慌てて佳代が謝ると、

「この子は早生まれなんですよ」

佐々野さんが笑いながら教えてくれた。この年代は一年違うだけでかなり幼く見える。

「ていうことは、一年生になって初めておじいちゃんとおばあちゃんに会うんだね。喜んでくれるだろうなあ」

そうたたみかけると、またしても沙良ちゃんは首を横に振る。

「おじいちゃんとおばあちゃんは天国なの」

言葉に詰まった。

重ねての失言にバツの悪い思いをしていると、

「すみません佳代さん、お気になさらず」

佐々野さんにフォローされた。ご両親が他界した実家はすでに空き家になっているそうで、今回、その家に東京から引っ越してきたのだという。

「あ、そうでしたか、申し訳ありません」

早合点に恐縮して佳代は詫びた。

お腹を満たしたところで、それじゃね、と沙良ちゃんに手を振って別れた。

父娘で手を繋いで駐車場に戻っていく姿を眺めながら、いいもんだなあ、と目を細めた。こういう大人の男性に、佳代はついときめいてしまう。沙良ちゃんもきっと、スマートでかっこいいパパが大好きなのだろう。

さて、どうしよう。一人になった佳代はフェリーターミナルの案内所へ向かった。まずは島内観光も兼ねて島を見てまわって営業場所を探さなければならない。

案内所のおばちゃんに聞くと、福江島は一周百五十キロほどしかなく、島の東部に当たる福江港周辺に市街地が集中しているという。北西部と南西部に景勝地が多いそうだが、ただ、いまからだと一周する時間はなさそうだ。北側のルートをのんびり半周して暗くならないうちに市街地に戻ってこよう、と決めて福江港を離れた。

島というと佳代はひなびたイメージを抱いていたが、意外にもふつうの市街地が広がっている。へえ、と思いながら海辺の街道から島の中央部へ向かう国道に入ると石垣が現れ、〝福江城跡〟という看板が見えた。とっさに左折すると、堀に囲まれた城造りの建物があり、五島観光歴史資料館と書いてある。隣にも城造りの建物があり、こっちは図書館だった。

久しぶりの図書館に入ってみた。文芸書と料理本の棚を見ているうちに、つい長居しそうになり、慌てて本棚から離れた。今日は明るいうちに島を半周しなければならない。再び国道に戻って北へ進むと、通り沿いにスーパーがあった。ここにも入ってみた。この島の食材をチェックして、晩酌(ばんしゃく)用の地酒と肴(さかな)も買っておこうと思った。

最初に鮮魚売り場を覗(のぞ)いてみて驚いた。地元では〝あらかぶ〟と呼ぶカサゴ、〝ひらす〟

と呼ぶ平政、〝ねりご〟と呼ぶ間八の若魚、〝尾長クロ〟と呼ぶメジナ、そして熱帯魚のような外見のコロダイ、鯇の幼魚、ウチワ海老などなど。ほかの土地のスーパーではまず見かけない、魚市場顔負けの魚介類が並べられている。

なんだか嬉しくなってコロダイ、あらかぶ、尾長クロ、鯇と、魚介めしには贅沢すぎるほど、どっさり魚を買い込んでしまった。

スーパーを離れてほどなくして町並みは途切れ、田園風景が広がった。ときどき家が立ち並ぶ集落が現れるものの、すぐにまた畑の中の一本道になり、佳代は快調に飛ばした。

やがて島の北西部に入ると右手に海が見えてきた。この辺りから南西部までは複雑な地形のリアス式海岸が続き、かつて隠れキリシタンが建てたという教会に立ち寄ったりしているうちに、佐々野さんが日本一きれいだと言っていた三井楽町の高浜海岸に辿り着いた。

海水浴客に交じって裸足で白砂の浜を歩き、エメラルドグリーンの海が織りなす大自然のグラデーションにしばし見惚れてから再び出発した。数分後、福江市街の反対側に位置する、福江唯一の温泉がある玉之浦町で見つけた無料の足湯で一服した。バス停も兼ねた水屋仕立ての足湯にはドアも囲いもないから、だれでも街道からひょいと入れる。三人連れの観光客と一緒にひと息ついて、ついでに近くの七嶽神社で湧き水を汲んでからUターンした。

帰路は、島の中央部を突き抜ける道路を一気に飛ばし、再び真反対の福江市街に戻ってきた。走行距離は全部で五十キロちょっと。その間、道はすいていたし、信号もほとんどなかったから、寄り道しながら走ったというのに、結局、四時間もかからず島を半周できてしまった。

五島列島で一番大きいといっても、やはり小さい島なんだと思った。そういえば案内所のおばちゃんが、

「福江は高速道路なんかないもんやから、運転免許の高速教習はシミュレーターやったんよ」

と笑っていたが、その通りだった。

福江港の埠頭に戻ってすぐに、スーパーで買ってきた魚を下処理した。鱗(うろこ)を引き、内臓を外し、キッチンペーパーに包んで冷蔵庫にしまい、明日からの営業に備えた。

今回は時間を置かずに、すぐ仕事をはじめたかった。島内を半周しただけで、この島がすっかり気に入ってしまい、早く島民と触れ合いたくなった。

魚の仕込みを終えたところで、福江市街に繰(く)りだすことにした。明日に備えて、この土地の人たちに探りを入れたいと思った。地元の居酒屋で一杯やれば、まずだれかから情報を得られる。

調理場を片づけ、厨房車の鍵を閉め、よし、繁華街に行こう、と歩きだした瞬間、ふと思い出した。そうだ、松江に電話しておかなければ。

その後、ばあちゃんに関しては何の音沙汰もない。長崎に着いたときに一度連絡したが、とくに変わったことはないから大丈夫、と家坂さんから言われた。それでも、福江島に着いたことだけは伝えておこうと思った。

携帯電話を取りだし、ばあちゃんの携帯に十回以上コールした。入院中は〝佳代のキッチン松江支店〟の家坂さんが出てくれるはずだが、応答がない。忙しいのかもしれない。諦めかけたところで、

「はいよ」

しわがれた声が応答した。え、と思った。ガサガサした声色だったから一瞬、だれだかわからなかったが、ばあちゃんだった。

「やだ、退院したんですか？」

びっくりして尋ねると、

「やだってことはないやろが」

と怒られた。家坂さんや息子の正志さんからは反対されたそうだが、つい昨日、自分から退院したという。

「いつまでも病室なんぞにこもってたら逆に早死にしそうやし、やっぱ家が一番やな」

いや極楽や、と笑っている。

「でも大丈夫なんですか？」

「この通り、大丈夫やろが。いまどこね？」

「今日、福江島に着いたところです」

「おお、それはよかった」

嬉しそうに声を弾ませると、

「わしの死んだ父ちゃんは、福江島の半泊(はんどまり)いう集落の生まれなんや」

初めて父親について話しはじめた。

半泊には小さな漁港があり、そこを拠点とした漁師の四男坊だったという。あるとき父親は、漁のついでに立ち寄った島根県の松江で地元の女性と出会って結婚。そのまま松江に生活の拠点を移し、ばあちゃんが生まれた。それっきり父親は島には帰らなかったそうだが、ばあちゃんが幼い頃はよく島の話を聞かされたそうで、それだけに、ばあちゃんにとって福江島は、亡き父親の記憶と深く結びついた心の故郷になっているらしい。

ただ、松江で生まれ育ったばあちゃんは一度も訪れたことがない。親類縁者も島を離れてしまったため、ずっと気にかかっていながら、結局、今日に至ってしまった。

「いまから行きとうても、こんな塩梅(あんばい)やけん、みんなに止められてな。せやから佳代ちゃん、わしのかわりにしっかり福江島を見てきてや」

ばあちゃんから改めて念押しされた。

「了解しました。あたし、この島が気に入っちゃったんで、しばらく調理屋をやりながらお父さんの故郷をゆっくり見てくるつもりです。折を見て松江に報告に行きますから、それまでお元気でいてくださいね」

佳代がそう伝えると、

「そないに気に入ったんやったら、ついでに福江の男をものにしたらどうや。調理屋いう仕事を長う続けるつもりやったら伴侶は大切や。早いとこ花嫁姿も見せてもらわんと、わしも長うないやろし」

わざとらしく沈んだ声をだしてみせる。

「んもう、縁起でもないこと言わないでくださいよ、退院したばっかりなのに」

佳代がいさめると、冗談や冗談、とばあちゃんは声を上げて笑った。


とりあえず元気そうでよかった。ばあちゃんの声を聞いてほっとした佳代は、再び歩きだして福江の街にでた。

ようやく日が暮れはじめた午後六時半。埠頭から徒歩十分ほどの本町通りアーケード街に入ると、そろそろ夜の酒場が開く時刻だというのに、思いのほか閑散としている。いまや日本全国、どこの地方都市もそうだが、繁華街全体がシャッター街と化している。

それでも周辺の路地を歩いてまわり、暖簾を掲げている割烹居酒屋を見つけた。『福ちゃん』という名の気さくな雰囲気の店だった。引き戸を開けて覗くと、店内には生け簀が置かれ、初老の店主が一人で切り回している。時間が早いせいか、お客はまだ二、三人しかいない。

カウンターに腰を落ち着け、地酒を冷やで注文した。ふだんの晩酌は質素な肴ですませている佳代だが、今夜は奮発しようと決めてきた。黒板に手書きされたメニューの中から、福江の近海で獲れたキビナゴの刺身と天ぷら、生け簀で泳いでいたウチワ海老の塩焼き、五島牛のステーキと、地元の名物料理をカウンターに載りきらないほど頼んでしまった。

「豪勢やねえ、おねえちゃん」

不意に話しかけられた。二つ隣の席にいる胡麻塩頭のおじさんだった。『佐伯工務店』と胸元に刺繍された作業服を着て、陽焼け顔で生ビールを飲んでいる。その佇まいからして店の常連に違いない。ちょうどいい話し相手になりそうだ。

「今日は街が寂しいですね」

佳代が笑顔で応じると、

「いいや、今日だけやない。この島は過疎がどんどん進んどるから繁華街にも空き家がようけある。三井楽や玉之浦のほうにも年寄りばっかりの集落が増えとるし、まあ空き家だらけや」

苦笑いして生ビールを口に運んでいる。三井楽町は北西部、玉之浦町は西部、どちらも午後の島めぐりで見てきた町だが、言われてみれば空き家っぽい家がけっこうあった。

そういえば、フェリーで出会った佐々野さんの実家もしばらく空き家になっていたと言っていた。佐々野さんのように、この島で生まれ育ちながら島の外に出てしまう人が多いのだろう。その意味では、あえてUターンしてきた佐々野さんは、めずらしい人なのかもしれない。

福江島の地焼酎を口にしながら、ぼんやり考えていると、

「海水浴か？」

おじさんに聞かれた。

「いえ、仕事です」

「どこのキャバクラや？」

真顔でたたみかけられた。いつものお団子頭を解いてロングにしてきたせいだろうか。

思わず噴きだしそうになって、

「調理屋っていう商売をやってるんです」

つい本当のことをしゃべってしまった。

「へえ、おなご一人で変わった商売やっとるやないか。どこでやっちょるんや？」

興味を抱いたらしく、膝を乗りだしてきた。

「とりあえず明日から、図書館のそばでやってみようと思ってます」

さっき決めたばかりの場所を口にした。今日の午後、図書館に出入りしている人が意外に多かったものだから、あの近くで営業すればお客さんがついてくれる気がした。

「図書館なあ」

そう呟きながらおじさんは胡麻塩頭を撫でつけ、店主に生ビールのおかわりを頼んでから改めて佳代に向き直った。

「おねえちゃん、せっかくやから巡回しようらんか」

「巡回、ですか」

「そうや、図書館の前だけやなしに、島を順繰り巡回してくれよったら、年寄りが喜ぶ思うんやけどな。毎日料理をこさえるのは難儀やて、いつも年寄りがぼやいとるけん」

たとえば、今日は図書館前、明日は三井楽町、明後日は玉之浦町といった具合に移動してくれたほうが、集落で暮らす年寄りたちの楽しみになるし、絶対喜ばれる、と言うのだった。

「やっぱお年寄りだけの世帯って多いんですか?」

「そらそうや、おれの息子も大阪で働いとるけん、まあ十年もしたら、うちもお年寄りだけの世帯ってやつになっとる」

なあ、と初老の店主に同意を求めると、店主もうんうんとうなずきながら、おかわりの生ビールをおじさんに差しだした。

翌日、朝一番で厨房車を駆って七嶽神社の湧き水を汲んできた佳代は、帰りがけにコンビニへ立ち寄った。ゆうべ、厨房車に戻ってから手書きで作った〝佳代のキッチン〟のチラシを大量にコピーするためだった。

あれからもおじさんと巡回営業について話し込み、やがて居酒屋の店主も会話に加わって話が弾んでいるうちに、おじさんが言う通り巡回営業方式にしたほうがいい気がしてきた。おじさんは佐伯工務店の社長だそうで、島の現状を本気で憂えているらしく、帰り際には、

「おねえちゃん、よろしゅう頼むで」

と佳代の勘定まで気前よく払ってくれ、運転代行を呼んで帰っていった。

初対面のおじさんに奢られるなど、いつもの佳代なら考えられないが、豪快な佐伯さんの人柄ゆえか、不思議と嫌な気はしなかった。そしていい気分で酔っ払い、ぶらぶらと厨房車へ戻る道すがら、夏の夜空を見上げつつ、よし、巡回営業方式でやろう、と決めてしまった。

ただ、実際に巡回営業でやるとなると、同じ場所での営業回数が少なくなるぶん、佳代

のキッチンの存在を知ってもらうチャンスも少なくなる。そこで初めての試みとして、巡回場所にチラシを配布しようと思い立ったのだった。

チラシは四百枚コピーした。巡回場所は佐伯さんのアドバイスで、東部の福江市街の図書館前、北西部の三井楽町、西部の玉之浦町、そして南部の富江町と四か所に決め、一か所につき百枚ずつ配ることにした。

配り方にもひと工夫しようと思っている。図書館前なら来館者に配ればいいが、ほかの地区だとそうはいかない。それでなくても島の人口は減っているし、外出にはみんな車を使う。漫然と待っていても仕方ないから、一軒一軒、各家庭に手配りするつもりだ。

正直、手間と時間はかかるものの、

「田舎の人間は、わざわざ家まで挨拶に来てくれる人にはやさしいけん、最初はきちんと足を運んだほうがええで」

と佐伯さんも言っていた。

チラシをコピーし終えたところで、まずは図書館前へ向かった。佐伯さん曰く、

「あそこは通りがかりの人に配るだけで効果あるやろ。ごちゃごちゃ文句つけるやつがおったら役所のだれかに話をつけちゃるけん、おれに電話してこい」

と携帯番号まで教えてくれた。

こうして午前中は図書館前でチラシ配りに精をだした。チラシには島内四か所を巡回す

る予定表も載せ、中三日で厨房車がやってくる、とわかるようにしてある。

　ほかにも料理の注文の仕方、魚介めしのイラストと味の説明、さらには厨房車と佳代の似顔絵も目立つところに描いた。コピー代が嵩むためカラーにできないのが残念だが、我ながらかわいいチラシができたと思う。

　そのせいだろうか。早速効果が現れた。小一時間ほど来館者にチラシを配っていたところ声をかけられた。

「魚介めしいうやつ、もらおかな」

　近所の商店街のおかみさんらしく、エプロン姿でさっき手渡したチラシのイラストを指さしている。

「ありがとうございます。料理も気軽に頼んでくださいね。手早くチャチャチャッと、おいしいのを作りますから」

　佳代がそうアピールすると、おかみさんは改めてチラシに目を落とした。

「へえ、明日は三井楽に行くとね。三井楽には実家があっていつも行っとるから、そっちでも頼めそうやね」

　こういうところは車社会の地方ならではだ。自宅から多少離れていても気軽に車で出向いてくれる。しかも福江島は縦断しても三十分ほどの距離だから、昨日も軽自動車でとこと走っているおじいちゃんやおばあちゃんをよく見かけた。

そして実際、つぎの日に三井楽町でチラシを配り歩いていると、図書館前で会ったエプロン姿のおかみさんが本当にやってきた。

「魚介めし、おいしかったよ」

そう褒(ほ)めてくれると、実家の両親に食べさせたいからと煮物を頼まれた。

嬉しい注文だった。固定した場所での営業とは違う広がりが実感できて、この島とは長いお付き合いになりそうな気がしてきた。


沙良ちゃんと再会したのは、それから五日後のことだった。

巡回営業も二周目に入ったこの日の営業場所は、西部の玉之浦町。朝一番の日課にしている湧き水を七嶽神社で汲み、佐伯さんから教わった玉之浦港の駐車場で営業の準備を進め、一段落したところで先日見つけた足湯に浸かりにいくと、そこに沙良ちゃんがいた。

「まあ、奇遇ねえ」

佳代が声をかけると、小さなスニーカーと靴下を脱いで、ぼんやりとお湯に足を入れていた沙良ちゃんが目を丸くした。

「どうしたの？　おねえちゃん」

子どもの傷は治りが早いのか、鼻の頭と頬っぺの擦り傷は、かなり目立たなくなっている。

「いまから調理屋さんのお仕事をするの。沙良ちゃんは、このへんに引っ越してきたの？」

佳代が聞き返すと、うん、とうなずき、

「おねえちゃんも早く入んなよ」

ツインテールの髪を揺らして自分の隣の席をパンパン叩く。

佳代も裸足になった。不思議なもので、夏場でもお湯に足を浸けると、じんわりと気持ちが穏（おだ）やかになる。看板には神経痛、冷え性、関節痛などの効能が書いてあるが、心の鎮静効果も加えてほしいと思ってしまう。

「今日、お父さんは？」

ほっとしたところで沙良ちゃんに尋ねた。

「どっかにご挨拶に行ってる」

「あらそうなの」

「お仕事を紹介してもらうんだって」

「お仕事？」

「これからお父さんと二人で生活しなくちゃならないでしょ。だから早くお仕事を見つけないといけないの」

「あ、そ、そうなんだ」

思わず口ごもってしまった。不意に飛びだした生々しい話に戸惑っていると、沙良ちゃんはふと声を低めた。

「パパがいないから教えてあげるけど、パパね、会社の仕事ばっかりしてるママと喧嘩してリコンしちゃったの」

大人びた仕草で肩をすくめる。フェリーで出会ったときは、小学一年生なんて子どもだと思っていたが、根がおしゃまな子だからなのか、けろりとして大人の話をする。

話から察するに、沙良ちゃんの両親は夫婦ともに企業のキャリアとして働いていて、おたがい仕事に没頭しすぎ、すれ違いが重なった末に離婚に至ったらしかった。

「大変だったのね」

複雑な気持ちで佳代が呟くと、

「大丈夫だよ、おねえちゃん。沙良は全然平気だから」

逆に気遣われてしまった。それでちょっと安心して、つい立ち入りたくなった。

「けどパパは東京の仕事をやめちゃったの？」

「そうなの。東京のお仕事はすっごく忙しいのに、沙良のご飯を作ったり、お掃除やお洗濯したりしなきゃならないでしょ。ママとリコンするまでは夜中も会社でお仕事してたけど、できなくなっちゃったんだって」

つまりは、深夜残業の多い会社に勤めていた父親がシングルファザーになったことで、仕事と家事と子育てをこなしきれずに会社を辞めざるを得なくなった。そういうことらしい。それにしても、なぜ父親が娘を引きとったのか気になったが、さすがに立ち入りすぎだ。

「けど沙良ちゃん、島でお友だちはできた？」

さりげなく話題を変えた。

「ううん」

首を横に振られた。福江の小学校に転校するのは区切りのいい九月からの予定だから、まだ友だちはいないそうで、毎日一人で過ごしているという。両親の不和に翻弄（ほんろう）されてきた子は、そのぶん気丈に振る舞うと聞いたことがある。大人びた口を利くわりには、案外、寂しさを抱えているのかもしれない。

「ねえ沙良ちゃん、お料理は好き？」

ふと思いついて聞いてみた。

「うん好き」

即答だった。二人暮らしになって以来、父親が頑張って料理してくれているそうで、沙良ちゃんもよく手伝っているという。

「だったら、一緒に調理屋さんをやらない？　おねえちゃんとお友だちになろ」

「チョウリヤさんって？」

「忙しいお客さんのために、お料理を作ってあげるお仕事」

せっかくだから遊び相手になってあげようと思い誘ったのだった。

「うん、やる」

これまた即答だった。ただ、父親には知らせておいたほうがいい。最近よくある子どもの連れ回し事件と間違われても困る。

「ねえ沙良ちゃん、パパの携帯番号わかる?」

念のために聞いてみた。

「わかるけど、メールのほうがいいかも」

「え、メールできるんだ」

「できるよ。沙良、漢字も読めちゃうし」

スカートのポケットから、子ども仕様の携帯電話を取りだして見せてくれる。

「へえ、いまはそういう時代なんだね」

小学一年で携帯か、と驚いていると、

「いまはそういう時代なの」

沙良ちゃんはまた大人びた口調になって笑った。

玉之浦港で営業するのは今日で二回目になる。といっても、四日前に来たときは近隣の家々を訪ね歩いてチラシ配りをしているうちに一日が終わってしまったから、実質的には今日が初営業みたいなものだ。

一昨日(おととい)の図書館前の営業では、さすが市街地とあって一回目を上回るお客さんが訪れてくれたが、玉之浦町はそう簡単ではない、と覚悟している。四日前のチラシが果たして効果を発揮してくれるだろうかと考えると、いささか緊張するものの、沙良ちゃんの手前、そんな顔は見せられない。

「それじゃ沙良ちゃん、今日も暑くなるからルーフテントを張ろうか」

足湯で落ち合った沙良ちゃんと玉之浦港の駐車場に行き、厨房車のサイドにルーフテントを引きだした。ルーフテントが飛ばないようにテントロープでしっかり結び、まずは炊(た)き上げたばかりの魚介めしを沙良ちゃんに味見してもらった。

「おいしい！」

ひと口食べるなり沙良ちゃんが破顔した。六歳の女の子に魚介めしが喜ばれるとは思わなかった。子どもなりのお世辞だったにしても、なんだか嬉しくて、うきうきしながら午前十時の開店と同時に、『いかようにも調理します』の木札をサイドミラーに掛けた。

それから一時間ほどは一人のお客さんも来なかった。もちろん、最初から繁盛(はんじょう)するとは思っていないから、それで当然と割り切り、沙良ちゃんとおしゃべりしていた。福江島にやってきて以来、話し相手がいなかったせいだろう、沙良ちゃんは格好のおしゃべり相手ができたとばかりに夢中で話してくれた。

　話題はパパのことが多かった。実家に引っ越してきた途端、でっかいヤモリが出てきてパパが悲鳴を上げたこと。パパを喜ばせようと肩をギューギュー揉(も)んでいたら赤く腫(は)れちゃったこと。晩酌のビールで酔っ払ったパパが、特大のオナラをして大笑いしたこと。いずれも他愛のない話ばかりだったが、頭の回転が速い沙良ちゃんらしく、落ちもちゃんとつけて話すから聞いていて楽しい。

「けど沙良ちゃんってパパが大好きなんだね」

　佳代がそう言ってからかったときも、

「違うよ、パパが沙良を好きなんだよ」

　と切り返された。

「え、そうなんだ」

「だってパパは沙良がついてないとダメになっちゃうからね」

　自慢げに顎(あご)を上げる。

「じゃあ、パパは沙良ちゃんにメロメロなんだね」

「そうなの。だってママは一人でも大丈夫だけど、パパは一人じゃ生きてけないから、沙良がついててあげることにしたんだもん」

　そう打ち明けられて、どきりとした。つまり沙良ちゃんは、両親の離婚に際して自分から父親についていくと決めた、と言っている。

　離婚の際、父母どちらにつくかは子どもの意志が尊重されるそうだが、十歳未満の子は母親につくのが一般的だと何かで読んだことがある。なのに六歳のこの子は、あえて父親を選んだ。こんなかわいい沙良ちゃんが、すごい決断をしたんだと思うと、どぎまぎしてしまうが、そのとき、厨房車の外から声をかけられた。

「ちょっとよかね？」

　見ると目の前に軽自動車がとまって割烹着姿のおかみさんが身を乗りだしている。

「あ、いらっしゃいませ」

　気持ちを切り替えて挨拶を返した。

「ここって、好きな料理をこさえてくれるんやろ？」

「はい、食材をお持ちいただければ」

「それやったら悪いけど、肉味噌炒めと鶏の唐揚げ、こさえてくれんかね」

　言いながら軽自動車から降りてきた。漁師の旦那から、今日は早く切り上げると連絡があったそうで、超特急でお願い、と食材が入ったスーパーのレジ袋を差しだされた。

　その瞬間、沙良ちゃんが声を張った。

「承知しました！　ありがとうございます！」

　いっぱしの店員顔負けの接客に、あらまあ、とおかみさんが顔を綻ばせた。

漁師のおかみさんが呼び水になってくれたのか、それを契機に、ぽつりぽつり玉之浦町のお客さんが訪れはじめた。

四日前に一軒一軒配って歩いたチラシも功を奏したようで、外出ついでに地元の奥さんやおばあさんが恐る恐る様子を窺(うかが)いにきて、試しにちょこちょこ注文してくれた。

ところが、後日わかったのだが、一番の呼び水になってくれたのは、実は沙良ちゃんらしかった。チラシを見て訪れたお客さんが、若いのに小さい娘を抱えて大変やな、と同情してくれ、周囲の人たちに宣伝してくれたのだった。この勘違いが思いがけない反響を呼んだ。狭(せま)い島だけに、〝シングルマザーの調理屋さん〟という噂(うわさ)が口コミで広まりはじめたのだ。

もちろん、当の佳代はシングルマザーと勘違いされていることなど知るよしもなかった。いつもと同じように心を込めて料理を作っていただけなのだが、

「一生懸命作ってくれてすごくおいしい」

ところがまた反響に繋がり、玉之浦町以外の営業場所にもお客さんが集まりはじめた。

これには沙良ちゃんも大喜びだった。彼女にとって調理屋はリアルなお店屋さんごっこだ。佳代と一緒に接客したり調理したりするのが楽しくてならないらしく、おかげで最初は玉之浦町だけで手伝ってもらう約束だったのに、四日に一回じゃつまんない、と言いだ

した。

　正直、困ってしまった。といって無下には断れない。そこである朝、佳代は佐々野さんの家を訪ねてみることにした。

　いつもの足湯から山間に向かう路地をしばらく歩いたところに、佐々野さんの家はあった。先日、チラシを配ったときは、ここまでは来なかった。トタン葺き屋根の木造平屋。開け放してあった玄関から声をかけると、ジャージ姿で現れた佐々野さんが恐縮した面持ちで頭を下げてきた。

「すみません、いつも娘がお世話になってしまって」

「とんでもないです。沙良ちゃんと一緒だとあたしも楽しいので、もし差し支えなければ、しばらく毎日手伝ってもらっていいでしょうか」

　佳代の営業に湧き水は欠かせないため、ほかの場所で営業する日も朝早く玉之浦町の七嶽神社まで水汲みにきている。そのついでに足湯で沙良ちゃんを拾って夕方には送り届けるようにして、沙良ちゃんと遊んであげたい、と申し出た。

「いいんですか、そこまでしていただいて。こちらこそ申し訳ありません。いまちょっと沙良の相手をしていられないので、お仕事に差し支えないようでしたら、よろしくお願いいたします」

　佐々野さんは恥ずかしそうに言うと、また頭を下げてきた。

思わず、その後、お仕事探しはいかがですか、と聞きたくなったが、聞けなかった。フェリーで出会ったときに比べて、かなり疲れている様子が見てとれたからだ。

これ以上立ち入ってはいけない。佳代はそう自分に言い聞かせて早々に引き上げると、約束通り翌日からは毎日、沙良ちゃんと一日を過ごすようにした。

以来、沙良ちゃんは、ますます張り切っている。玉葱（たまねぎ）や人参（にんじん）の皮を剥（む）いたり、肉を切ったり魚の鱗を引いたり、手伝いの幅もかなり広がったし、また接客においても、おしゃまな性格ゆえかみんなからかわいがられ、いまや佳代のキッチンのマスコット的な存在になりつつある。

「どうせなら〝沙良のキッチン〟って改名しちゃったら？」

そう言ってくれるお客さんまでいるほどで、それはそれで佳代としても嬉しかった。

ただ、沙良ちゃんのプライバシーについては話さないようにしている。聞かれれば、夏休み中だけ知人の娘を預かっていると説明しているが、同年代の男の娘を預かっているとなれば妙な誤解もされかねないし、佐々野さんの求職活動に迷惑がかかってもいけない。

そうした懸念は懸念として、沙良ちゃんと過ごす日々は相変わらず楽しくてならない。それは沙良ちゃんも同様らしく、最近では自ら志願して賄いめしも作ってくれるようになった。

そのきっかけは、ある日の午後だった。晩酌の肴に奮発した五島牛の切り落としが残っていたことから、それで賄いを作ろうとしたときに、

「あたし、牛丼を作りたい」

と沙良ちゃんが言いだした。

「あら、沙良ちゃんって牛丼が作れるんだ」

「うん、パパに教わったの」

離婚して以来、パパが料理を作っている話は聞いたが、佳代を手伝っている影響だろう、最近、パパにせがんで教わったそうで、ごぼうとセロリはないかと聞く。

「ごぼうとセロリ？」

「パパの牛丼は、ごぼうとセロリを入れるの」

「へえ、おもしろいね」

どんな牛丼か興味が湧いて、すぐに買ってくると、沙良ちゃんは、ごぼうを笹がきにしはじめた。包丁使いはぎこちないが、ちゃんと水にさらし、セロリも笹がき風に切り終えると、あご出汁に薄口醬油と味醂を入れ、ごぼうとセロリと牛肉を水の状態から煮ていく。

「水から煮ると牛肉がやわらかく煮えるって、パパが言ってたの」

肉が硬くならないようさらりと煮たら、ご飯の上に盛りつけてからもうひと工夫。オリ

ーブ油をたらたら垂らして黒胡椒をコリコリ挽いて、これで〝あご出汁ごぼう牛丼〟が完成する。

早速、食べてみると、あごの上品な旨みとセロリの香りが牛肉の味を下支えしてくれ、そこにオリーブ油のコクが加わって黒胡椒がぴりりと引き締めてくれる。意外な食材の組み合わせながら、あっさりした独特の和風味に仕上がっている。

「こんなの初めて食べた。沙良ちゃんのパパ、お料理上手だね」

佳代が感心すると、

「でしょ。沙良はセロリが嫌いだけど、これだけは食べられるの」

沙良ちゃんが口角を上げて言った。パパはアメリカに留学していたときに自炊していて、向こうの友だちによくご馳走していたという。

「パパってアメリカにいたんだ」

「そうなの。だからパパはガイシケイになったんだよね」

その後、帰国して外資系の会社に勤めていた、ということらしい。それで納得した。フェリーで出会ったときの潑剌とした印象は、外資系ビジネスマンのそれだった。

しかし、そんな華々しい経歴の佐々野さんが、なぜこの島に帰ってきたのか。もともとの出身地だから当てはあったのだろうが、それにしては仕事探しに苦労しているようだ。尾道で密かに塩田を造っていた松浦さんみたいに、佐々野さんも何かやっているのだろうか。

そう思いはじめたら気になってならなくなり、プライベートには立ち入らないつもりだったのに不躾にも聞いてしまった。

「けど沙良ちゃんのパパ、そろそろお仕事、はじめるのかな」

すると沙良ちゃんは、ふと佳代を見上げた。

「お仕事のことはわかんないけど、パパも佳代ねえちゃんもお料理上手だから、ケッコンしちゃえばいいいと思うの」

思わぬことを言われてびっくりしたが、不思議と悪い気はしなかった。


一週間後、初めて休みをとった。

かつてない巡回営業をスタートさせて以来、当面は無休で頑張ろう、と働き続けてきたのだが、ひとつ忘れていたことがあった。

松江のばあちゃんの父親の故郷を見にいかなければならない。福江島には長居するつもりだから、仕事が落ち着いてからと思っていたのだが、昨夜になって急に焦燥感にも似た思いが湧き上がり、急遽、一日だけ調理屋を休んで行ってみようと思い立った。

沙良ちゃんは残念そうだった。このところは連日、佳代と行動していただけに、なんで休むの？　と訝しげにしていたが、もうしばらく夏休みはある。たまにはお家でのんびりしてなさい、となだめて納得させた。

いつもより朝寝した佳代は、昨日の残り物で簡単に朝食をすませると、ばあちゃんの父親の出身地、半泊へ出発した。

調べた結果、半泊は島の北東部にある半農半漁の小さな集落で、かつては隠れキリシタンが逃れ住んでいたらしい。福江港からは片道十五キロほどの距離。これなら余裕で行ってこられると思っていたのだが、途中、県道を外れてからは車がすれ違えないほど狭い山道になってしまい、対向車が来るたびに立ち往生したりバックしたりで片道一時間ほどかかってしまった。

やがて眼下に海が見えてきた。青々とした海が山をえぐるように手前に切り込み、小さな入り江になっている。そこが半泊の漁港らしく、山道をうねうねと下っていくと、ぽつりぽつり赤錆びた家が建っている海辺の集落に辿り着いた。

こぢんまりとした漁港には漁船が二艘停泊していた。人影はない。波のさざめきと鳥の鳴き声しか聞こえない静かな港だった。

ここがばあちゃんの心の故郷なんだ。

しばし集落の光景に見惚れていた佳代は、ふと思いついて携帯電話を取りだした。ここからばあちゃんに電話したくなった。

何度かコールしたが応答はなかった。今日もまた忙しくしているのか、全然出てくれない。留守電にもならない。

夜になったら、またかけてみよう。電話は諦めて半泊の集落の写真を撮った。そして自分の目にもしっかり焼きつけると、佳代は再び厨房車に乗り込み、さっき辿ってきたばかりの山道を引き返しはじめた。

それから小一時間。ようやく福江市街に近づいたところで、県道沿いに小さな喫茶店を見つけた。半泊までの山道には店など何もなかったこともあり、喉（のど）も渇いたことだしお茶でもしよう、と店頭の駐車場に乗り入れた。

格子ガラスのドアを開けると、こぢんまりした店内にお客はいなかった。窓際の席に腰かけ、店番をしていた中年のおばさんに紅茶を注文すると、

「図書館のとこでやってる人やない？」

店頭に駐車した厨房車を指さされた。

え、とおばさんの顔を見直し、口元の大きなホクロで思い出した。図書館前で何度か魚介めしを買ってくれた人だった。

「いつもありがとうございます」

照れ笑いして頭を下げた。するとおばさんは、ティーバッグにお湯を注（そそ）いだだけの紅茶を運んできてテーブルに置くなり、いきなり聞いてきた。

「いつも一緒の女の子、佐々野くんの娘やって本当ね？」

ほかにお客がいないからか、そのあけすけさに困惑していると、

「あたし、玉之浦の出やけん、佐々野くんのこと知っとうよ」

とたたみかけてくる。ここにきて突如、十数年ぶりに娘を連れて帰島したと思ったら、最近は娘が佳代と一緒にいる。気づいた同級生の間でかなり話題になっているという。

「いえ、違うんです。あたしは、ただ娘さんを預かってるだけで」

「じゃあ東京で何があったのかも知らんの？」

またずけずけと聞く。

「ええ、あたしは何にも。本当に預かっているだけで」

肩をすくめてみせると、

「あんた、知っちょる？　佐々野くんいうたら、昔は神童やったけんね」

おばさんは問わず語りにしゃべりはじめた。

玉之浦町の漁師の一人息子だった佐々野さんは、小学生の頃から成績は常に一番。おれは世界で活躍する、と公言していたそうで、中学卒業後は、長崎県随一の進学校に入学して島を離れた。その後も優秀な成績で東京の大学に進み、アメリカに留学し、帰国後は外資系の会社に勤務しはじめ、年収何千万も稼いでいるらしい、と噂されていた。

その間、福江島には両親を老人介護施設に入れるときに何度か帰ってきた程度らしく、同級生との交流はなかった。同窓会に顔を見せたこともないという。

「まあ、あたしらとは別世界におった人やから会いたくもなかったんやろうけど、いま頃、何しに帰ってきたんやろうねえ」

片眉を上げて口元を歪めている。

「仕事を探してるって聞きましたけど」

この際、探りを入れてみた。

「仕事？　それは無理やろう。佐々野くんみたいなエリートさん、だれも使えんし」

いまどき島には、せいぜいが建築現場の力仕事ぐらいしかないそうで、

「頭のいい人が考えちょることは、ようわからんね」

と苦笑いしてから、ふと真顔になったかと思うと、最後にまたあけすけに聞かれた。

「けどあんた、ほんまに佐々野くんの不倫相手やないの？」


翌朝、いつもの足湯に迎えにいくと沙良ちゃんがうなだれていた。

今日からまた二人で巡回営業をするから、さぞかしはしゃいでいるかと思っていたのに、どうしたんだろう。お湯に足をつけたまま塞ぎ込んでいる。

「おはよう！」

佳代が挨拶してもチラリと目を上げただけで、また俯く。

「どうかした？　元気ないね」

肩に手を置いて尋ねると、

「パパがおかしいの」

沙良ちゃんが呟いた。島に帰ってきて以来、毎日のようにどこかへ出掛けていた父親が、昨日は一日中、居間でテレビをつけっぱなしにしてぼんやりしていたという。沙良ちゃんが話しかけても生返事しかしない。ときどき独り言を呟いたかと思うと、また押し黙る。急にどうしてしまったのか、沙良ちゃんにはわけがわからないという。

佳代はふと、昨日の晩、佐伯さんから聞いた話を思い出した。

喫茶店のおばさんと話をして、なんだか気になったものだから、島の情報通、佐伯さんに探りを入れてみようと居酒屋福ちゃんに行ってみたのだった。

夜はほぼ毎日福ちゃんにおる、と言っていた通り、佐伯さんは先日と同じカウンターの席で飲んでいた。

「おかげさまで巡回営業、うまくいってます。佐伯さんのアイディアに大感謝です」

佳代が礼を言って隣に座ると、

「そらよかったやないか」

笑みを浮かべてビールで乾杯してくれた。すかさず本題を振ってみた。

「だけど、島を巡回してみてわかったんですけど、やっぱ人が減ってるぶん不景気みたいですね。フェリーで知り合った東京帰りの人も、仕事探しで苦労してるみたいだったし」

するとと佐伯さんが身を乗りだした。

「東京帰りって、外資系のやつやないか？」

「え、ご存じなんですか？」

「いやなあ、雇ってくれんか言うて、うちの工務店に飛び込みできよってな」

「飛び込み、ですか」

「この島の出身らしいんやが、東京で女房と別れたから、心機一転、故郷でやり直したい言うとった。外資系の会社でバリバリやっとったそうで、ベンツで乗りつけてきよったから仕事はできるんやろうが、ただなあ、うちみたいな零細工務店やとアメリカ帰りのインテリは使いづらいけん。高い給料も払いきれんし、東京に戻ったほうがええ言うてお引き取り願うた」

「やっぱ島で働くのって大変なんですか？」

「そらそうや。うちばっかりやないで。ここんとこ、そこら中の会社に飛び込んでる言うてたけど、みんな使いきれんのやないかな」

「じゃあ、彼はどうすればいいんでしょうね」

佳代はたたみかけた。

「どうって、外資系のインテリにはプライドいうもんが染みついとるけん、この島で雇うてもらうんは無理やと思う。まあ結局、自分で起業するしかないやろな」

そう答えるなり佐伯さんは、はあ、とため息をついた。

そんな話を聞いた翌日とあって、いつになく沈んでいる沙良ちゃんの姿はこたえた。

両親の離婚に際して、父親についていく、と自分で決めたと沙良ちゃんは言っていた。なのに、その父親が追い詰められてしまったら、彼女の小さな心に抱えているストレスたるや、いかばかりか。

今日も父親は家にこもっているという。ここは沙良ちゃんのためにもなんとかしなければいけない。一夜熟考した佳代は、こうなったらとことん佐々野家に関わり合おう、と覚悟を決めた。通りすがりの自分が立ち入るべきではない、と考えて身を引いていたが、ここまで踏み込んだからには、もうそれではいけないと思った。

「ねえ、沙良ちゃん」

佳代は背後から沙良ちゃんを抱き締め、穏やかに言葉を継いだ。

「今日はパパのために調理屋さんをやらない？　パパと三人でお昼を食べよ」


とりあえず沙良ちゃんは家に帰し、佳代は厨房車でスーパーへ向かった。

佐々野さんのために魚介めしの材料を仕入れるためだった。

考えてみれば、佐々野さんにはまだ魚介めしを食べてもらったことがない。佐々野父娘に関わり合おうと決めたからには、まずは魚介めしの味を知ってもらおうと思った。

鮮魚売り場に並んでいた尾長クロ、コロダイ、ねりご、𩺊の幼魚、ウチワ海老、そしてあごの煮干しも含めて大量に地魚を買い込んできた。福江島の食材で作れる一番の味にしようと考え、食材費は惜しまなかった。

そして玉之浦港の駐車場に戻るなり魚を捌き、あご出汁を引き、とっておきの魚介めしを炊き上げたところで沙良ちゃんの携帯に電話した。

「いまから行くね」

そう告げてから佐々野さん宅へ向かった。佐々野さんには沙良ちゃんに頼んで、たまには一緒にお昼を食べましょう、と伝言してもらっている。

厨房車は佐々野さん宅の裏庭に駐めた。すぐ隣には佐々野さんが東京から乗ってきたメルセデスが駐めてある。こういう車に乗れる生活をしていた人が、いまここで暮らしていると思うと不思議な気がしたが、もはや、いつまでも乗ってはいられないだろう。

「申し訳ありません、突然のことで」

玄関にまわって、まずは非礼を詫びた。

「とんでもない。こちらこそお世話になりっぱなしですみません」

恐縮した様子で頭を下げた佐々野さんの顔を見て驚いた。ぼさぼさの髪に無精髭を生やし、頬はげっそりとこけている。あの潑剌としたビジネスマン風の面影はどこにもない。

腹を括って魚介めしを居間に運び込んだ。すると居間の座卓には料理が並べ置かれていた。沙良ちゃんからどう聞いたのか知らないが、わざわざ佐々野さんが作ってくれていたらしい。

「あり合わせの食材で作ったので、こんな料理で恐縮なんですが」

佐々野さんが照れ笑いしている。

「かえってすみません、あたしの料理を召(め)し上がっていただこうと思っていたのに」

佳代はまた頭を下げ、魚介めしも同じ食卓に並べた。

「いただきます」

沙良ちゃんが手を合わせ、神妙な顔で食べはじめた。

「じゃ、あたしも遠慮なくいただきます」

厄介(やっかい)な話は後まわしにして佳代も箸を手にすると、佐々野さんが料理の説明をしてくれた。

手作り料理は二品あった。一品は〝あご仕立ての葛叩(くずたた)き〟。コロダイの薄切りに葛粉をまぶし、湯通ししてから冷水で締め、あご出汁を薄口醤油と味醂とカボスで味つけした冷たいつけ汁に浸したのだという。

「ああ、つるんと冷たくて食感がいいですね。さっと湯通ししただけで半生だから、刺身の味わいも残っていておいしいです」

佳代は頬をゆるめた。もう一品は〝麺なし冷やし中華サラダ〟。胡瓜(きゅうり)とハムの千切りと細く裂いたカニカマと錦糸卵という、いわゆる冷やし中華の定番の具だけをどっさり皿に盛りつけて白胡麻を散らし、甘酸っぱい冷やし中華のタレを回しかけてある。具をよく混ぜて、カラシをつけてサラダとして食べるそうだ。

「これはおもしろいアイディアですね。冷やし中華はあたしも大好きですけど、具だけ別に食べれば確かにサラダですもんね」

佳代は微笑んだ。あり合わせの食材だけで、手早くこういう料理を作れる機転とアイディアに感心した。味の組み立てもよくできているし、疑っていたわけではないけれど、沙良ちゃんから聞いた通りの腕前だと思った。

「いやいや、佳代さんの魚介めしこそ素晴らしいですよ」

佐々野さんが恐縮した面持ちで褒め返してくれた。佳代がレシピを伝えると、パンダンリーフで香りづけなんてぼくには考えもつかないです、と唸っている。

思いがけなく楽しい食事になった。さっきまで硬い表情だった沙良ちゃんも、いつのまにか微笑みを浮かべて食べている。

料理のおかげだと思った。佐々野家の沈んでいた空気をいっときとはいえ、おいしい料理が救ってくれた。

そのとき、佳代の携帯電話が震えた。着信を見ると松江のばあちゃんからだった。昨日の昼間、佳代が電話したことにようやく気づいてくれたらしかったが、いまはタイミング

が悪い。着信は無視して、佳代は居住まいを正すと、

「ちょっとお話があるんですが」

意を決して切りだした。そのひと言で佐々野さんも察したのだろう、再び表情を硬くしたかと思うと娘に告げた。

「沙良、隣の座敷で遊んでなさい」


二人きりで座卓に向き合うなり空気が張り詰めた。佐々野さんは胡坐(あぐら)をかき、佳代は正座したまま沈黙が続いた。

どう話そうか。改めて思った。いまさら持って回った言い方をしても仕方ないから、率直に話そう、と決めてきたのに、いざとなると勇気がいるものだった。

だが、いつまでもためらってはいられない。佳代はおもむろに口を開いた。

「沙良ちゃんと接していて、いまとても心配しています。正直、どんな状況です？」

毅然(きぜん)とした態度を意識してそう尋ねると、佐々野さんは一瞬視線を宙に泳がせたものの、すぐに腹を決めたのだろう。

「養殖事業のビジネスパートナーになる予定だったんです」

穏やかに語りはじめた。

離婚して娘を引きとった佐々野さんは、家事と子育てに追われ、やがて外資系企業を追

われた。外資系企業には子育てに手厚いイメージがあるが、実は建前にすぎなかった。家庭の事情で仕事に支障をきたす社員など必要ない。それが本音だったらしく、ある日突然、明日から出社しなくていい、と告げられた。

仕方なく新たな就職先を探しはじめた。最初はすぐにも見つかると思っていた。自分ほどの経歴と能力があれば引く手あまただろうと高を括っていたのだが、しかし甘かった。外資系企業にしろ日本企業にしろ、シングルファザーに理解のある会社が、こんなにも少ないとは思わなかった。

そんな折に、福江島の元同級生から連絡が入った。音信を断っていた友人知人にまで送った退職挨拶状を見て、養殖事業をやらないか、と言ってきたのだ。

福江島ではリアス式海岸を利用した真鯛(まだい)やハマチ、真珠などの養殖が盛んに行われている。元同級生も真鯛の養殖に携(たずさ)わってきたが、今後は真珠にも取り組みたいと考えているそうで、

「外資系エリートさんの力を借りて、世界規模のビジネスに育て上げたいんや」

福江だったらのびのび子育てができるし、島に戻って一緒にやらないか、と口説かれた。

佐々野さんは飛びついた。幸いにして両親が遺した空き家もあるし、絶好の転機とばかりに思いきって福江に引っ越してきた。

「なのに、いざ島に戻ってきたら話が違うんですね」

早速、挨拶に出向いた佐々野さんに、元同級生は投資を促してきた。一緒に事業をやるからには投資が前提だと言いだした。早い話が、追い詰められていた佐々野さんは気づけなかったが、元同級生は、外資系の年収は桁外れ、という世間のイメージを真に受けて新規養殖事業への投資を見込んでいただけだった。

もちろん、かつてはそれなりの資産があった。ただ、その大半は娘の親権を得るかわりに元妻に渡してしまった。自分ならすぐまた稼げると考えていたから養育費ももらっていないが、そうした現状を打ち明けた途端、元同級生から突き放された。資産のない佐々野になど興味がない、とばかりに。

「つくづく思い知らされました。貧しい漁師の息子が成功するには勉強しかない、と考えて幼い頃から頑張ってきて、同級生たちとは別世界の人間になれたと思い上がっていたのが裏目に出たんでしょうね。恥ずかしい話ですが、いまや、あと半年もつかどうかの状況です」

佐々野さんは憔悴しきった顔で肩を落とした。

いまだと思った。いまなら聞く耳を持ってくれるはずだ。佳代は佐々野さんの目を見据えて語りかけた。

「佐々野さん、調理屋をやりませんか」

ゆうべ、佐伯さんと話しているときにふと思いついたことだった。氷見、下田、船橋、尾道、佐賀関と各地方のさまざまな人たちに出会ってきた佳代だが、だれかに調理屋を勧めたのは唯一、氷見の梓さんだけだった。ほかの土地では、調理屋をやりたい、と切りだされたことはあっても、こっちから勧めたことは一度もなかった。おこがましくて勧められなかった。でも今回は違う。

「調理屋、ですか」

佐々野さんが眉根を寄せた。意表を突かれた面持ちでいる。佳代はたたみかけた。

「あたしが言うのもなんですが、佐々野さんの料理にはアイディアがあります。調理に繊細な心づかいを感じます。それって調理屋には欠かせない才能ですし、いまの佐々野さんには調理屋こそ打ってつけの仕事だと思います。資金的に不安でしたら松江に支援者もいます。ただ、もちろん、稼げる日銭は少ないです。将来的に事業化の道もなくはないけれど、以前の佐々野さんからしたら微々たる収入になります。それでも、いまは沙良ちゃんと二人、楽しく暮らしていければ、それが一番じゃないですか。まずは沙良ちゃんと幸せになってください。そのために資産を譲ってまで引きとったんじゃないですか」

拳を握り締めて訴えかけたものの、まだ佐々野さんは黙っている。プライドに障ったのだろうか。元エリートには不躾な提案だったんだろうか。

そのとき、不意に襖が開け放たれた。え、と思って見ると、隣室にいた沙良ちゃんが居

間に飛び込んでくるなり、

「パパ、調理屋さんをやって！　ガイシケイじゃなくていいから、お金なんかいらないから、お願い！　沙良と一緒に調理屋さんをやって！」

ぽろぽろ涙をこぼしながら父親にすがりついた。


夕暮れ前には佐々野さん宅をお暇（いとま）した。

せっかくだから夕飯も、と誘われたが、それは遠慮した。

父娘二人にしてあげたかった。捨て身で食い下がった娘と、捨て身で一から出直そうと腹を括った父親に時間をあげたかった。

胸に溜（た）め込んでいたものを一気に吐きだした沙良ちゃんは、最後は笑みを浮かべて見送ってくれた。佐々野さんも、憑（つ）きものでも落ちたかのような爽（さわ）やかな表情でこう言ってくれた。

「この家で生まれて、貧しさから抜けだしたい一心で上昇志向だけで生きてきましたが、娘に教えられました。今日を境（さかい）に自分を切り替えます」

まずはメルセデスを売り払って厨房車を発注したい。並行して佳代に師事して調理屋修業を積み、納車と同時に仕事をはじめたい。その際、もし松江から支援が得られるなら、ありがたく使わせてもらいたいが、いずれは返済できるよう頑張りたい、と早くも今後の行動計画を話してくれた。

　こうと決めたら実行力に長けた人なのだろう。料理の腕も確かな人だから、いったんその気になったら瞬く間に調理屋として独り立ちできるだろうと思った。

「ちなみに、佳代さんに迷惑はかかりませんか？」

　ふと問われた。

「あたしは大丈夫です。全国どこでもやっていけますから」

　笑って答えた。できる限りの応援をして佐々野さんが独り立ちできたら、邪魔にならないようほかの土地へ移動すればいい話だ。

　いずれにしても、あとは、ばあちゃんに支援を頼むだけだ。せっかくばあちゃんが支援したがっているのに、梓さん以外にはなかなか頼めないでいただけに、今回のことは喜んでくれるに違いない。

　そういえば今日、佐々野さんの家にいるとき、ばあちゃんから着信があった。あのときは応答できなかったが、折り返し電話してみよう。

　夕陽に照らされた玉之浦港の駐車場に戻ってきた佳代は、携帯電話を取りだした。

　ところが、今度はばあちゃんが出ない。何度かコールしたものの、一向に出てくれない。ばあちゃんも取り込んでいるのかもしれない。またかけ直そう、と切りかけた瞬間、

「もしもし」

応答があった。男の声だった。一瞬、嫌な予感がした。

「佳代と申しますが」

恐る恐る名乗った。

「ああ、佳代さんでしたか、ご無沙汰してます、正志です。いまどちらです？」

ばあちゃんの息子だった。かつて何度か会ったことがあるが、ばあちゃんが創業した松江の温泉ホテル『水名亭』の社長を継いでいる。

「長崎の福江島にいるんですけど、昼間、お母さまから着信があったものですから」

そう答えると、

「ああ、それでしたら、ぼくが電話したんです。母は電話できなくなってしまったので」

正志さんが硬い声で言った。

「ひょっとして、また入院されました？」

驚いて問い返すと、しばしの間を置いてから消え入るような声が返ってきた。

「他界しました」

「は？」

聞き間違えたのかと思った。

「急な話で申し訳ないんですが、悪性腫瘍でした。本人はもう覚悟していて、手術もしないで頑張っていたのですが、一昨日の夜、突然容態が悪化して、昨日の午前中に旅立ちました」

一昨日の夜。容態が悪化。昨日の午前中。旅立った。胸の中でもう一度、正志さんのひと言ひと言を反芻して言葉を失った。

一昨日の夜、佳代は焦燥感にも似た気持ちに見舞われ、昨日の午前中、ばあちゃんの父親の故郷、半泊に出掛けた。そして半泊の小さな漁港に到着した直後に電話をかけたが、ばあちゃんは出なかった。

あのときだ。あのときばあちゃんは旅立ったのだ。

半泊で耳にした波のさざめきと鳥の鳴き声がよみがえった。途端に携帯電話を握っている手が震えはじめた。

なんでもっと早く半泊に行かなかったんだろう。もっと早く行っていれば旅立つ前のばあちゃんに報告できたじゃないか。

眩暈(めまい)がするほどの衝撃に見舞われた。胸の奥から熱い塊(かたまり)がこみ上げてきて涙がとまらなくなった。そんな佳代をよそに正志さんが言葉を継いだ。

「ちなみに、母の遺言(ゆいごん)により葬式は行いません。海に散骨するので墓も造りません。そのかわり、ゆかりの方々にはささやかな形見分けをさせていただきます。それから」

正志さんの話はまだまだ続いた。しかし、嗚咽(おえつ)にまみれた佳代の耳には、どこか遠くのだれかが、ぼそぼそとお題目を呟いているようにしか聞こえなかった。

翌朝、佳代は福江港で目覚めた。

朝八時出航のフェリーに乗って長崎港に渡り、そこから厨房車を駆って松江に駆けつけるためだった。

葬式がなかろうが、海へ散骨だろうが、一刻も早く松江に行きたかった。正志さんには何も伝えていないけれど、亡骸でも散骨前のお骨でもいいから、ばあちゃんに会いたかった。

それは弟の和馬も同様だった。昨夜、正志さんとの電話を終えた直後に、東京の和馬に電話したところ、

「おれ、松江に行く」

即座に言った。和馬もかつて松江でばあちゃんに会ったことがある。自分たちの両親の大切な恩人だということもわかっている。

「じゃ、松江で落ち合おうね」

それだけ約束して電話を切ると、続けて佐々野さんにも電話を入れた。

佐々野さんも突然のことに仰天していた。ついさっき、松江のばあちゃんの支援が受けられると話したばかりなのだ。

「でも安心してください。ばあちゃんが生前に立ち上げた〝佳代のキッチン支援基金〟を

正志さんが受け継いでくれるそうです。だから佐々野さんへの支援は」

「そんなことはどうでもいいです！　佳代さんは松江に駆けつけてください！」

佐々野さんに怒られた。

佳代のキッチンの営業中断については、佐々野さんが四つの営業場所をまわってお客さんに知らせてくれるという。あとは佐々野さん一人で頑張るから、とにかく明日一番のフェリーに乗ってください、と乗船時間まで教えてくれ、佳代は昨夜のうちにフェリーターミナルの駐車場に移動してきたのだった。

そろそろ行かなくちゃ。

出航三十分前、いつものように髪をお団子にまとめ、厨房車のエンジンをかけた。まもなく車両の積み込みがはじまる。ハンドブレーキを外し、ブレーキペダルをアクセルに踏み替えようとしたそのとき、駐車場の向こうに沙良ちゃんの姿が見えた。ツインテールを揺らして厨房車をめがけて走ってくる。

慌てて厨房車から降りて駆け寄ると、息を弾ませた沙良ちゃんから、

「佳代ねえちゃん、帰ってくるよね」

目を潤ませながら問われた。

「うん、いつか」

とっさにそういう答え方をした。

いま松江に行ったら、もう福江島に戻ってこないほうがいいんじゃないか。ゆうべの寝しなに、ふと思ったからだ。

佳代だって最初は一人で立ち上げたのだ。佳代のキッチン支援基金の資金さえ佐々野さんの手に渡ってくれれば、あとは覚悟を決めた佐々野さんの手腕を信じて思い通りにやってもらったほうがいいんじゃないか。

そんな佳代の思いを察したのかもしれない。

「落ち着いたら、ぼくも松江にお線香を上げに行きますので」

佐々野さんが牽制（けんせい）するように言った。

「いえ、お墓はないんですよ。佐々野さんの調理屋が成功すれば、それが供養ですから、どうか頑張ってください」

佳代はそう激励すると、ダッシュボードに置いてある『いかようにも調理します』の木札を手にとり、佐々野さんに差しだした。はるか昔に佳代が手書きしたものだ。

え？　と佐々野さんが困惑している。

「自分のはまた手作りしますから」

押しつけるようにして手渡した。

本音を言えば、この木札には、ばあちゃんの遺志が込められているんです、と言いたかった。これもまたゆうべの寝しなに、ばあちゃんの言葉を思い出したからだ。

『早いとこ花嫁姿も見せてもらわんと、わしも長うないやろし』

そう言った直後に、冗談や冗談、と笑っていたけれど、あれはけっして冗談でも軽口でもなかったのだ。その時点で、すでにばあちゃんは病魔からは逃れられないと悟り、佳代に最期のメッセージを伝えてくれたに違いない。実際、あの言葉の前置きとして、

『調理屋いう仕事を長う続けるつもりやったら伴侶は大切や』

と言っていた。佳代は調理屋という天職を授かったのだから、生涯のパートナーを見つけて腰を据えて全うせなあかんで、と遺志を表明していた。

そういえば沙良ちゃんも漏らしていた。

『パパも佳代ねえちゃんもお料理上手だから、ケッコンしちゃえばいいと思うの』

もちろん、これは沙良ちゃんの直感的な思いつきだろうし、佳代も佐々野さんに対してそういう気持ちは持ち合わせていない。それでも沙良ちゃんは、幼心にも佳代と調理屋の行く末を思いやってくれたのだろう。

花嫁姿、か。

ふとアランの顔が浮かんだ。佐賀関の正枝さんの家でプロポーズされたとき、あたしがもしも、うん、とうなずいていたら、どうなっていただろう。ばあちゃんの遺志を国際的なスケールで継いでいける道が拓けたんだろうか。

いや違う。すぐさまその考えを否定した。あたしは、あたしが生きたいように生きるた

めに、この道を選んだのだ。生涯のパートナーを見つけることが直近の目的になってしまっては違うと思う。生涯のパートナーが見つかろうが、見つかるまいが、それとは関係なくこの天職を全うしなければならない。そのことだけは、ここまでの旅を通じて確信できた。だからあたしは、慣れ親しんだ木札を佐々野さんに託したように、これからもばあちゃんの遺志を継いでくれる人を探しながら旅空に生きていく。なぜならば、それが、あたしの生き方なんだから。

「じゃ、ここでね」

未練を断ち切るように沙良ちゃんをギュッと抱き締め、佳代は再び厨房車に乗り込んだ。

そのままフェリーの車両甲板へ向かった。厨房車を駐めて二等客室に上がり、荷物を置くなりデッキに駆け上がった。

夏の青空を仰(あお)ぐデッキに佇んだ。この空の彼方(かなた)から、きっとばあちゃんが見てくれている。そんな思いに駆られていると、そのとき、

「佳代ねえちゃーん！」

遠くから沙良ちゃんの声が聞こえた。埠頭を見下ろすと、パパに肩車されて、『いかようにも調理します』の木札を高々と掲げて泣きじゃくっている。

たまらず佳代も涙声になって手を振り返した。

「パパを頼んだよー！」

その直後に汽笛が鳴り響いたかと思うと、フェリーはゆっくりと埠頭を離れはじめた。

注・本作品は、平成二十七年九月、小社より四六判で刊行されたものに、著者が文庫化に際し、加筆・訂正したものです。

なお、この物語はフィクションであり、実在の人物や団体等には一切関係ありません。

女神めし

一〇〇字書評

切り取り線

購買動機（新聞、雑誌名を記入するか、あるいは○をつけてください）	
□（　　　　　　　　）の広告を見て	
□（　　　　　　　　）の書評を見て	
□ 知人のすすめで	□ タイトルに惹かれて
□ カバーが良かったから	□ 内容が面白そうだから
□ 好きな作家だから	□ 好きな分野の本だから

・最近、最も感銘を受けた作品名をお書き下さい

・あなたのお好きな作家名をお書き下さい

・その他、ご要望がありましたらお書き下さい

住所	〒				
氏名		職業		年齢	
Eメール	※携帯には配信できません		新刊情報等のメール配信を 希望する・しない		

この本の感想を、編集部までお寄せいただけたらありがたく存じます。今後の企画の参考にさせていただきます。Eメールでも結構です。

いただいた「一〇〇字書評」は、新聞・雑誌等に紹介させていただくことがあります。その場合はお礼として特製図書カードを差し上げます。

前ページの原稿用紙に書評をお書きの上、切り取り、左記までお送り下さい。宛先の住所は不要です。

なお、ご記入いただいたお名前、ご住所等は、書評紹介の事前了解、謝礼のお届けのためだけに利用し、そのほかの目的のために利用することはありません。

〒一〇一－八七〇一
祥伝社文庫編集長　坂口芳和
電話　〇三（三二六五）二〇八〇

祥伝社ホームページの「ブックレビュー」からも、書き込めます。

http://www.shodensha.co.jp/bookreview/

祥伝社文庫

女神（めがみ）めし　佳代（かよ）のキッチン2

平成29年 5 月20日　初版第 1 刷発行
平成29年 5 月30日　　　第 2 刷発行

著　者　原（はら）　宏一（こういち）
発行者　辻　浩明
発行所　祥伝社（しょうでんしゃ）
東京都千代田区神田神保町 3-3
〒101-8701
電話　03（3265）2081（販売部）
電話　03（3265）2080（編集部）
電話　03（3265）3622（業務部）
http://www.shodensha.co.jp/

印刷所　堀内印刷
製本所　ナショナル製本
カバーフォーマットデザイン　芥　陽子

Printed in Japan ©2017, Kouichi Hara　ISBN978-4-396-34310-1 C0193

祥伝社文庫の好評既刊

原宏一
佳代（かよ）のキッチン
もつれた謎と、人々の心を解くヒントは料理の中に？「移動調理屋」で両親を捜す佳代の美味しいロードノベル。

原宏一
床下仙人
洗面所で男が歯を磨いている。さらに妻と子がその男と談笑している⁉〝とんでも新奇想〟小説。

原宏一
天下り酒場
居酒屋「やすべえ」の店主ヤスは、ある人物を雇ってほしいと常連客に頼まれた。現代日本風刺小説！

原宏一
ダイナマイト・ツアーズ
自堕落夫婦の悠々自適生活が急転直下、借金まみれに！奇才が放つ、はちゃめちゃ夫婦のアメリカ逃避行。

原宏一
東京箱庭鉄道
二十八歳、技術ナシ、知識ナシ。いまだ自分探し中。そんな〝おれ〟が鉄道を敷く⁉夢の一大プロジェクト！

柴田よしき
竜の涙 ばんざい屋の夜
恋や仕事で傷ついたり、独りぼっちになったり。そんな女性たちの心にそっと染みる「ばんざい屋」の料理帖。

祥伝社文庫の好評既刊

仙川　環　ししゃも

故郷の町おこしに奔走する恭子。さびれた町の救世主はな、何と!? 意表を衝く失踪ミステリー。

仙川　環　逆転ペスカトーレ

クセになるには毒がある！　ひと癖もふた癖もある連中に、〝崖っぷち〟のレストランは救えるのか？

坂井希久子　泣いたらアカンで通天閣

大阪、新世界の「ラーメン味(み)よし」。放蕩(ほうとう)親父ゲンコとしっかり者の一人娘センコ。下町の涙と笑いの家族小説。

石持浅海　Rのつく月には気をつけよう

大学時代の仲間が集まる飲み会は、今夜も酒と肴(さかな)と恋の話で大盛り上がり。今回のゲストは……!?

伊坂幸太郎　陽気なギャングが地球を回す

史上最強の天才強盗四人組大奮戦！映画化され話題を呼んだロマンチック・エンターテインメント。

伊坂幸太郎　陽気なギャングの日常と襲撃

華麗な銀行襲撃の裏に、なぜか「社長令嬢誘拐」が連鎖――天才強盗四人組が巻き込まれた四つの奇妙な事件。

祥伝社文庫の好評既刊

藤谷 治
いなかのせんきょ
人は足りない金もない。ないない尽くしの村議・清春が打って出た、一世一代の大勝負の行方や如何に!?

藤谷 治
マリッジ：インポッシブル
二十九歳、働く女子が体当たりで婚活に挑む！ 全ての独身女子に捧ぐ、痛快ウエディング・コメディ。

原田マハ
でーれーガールズ
漫画好きで内気な鮎子、美人で勝気な武美。三〇年ぶりに再会した二人の、でーれー（＝ものすごく）熱い友情物語。

平 安寿子
こっちへお入り
三十三歳、ちょっと荒んだ独身ＯＬの江利は素人落語にハマってしまった。遅れてやってきた青春の落語成長物語。

長田一志
八ヶ岳・やまびこ不動産へようこそ
「やまびこ不動産」で働く真鍋。理由あり物件に籠もる記憶や、家族の想いに接するうち、空虚な真鍋の心にも変化が……。

長田一志
夏草の声 八ヶ岳・やまびこ不動産
「やまびこ不動産」の真鍋の元には、悩みを抱えた人々が引き寄せられて…夏の八ヶ岳で、切なる想いが響き合う。

〈祥伝社文庫　今月の新刊〉

渡辺裕之
凶悪の序章（上・下） 新・傭兵代理店
最大最悪の罠を仕掛ける史上最強の敵に、リベンジャーズが挑む！　現代戦争の真実。

テリ・テリー
竹内美紀・訳
スレーテッド2 引き裂かれた瞳
次第に蘇る記憶、カイラは反政府組織の戦いに身を投じる…傑作ディストピア小説第2弾。

原　宏一
女神めし 佳代のキッチン2
どんなトラブルも、心にしみる一皿でおいしく解決！　佳代の港町を巡る新たな旅。

草凪　優
奪う太陽、焦がす月
意外な素顔と初々しさで、定時制教師が欲情の虜になったのは二十歳の教え子だった――。

南　英男
シャッフル
カレー屋店主、元刑事ら四人が大金を巡る運命の選択に迫られた。緊迫のクライムノベル。

鳥羽　亮
中山道の鬼と龍 はみだし御庭番無頼旅
火盗改の同心が、ただ一刀で斬り伏せられた！剛剣の下手人を追い、泉十郎らは倉賀野宿へ。

佐伯泰英
完本 **密命** 巻之二十三　仇敵（きゅうてき）　決戦前夜
あろうことか惣三郎は、因縁浅からぬ尾張の地にいた。父の知らぬまま、娘は嫁いでいく。